訳者略歴　1957年生，東京大学法学部卒，英米文学翻訳家　訳書『ザ・ロード』マッカーシー，『怒りの葡萄〔新訳版〕』スタインベック，『蠅の王〔新訳版〕』ゴールディング，『世界が終わってしまったあとの世界で』ハーカウェイ（以上早川書房刊）他多数

FT=Fantasy

エンジェルメイカー
〔下〕

〈NV1446〉

二〇一八年十二月二十日　印刷
二〇一八年十二月二十五日　発行
（定価はカバーに表示してあります）

著者　ニック・ハーカウェイ
訳者　黒原敏行
発行者　早川浩
発行所　株式会社 早川書房
郵便番号　一〇一 - 〇〇四六
東京都千代田区神田多町二ノ二
電話　〇三 - 三二五二 - 三一一一（大代表）
振替　〇〇一六〇 - 三 - 四七七九九
http://www.hayakawa-online.co.jp

乱丁・落丁本は小社制作部宛お送り下さい。
送料小社負担にてお取りかえいたします。

印刷・星野精版印刷株式会社　製本・株式会社明光社
Printed and bound in Japan
ISBN978-4-15-041446-7 C0197

本書は活字が大きく読みやすい〈トールサイズ〉です。

本書は、二〇一五年六月にハヤカワ・ミステリとして刊行された作品を三分冊で文庫化したものです。

ハヤカワ文庫NV

〈NV1446〉

エンジェルメイカー

〔下〕

ニック・ハーカウェイ

黒原敏行訳

早川書房

8289

ANGELMAKER
by
Nick Harkaway

Translated by
Toshiyuki Kurohara
Published 2018 in Japan by
HAYAKAWA PUBLISHING, INC.
This book is published in Japan by
arrangement with
NICHOLAS CORNWELL
c/o CONVILLE & WALSH LIMITED
through THE ENGLISH AGENCY (JAPAN) LTD.

エンジェルメイカー
〔下〕

登場人物

ジョシュア・ジョゼフ・
　　　　スポーク（ジョー）……機械職人
マシュー……………………………ジョーの父、大物ギャング。故人
ハリエット…………………………ジョーの母
ダニエル……………………………ジョーの祖父。故人
ビリー・フレンド…………………ジョーの友人、葬儀屋、情報屋、仲介人
ボブ・フォウルベリー……………〈ボイド・ハーティクル工芸科学製作財団〉理事長
セシリー・フォウルベリー………同資料室長
グリフ・ワトソン
アビー・ワトソン　}…………………ジョーの隣人
ロドニー・ティットホイッスル
アーヴィン・カマーバンド　}……〈遺産委員会〉所属の公務員
ブラザー・シェイマス……………〈ラスキン主義者連盟〉の〈管理者〉
セオドア（テッド）・ショルト……〈ラスキン主義者連盟〉の元〈管理者〉
マーサー・クレイドル……………ノーブルホワイト・クレイドル法律事務所代表
ポリー………………………………同調査員
オノラブル・ドナルド・ボーザブラー・
　　　　ライアン（オン・ドン）……マシューの知人
ヴォーン・パリー…………………連続殺人者
ヨルゲ………………………………〈夜の市場〉の大物
シェム・シェム・ツィエン………アデー・シッキムの藩王
フランキー・フォソワイユール……科学者
イーディー・バニスター…………スパイ

XII

んず——いいいやうううう、厳密には尼僧ではない、拉致

マーサーはポリーの家の居間に立ち、とびきり貴重でとんでもなく危険な黄金色の蜜蜂を片手に持ち、口で羽音をまねた。テッド・ショルトがジョーによこしたこの蜜蜂は、もちろん欠陥のある一匹で、ほかの仲間はいま世界中で混乱を巻き起こしていた。マーサーは蜜蜂を人さし指と親指でつまみ、手の動きと口でつくる効果音とときどきかける言葉で励まして、飛ぶかどうか見てみようとしているのだった。

マーサーは、ジョーとポリーが川べりの保管庫から運んできたものを見たとき、すぐにこの科学的実験を始めたわけではなかった。最初は蜜蜂を頑丈な容器に閉じこめて、X線撮影やMRI検査や電子顕微鏡での観察などを行なうべきだと主張した。そうすればこれの持っている危険な秘密が明らかになるかもしれないというのだ。ジョーはそれをするには装置が

必要だがそんなものはないと指摘し、ポリーは刺激して挑発するのはよくないのではないかと注意した。そこでマーサーは充分な警戒策をとり、ジョーに蜜蜂を調べさせ、そのあいだ自分は両手で使う大ハンマーをかまえて近くで見張っていることにした。ちなみに大ハンマーはポリーが岩の壁に鉄棒を打ちこむのに使ったものだった。

蜜蜂が退屈なほど物静かなのを見てとると、マーサーは徐々に大胆になった。まずはおずおずとつついてみた。蜜蜂が死をもたらす邪悪な機械に豹変するといけないので、腕をいっぱいに伸ばして鉛筆でつんつんした。しかし反応がないので、鉛筆の削っていないほうで突くと、横倒しになった。マーサーはそれに息を吹きかけた。怒鳴りつけた。なだめ、すかし、叱った。それから人さし指で触る。それでも向こうが爆発したりこちらがゾンビ化したりしないので、つまみあげて、ふってみた。ジョーはデリケートなものだからと注意した。マーサーはそれを踏んだり壁に投げつけたりはしないと約束したが、ジョーに渡すことはしなかった。ジョーは、宝石鑑定用のルーペで観察したかったのだが。マーサーは蜜蜂に実地で飛行を教えようとしはじめた。ポリーは精密な自動人形ならジョーが専門家だからと言おうとしたが、兄が蜜蜂を手のひらにのせ、腕を伸ばして、その場でぐるぐる回りだすのを見て啞然としてしまったようだった。マーサーは口で羽音を出した。

「んずーーいいいやうううう！」マーサーは高揚した声でそう締めくくり、初めて父親になった男が赤ん坊を見る希望と誇りに満ちた目で蜜蜂を見た。外の通りで誰かがくしゃみをする声と、ドアの外の小さな中庭の敷石の上で枯れ葉がかさこそ動く音が、かすかに聞こえてきた。

「これは壊れてる」マーサーはそう結論づけてジョーを見た。「きみが壊したんだ」

「おれが壊した？」

「たぶんそうだ。湿気のせいかもしれないが。それともスプリングが切れたか。クルクルするところに糸屑が入ったか」

「糸屑」

「そう。ポケットのなかのゴミみたいなやつが」

「それがどこへ……？」

「クルクルするところ。歯車や何かが回ってるところがあるだろう」

「ああ、そういうところ」

「そうだ。そういうところはゴミが溜まりやすいんじゃないのか」

ジョーは説明しようとした。深遠不可思議な数学原理で設計され、金無垢でできていて、四十年ほど海辺で保管されてなお機能を失わない機械なら、糸屑ごときの影響を受けるはずがないのだと。だが金でできているということは錆を怖れているわけで、湿気だのなんだのはないに越したことはないわけだ。それにどんな優秀な機械でも何かが詰まれば動かなくなる。そこで「馬鹿なド素人だな」という酷薄な査定をするかわりに、「ちょっと貸してくれ」と言い、蜜蜂とルーペと自分の道具鞄を持って、部屋のなかのいちばん明るい場所に坐った。鞄を開けて、パッド付きキャリパスのセットを使った。ロンドンの標準的なフラット一戸分より高価な時計の内部を修理するのに使う道具だ。それを使って宝飾品のような蜜蜂の羽をつついてみようというのだ。

薄い羽はすばらしい。ごく繊細で、しかも強度がある。手が震えてキャリパスがこすれるとキャリパスの表面が少し削れた。気をつけるべきこと。薄い刃のように鋭いので、指先を切らないこと。

もっとも羽はよくできていて、人に怪我をさせるような形で鋭い縁が外向きになることはない。

羽のついた上部がはずれ、身体の内部があらわになった。ルーペを使っても細部は見分けられない。一瞬頭に浮かんだ空飛ぶ剃刀のイメージは消えた。歯車やスプリングがあるのはわかる。だが、すべてが螺旋状に内側へより小さく小さく小さくなっている。各層は下の層から動きを伝達されて作動するというパターンの反復だ。細胞組織型の機械？　フラクタルな装置？

ひとつ確かなことがあるとジョーは思った。自分には修理できないということだ。間違いなく、自分や祖父の手に負えない代物だ。けれども……あることに気づいた。この機械は、たんに秀逸であるにすぎない部分から、ありえないような部分へと、途中で性質が変わっている。そう。そして人間につくれる部分は手仕事でつくってあるが、その流儀からしてダニエルが手がけたものと考えられる。精緻きわまりない細かな作業の痕跡、頑固なまでの板バネへの偏愛、自分の幼いころによく使われていた伝統的な金属素材へのこだわり。その層の下は、まったくべつの世界だ。数学がそのまま現実化したような、人間臭さのまったくない純物理的な構造物。だが、その境目のところに……何かある。中心の駆動軸が太すぎる……ああ。マーサーの言ったことはじつは合っていたのだ。異物があるのだ。睫毛よりもっと細いもの。絹繊維よりしなやかなもの。蜘蛛の糸のようなものが、軸にからみついている。どうやったら取り除けるだろう。

ジョーは考えた。それから笑って、立ちあがった。

「なんだ」とマーサーが訊く。

ジョーはカーペットの上をしゃきしゃき歩きまわった。「これは時計じかけだ。電子機器じゃない。少なくともおれはそう思う」にっと笑い、ルーペでのぞきながら、指先を蜜蜂から五ミリほどのところへ近づけた。レンズを通して、糸がぴんと立っているのが見える。ジョーの指の静電気の作用だ。電子機器には有害だが、時計じかけの機械なら平気だ。

指を一方向へ、ついでべつの方向へ、動かしてみる。糸が少しほぐれた。もう一度やってみると、糸は指先にくっついてきた。ジョーはほっと息をつく。蜜蜂は動かない。

ゆっくりと蜜蜂を組み立て直した。一層ずつ重ね、羽をつけ、外皮をはめ、最後に蜜蜂をテーブルに置いた。

「さてと」としばらくしてマーサーが言った。「状況は前より悪くはなっていないな」

三人は蜜蜂をテーブルに置いたままにして、レコードのほうへ注意を移した。〈子豚(ピグレット)〉の名で知られる小ぶりなポータブル型蓄音機だ。

ハンドルを回すと、蓄音機は子豚が鳴くような音を小さく立て、ゼンマイを巻ききると、ごいんというような摩擦音が出る。レコードを一枚ターンテーブルにのせ、新しい針をとりつけて、アームをおろす。

数十年の時をへて、幽霊の声がスクラッチ音とともに響き出た。物思いに浸るような、憂愁に満ちた声。ジョーの祖母の声。血のつながった祖母の、声の手紙だ。祖母は録音機を持っていたのかどうか。おそらく祖父がつくってやったのだろう。ジョーは祖母がひとりデスクについて手紙を書いているところを想像した。その想像には、やはりインク壺と羽ペンが欠かせない。ずっと昔のことだからだ。祖母は咳払いをして、話しはじめた。

あなたが以前わたしのことを、現実の世界を知らない女だと言ったとき、わたしは全然逆だと言い返したわね。数学者だけが現実の本質を知っているのだと。あなたが両手をひらひらさせて首をふっているのが見えるようだけど、ダニエル、本当にそうなのよ。それを証明してあげる。

ふたつの時計のうち、ひとつを家に置き、もうひとつをロケットに積んで地球を周回させる。ロケットが着陸したとき、ふたつの時計は違う時刻を指している。なぜか。ロケットで飛んだ時計のほうは光速により近い速度で運動したので、時間の流れが遅くなるから。宇宙の現実の不思議さはまだまだこんなものじゃないわ、ダニエル。時間は人間には絶対的なものに思えるけれど、じつはそうじゃなくて、相対的なものなの。

わたしの言いたいことがまだわからない？　いいわ。それじゃ箱のなかに猫が一匹入っていると考えて。箱のなかには毒入りの瓶も入っているの。瓶はいつ蓋が開くかわからないし、開かないかもしれない。だから猫はいつ死ぬかわからない。さて、箱の内部の写真を二枚続けて撮る。そして二枚目をまず見る。その瞬間、一枚目に写っている猫の様子もわかることになる。この場合、情報は時間を逆行することになる。これはジョークでもお伽噺でもないのよ、ダニエル。単純な現実なの。宇宙はわたしたちに理解できないレベルで存在するもの。わたしたちの意識は、わたしたち人間なしには決定されない。わたしたちの生きている世界の真の性質よ。それがわたしたちの生きている世界の一部をなしている。それと違うことを言う人が多いけど、そういう人たちは夢のなかで生きているの。

声はやみ、針はいちばん内側の溝をなぞった。

フランキーの声の手紙が終わると、ジョーは椅子の背にもたれて周囲を見た。マーサーは床の上に坐っている。股関節が意外にやわらかいらしく上手にあぐらをかき、瞑想にふけるように目を閉じているところは、法曹界の仏陀といったところだ。ベサニーはそのうしろのソファーに腰かけている。なんとなくそわそわしているのは、マーサーに椅子に坐るよう強制するわけにもいかないまま、ボスを見おろしているしかないのが落ち着かないのだろう。ポリーはジョーの隣に陣取り、一枚の紙をはさんだクリップボードとやわらかい鉛筆を持っていつでもメモをとれる構えをとった。

「じゃ、つぎのレコード」とマーサーが小さく言った。

ポリーがつぎのレコードを選んだ。今度のは憂いを帯びた声ではなく、嫌悪に苛まれた悲痛な声だった。

みんな死んでしまった。わたしが殺したのよ。わたしは人殺しになってしまった！　そう、わたしは人殺し。わたしのせいじゃないなんて言わないで。わたしがあの機械をつくったんだから。ああ、その意図は立派だった。わたしは万人を救済するつもりだったんだから！　でも何かがおかしくなったの、ダニエル。このわたしがヘマをしたの。何かがおかしくなって、列車はウィスティシールでとまった。そしてみんな死んだ。いや死ぬよりひどいことになった。わたしがなぜ生きているのかはさっぱりわからない。わたしが生きているのはおかしいのよ。で、イーディーが助けにきてくれたわ。

わたしはあの男のしわざだと思いたかった。シェム・シェム・ツィエンが何かしたのだと。あのわたしの古い悪夢のような男が、わたしの機械を壊して、でたらめにボタンをいくつも押したんだと。でもあの男はここにはいなかったの、ダニエル。これはわたしひとりがしたことなのよ。わたしは大勢の人間を殺した。政府はプロジェクトを終了させるはずだから、〈機関〉を完成させるにはわたしひとりで研究を続けられる方法を見つけなくちゃいけない。

わたしはひとりになりたくないのよ、ダニエル。あなたにあるものを送るわね。それを封印して、しまっておいて。誰にも見せてはいけない。それは死だから。わたしが登場するまでは誰も経験したことがなかったような死だから。運命による死、結晶化による死、必然性による死。わたしはみんなの魂を殺して肉体を生かしておいた。人類の歴史上、彼らほど死んでいる人たちはいなかった。

わたしは史上最高の殺人者なの。

そこからフランキーの泣き声が、メッセージの最後まで続いた。

ほとんど気が進まないという感じで、マーサーはレコードを裏返した。ぱちぱち、ぷちっ、じじじじ、ぺちっ、ぱちぱち、ぷちっ。怖ろしい告白のあとでは、何も録音されていない雑音だけの時間は心を慰めてくれた。しばらくしてマーサーはべつのレコードをバッグから出してターンテーブルにのせた。前のより老けている声は、幸いにも嫌悪の響きはなかったが、魂の奥底からの後悔と、深く染みついて二度ととれそうにない哀しみがそこにあった。

白状するけど、あなたのことは馬鹿だと思ってた。もちろんあなたは、馬鹿だと人に思わせるようなことをしたことはなくて、わたしがせっかちなだけだったけど。わたしはこういうふうに生まれついた人間なの。欠点を改める努力はしているわ。

あなたの言うとおり、わたしはあの機械を強力なものにしすぎた。有効範囲を広くしようと思ったんだけど、人間の精神には耐え切れないほど強くなりすぎたわけ。

間があいた。

でも解決法はわかった。どうすればいいかは。あの事故が起きている最中にも思いついたんだけど、あのときはもう遅かった。答えは転送システムよ。細かく転送をくり返すことで大きなネットワークをつくるの。これなら信号はとても弱いものでよくて、しかも世界中に届くのよ。

覚えているかしら。わたしの母の家の外の野原で愛しあったことがあったでしょう。あのときあなたはお尻を蜜蜂に刺された。その蜜蜂は死んでしまったけど、あなたは可哀想だと言ったのよね。蜜蜂というのは巣というすばらしいものを創る動物だ、それがひと刺しだけで死んでしまわなくちゃいけないのは残念すぎる。だから昔から世界中で蜜蜂が崇拝されて、雀蜂が嫌われるんだって。

そこでお願いなんだけど、ダニエル、蜜蜂をつくってちょうだい。一匹でいいから。みんなが愛するような輝かしい蜜蜂を。そうしたらわたしはすばらしいものをつくるから。蜜蜂がわたしの真実を伝えるメッセンジャーになるの。蜜蜂の群れが世界中にひろがってみんなをつなげてくれるのよ。

みごとな蜜蜂をつくって、ダニエル。野性的で美しい蜜蜂を。わたしがいま開発中のものは、たんなる機械以上のものでなければならないのだから。

ポリーとジョーは微笑んでいた。マーサーは顔をしかめてふたりを見た。

「なんだ？　ふたりはまだ愛しあってたのね、とか、クサいことを言うんじゃないだろうな。気持ち悪い」

「そうじゃなくて」とポリー。「もしかしたらこれは悪いものじゃないかもしれないと思ったのよ。蜜蜂とその群れを飛ばす装置は。もしかしたらいいことが起きているのかもしれない。結果を待つしかないんじゃないかって」

ジョーはうなずいたが、マーサーはそうしなかった。反論しようと口を開いたが、そのとき三つのことが立て続けに起きたので、発言はされずじまいだった。

最初に起きたのは、席をはずしていたベサニーが戻ってきて、薄い書類ホルダーをポリーに渡したことだった。ポリーは眉をひそめてそれを受けとり、テーブルに置いた。

写真が二枚。古い雑誌か新聞の写真を新たに写したものだった。片方では、額の高い二枚目スターのような男が、カメラに軽く微笑みかけている。もう片方はその兄のような男で、むっつり陰気な顔に銀色の髪、長い衣のフードをかぶり、カメラを睨んでいる。

「シェム・シェム・ツィエン、またの名を阿片王」とポリーが言う。「イディ・アミン（国民数十万人を虐殺したウガンダの独裁者）とレックス・ルーサー（スーパーマンの宿敵）を足して二で割ったような人物。そしてこっちは〈ラスキン主義者連盟〉のブラザー・シェイマス。これはまだこの組織のメンバーが顔の前にベールを垂らすようになる前の写真ね」

そう、これはあの男だが……いまのシェイマスと同一人物であるはずがない。いまのシェイマスは息子で、父親の天職を継いだのだろう。

困った父親を持ったのはおれだけかと思ったけどな。

とジョーは思い、ついで、

これはつまりシェム・シェム・ツィエンが改心したということか。それともイギリス政府が堕落したのだろうか。

しかし何年か前ならそんな疑問にも意味があっただろうが、いまでは政府指導者たちが高潔なふるまいをするなどと信じる者はいない。

マーサーとポリーにそう言おうとしたとき、第二、第三の出来事が起こり、世界は一変した。

ひとつは目にも耳にも感じられない出来事だった。完全にジョーの頭の内側でだけ起きた実体なき爆発だ。もうひとつは特異な形を持つおおっぴらなことで、地上一メートルのところで起きた。ふたつはほぼ同時に起きたので、ジョーを襲った奇妙な無音の爆発はポリーにすら気づかれなかった。気づかれていたら、ポリーにはそれがなんであるかすぐわかったはずだが。

デューク・エリントンとエディー・ロックジョー・デイヴィスのレコードのあいだに――といっても、どちらもジャケットとは異なる中身が入っているのだが――光沢のある集計用紙が一枚はさまっていた。用紙の真ん中には勢いよく赤い線が縦に一本引かれている。タイマーもなく、スプリングもなく、手榴弾のような表面の凹凸もなく、爆弾や手榴弾のようではまったくないが、それでもその用紙はジョーの目の下で爆発し、ジョーを完全に蒸発させてしまった。

爆破されたジョーは、なぜみんなが落ち着いているのか理解できなかったが、やがて気づいたのは、みんなはマシューとダニエルの対立のことを知らないので、集計用紙に書かれている数字の意味がわからないということだった。

ジャズのレコードを装った二枚のレコードのあいだに祖父がこっそりはさみこんだ集計用

紙。そこに書かれた数字は祖父に直視できないものだったのか。それとも、とても大事なものので、見ていると心が落ち着くものだったのか。

そこに書かれた数字が信用していいものだとすれば、そして父親マシューが少し雑な筆跡で書いた数字の意味をジョーが正しく読みとれているとすれば――いや、ジョーも同じ問題でこの十年ほど苦闘を続けてきたのだから読みとれているはずだが――祖父ダニエルが営んでいた独立独歩のすばらしい時計工房、現代の軽薄な消費文化の波を抑える防波堤だった時計工房は、どんどん金を失うだけの赤字経営だったのだ。工房は一度も儲かったことがなかった。たえずマシューから資金の輸血がなされたからやっていけたので、その証拠がこの集計用紙の走り書きなのだった。そしてマシューはその輸血を父親に知られないよう秘密裏に行なっていた。父親が自分はまっとうな道を歩んでいると信じつづけ、ぐれた息子を馬鹿にしつづけていられるように。

ギャングのマシュー、嘘つきマシュー、泥棒マシューは、父親の堅気の商売を救うために犯罪の道に入った。そしてずっとそれを支えつづけたのだ。

ジョーはまだこの大地を揺るがした紙爆弾をじっと見つめていた。まるでいままでなじんでいた宇宙に突然、何もかもが違っている異質な宇宙が侵入してきたかのようだった。そのとき、霧のなかからマーサーの呼ぶ声が聞こえてきた。最後の出来事が、またしてもゲームを変えてしまったのだ。

「おい、寝ぼけてるんじゃない！」その声にジョーがそちらを向くと、マーサーが黄金の蜜蜂を放ってきた。「こいつ温かくなってるぞ！」

ジョーはそちらへ手を伸ばした。もともと手で何かを受けとめるのは苦手で、蹴るほうが得意なので、とりそこねた。とっさにかがんで蜜蜂が床に落ちる前につかもうとしたが、それも失敗した。

失敗したのは、蜜蜂が落ちてこなかったからだ。

頬から十五センチほどの距離から、多面体のローズクォーツの目がこちらを見ていた。金色の脈が走る羽が空中で小さく唸っている。ゆっくりとジョーのほうへ近づいてきて、鼻の頭にとまった。それを見ようとして、ジョーは必然的に寄り目になる。頬のほうへ歩いてきたときは金色の脚の立てるかすかな音が聞こえた。これ、危ないんだろうか。かりに危ないとして、何ができるだろう。

蜜蜂は飛びたち、テーブルに戻った。そこでいかにも蜜蜂らしくあちこちに這いまわる。機械蜜蜂（アピス・メカニカ）。生きているように動いている。ジョーは心ここにあらずといった様子でそれを見ていた。心はマシューとダニエルのことでいっぱいだったからだ。いままで本当だと思っていたことが全部間違っていたという事実で。

しばらくしてまた蜜蜂が飛びたち、部屋のなかをめぐった。ポリーの額やランプシェードや窓ガラスにぶつかった。

みんなが同時に喋りだした。わやわやするなか、むりもないことだが、ジョーはバスルームへ顔を洗いにいった。

ポリーの家を出たジョーは、これからマーサーとポリーを裏切ることになるという気持ちと、家に帰るのだという思いを強く持っていた。夕暮れが深まるなか、自分はいま一種の逃亡をはかっているのだと思うと、父親への親近感が増してきて、かつて経験したことのあるすべての感情を凌駕するように思えた。ジョーは暗がりに何かの気配を感じてびくりとしたり、街灯の明るい光を避けたりした。人と目が合うと、睨みつけたので、相手はすぐ目をそらしてジョーを見ないようにした。通行人はみなジョーがいないかのようにふるまった。ジョーはバスに乗ったが、まったくの気まぐれからつぎの停留所でおり、遠回りになる路線のバスに乗り換えた。あるいはそれは気まぐれではないかもしれない。自分はこれから無謀なことをするのだという自覚から、うまくやらなければならないという気持ちが起こったからだろう。それは〈夜の市場〉の流儀でやらなければならない。狡知を働かせて、人目を欺かなければならない。

身内に生気がみなぎってきた。

ただその一方で、厄介なことだという気分もあった。マーサーのことは心配ない。おまえは馬鹿だとかなんとか言うだろうが、そのあとは協力してくれるはずだ。だがポリーのほうはどうだろう。彼女に危害が及ぶことはおそらくないが、ジョーはこうやって彼女の家を脱け出してきてしまったのだ。前にもやろうとして結局連れ戻されたわけだが、それを今度はうまくやってのけた。そのせいで彼女は傷つくだろう。傷つくことをジョーは知っている。

そしてジョーがそれを知りながらあえてしたことを知って、ポリーはもう一度傷つくだろう。自分の決断に悔いはない。べつにポリーとの関係を解消したいわけではないからだ。父親との血の絆は断ち切れないものだが、ポリーとのあいだに起きたことも軽んじていいものではないのだ。ふたりは互いのなかに自分のジグソーパズルに欠けているピースを見つけたし、相手の膚の匂いがまだこちらの身体に残っている気がするという程度を超えて互いのことを知っている。ジョーはもう少し時間をかけて、ポリーとの関係が身体に染みこむのを待ってから、その関係がどういうものかを見きわめたいと思っている。

ポリーとジョーはそのうち家族になり、クレイドル家とスポーク家を結びつけて、法と犯罪の両方の力を持ちあわせた偉大なる王朝をつくりあげるかもしれない。その場合、いまジョーが持っている地道な職人気質はわきへ置いておくことになるが。そうした未来へたどり着く前には、マシューの過去という瓦礫の山にのぼり、そこから世界がどう見えるかを確かめてみなければならないだろう。父親マシューの過去という瓦礫の山は、いまのジョーの目には、過ちの蓄積というよりも、大勢の人の歴史を過分に担いすぎた人間の深々とついた足跡のように見える。大勢の人の歴史を担いすぎた人間というのは、いままでのジョーが古い機械を扱う職人である自分にあてはめてきた人間像だが、考えてみればほとんど誰にでもあてはまるようだった。

ジョーはもう一度バスを乗り換えて、窓に目を向けた。ガラスに映った自分の目が黒い穴になっている、その穴を通して外を見た。これから訪ねる建物は闇のなかにぽっかりあいた何もない場所だ。影のなかの影。観光スポットではない。修道女たちは教会が最近よくやっているライティングを建物正面に施さない。建ててからまだ百年たっておらず、その醜さはあきれるほどだ。ジョーがいままで見たなかでいちばんうらぶれた宗教的な建物だ。

門は黒く、そこまでの道も黒かった。大理石や玄武岩を細かく砕いた黒っぽい砂利が敷かれていた。一九六八年にはいいデザインだと思われたのだろう。いまではもう誰も変えることはできない。デザインは教会の内規で守られているからだ。

壁は黄色がかった石材でできていて、時の経過とロンドンの自動車排気ガスで汚れていた。ジョーの母親、ハリエット・スポークが初めてここへ来たとき、街灯柱の足もとに花束の山が積まれていた。自転車で走っていてガラス屋のバンとの衝突で死んだ女性を悼む花束だった。その人は近くの学校で使われる強化安全ガラスで首をはねられたとのことだった。安全ガラスも水平方向にはあまり安全ではないようだった。

数週間たつと花束はほぼ全部が撤去されたが、ひとつだけ残っていた。残った花束は、死んだ女性の兄が街灯柱とその足もとのコンクリート板に特殊な接着剤でくっつけた細長い花瓶にさされていた。接着剤は強力で、市の清掃人には花瓶がはずせなかった。このころジョーは月に一度この修道院へやってきた。それは母親がもうやめてほしいと言うまで続いたが、その半年余りのあいだに、生きた花が枯れ、乾き、化石のようなものになっていくのをジョーは陰鬱な思いで見たものだ。

バスが修道院の前に差しかかった。ジョーは修道院を無視する。注意を向けるのは間違いなく危険だ。よほど馬鹿でないかぎり敵は――その敵を名指すことはしない、なぜなら名指したときにはその敵について何か知っているつもりになってしまうが、いまのジョーには自分の敵の本性がまるでわかっていないから――修道院に関心を示す人間を見逃しはしないだろう。敵は見張っているはずだ。

頭のなかでマシューの声がした。見張りというのは間抜けがやると間抜けなものだ。見張ってるやつはこれこれのものが来ると予想している。その予想しているものに似ていなければ注意を払わず通してしまう。人間の脳というのは奇跡のような代物だが、夢や空想を追ったり錯覚に陥ったりする。スリーカードモンテを覚えてるか。覚えてる？　よし。見張りもあれに似てるんだ。あんまり一生けんめいひとつのことに注意を向けてると、べつのことを見過ごしてしまう。だからおまえが見張りをするときは、お巡りを探すな。とにかくどういう人間が来るか見ているんだ。まずいやつが来ればわかる。それがこつだ。

バスを軽やかにおりて、左に曲がり、ティーンエイジャーの一群といっしょに狭い通りを歩いた。ちょうど彼らの大きな兄といった恰好だ。年若い男女はとある建設現場に入っていった。煙草を吸うか、寒いところで欲求不満をくすぶらせながらペッティングでもやるのだろう。

不法侵入を目論んでいる男ではなく、なんとなく散歩している男に見えるよう注意しながら、ジョーはふと目をあげた。長年のあいだ抑圧してきた快感がぞくぞくわいてきたのだ。

犯罪に乾杯。

この通りの行き着く先は、公営住宅の裏の壁だった。これが建てられた当時、自治体で建築物を発注する人たちには美的感覚に配慮する発想がなく、もっぱら実用的で安くあがるものが選ばれていた。またロンドンの地盤は粘土質で地下河川も流れていることをあまり考慮に入れておらず、必然的に建物が傾き加減になってくるので、倒壊を防ぐために金属の支柱をかっている。支柱と支柱のあいだは横棒でつながれていて、それがはしごの役割を果たすので泥棒にはありがたい。これをのぼると、隣のずっと優雅なヴィクトリア朝風の建物の非常階段に乗り移ることができ、それをのぼれば今度は――腕の長い人なら――また先ほどの公営住宅の屋上の縁に両手をかけられる。

ジョーは工房にこもりがちな職人だが、ドアの鴨居で懸垂をする習慣は続けていた。だから泥棒ジョーの上着の下では細いけれど強靭な筋肉がぎゅっぎゅっと収縮する。いち、に、さん……で、屋上にあがれた。

ポリーにいまのを見せたかった。あと親父にも。おれはこういうのは得意なんだ。

手すりから飛びおりると、足が滑った。アスファルトの上に水が溜まっているせいだ。ジョーは両腕をふり、小さく喜びの声をあげたが、すぐにこれが極秘の行動であることを思い出して口をつぐんだ。見つかったらろくでもないことになる。ジョーは両膝をついた。水溜まりの砂利がズボンの生地ごしに膝をずりずり痛めつけた。

アラーム音は鳴らない。サイレンも。サーチライトも照らされない。ジョーはにやりとした。よしよし。怪盗ジョー参上。屋上を横切り、外壁にとりつけられたはしごをおりて、隣の煉瓦造りの学校の屋根に飛び移る。屋根の稜線に沿って反対側へ行き、身を乗り出した。長くて太い指でしっかり屋根の縁をつかんで。こういう指はギターを弾くには向かないが、泥棒には打ってつけだ……縦樋がある、予想どおりだ。泥棒は外壁の配管についていささかの知識を持っている。もちろん配管工のなかにも泥棒の知識を持っている者もいないではないが……ともかくそこにあるのは金属製の樋だった。とりつけてせいぜい三年くらいで、ボルトもしっかりしているようだ……いいぞいいぞ。

樋をつたいおりた。軋んだが、壊れはしなかった。隣の公共住宅の外廊下に飛びおりた。コンクリートの床にどしんと衝撃を与えて。詮索しないほうがいい臭いが漂っていた。落書きだらけのベニヤ板張りのドアが並んでいる。角の向こうからスーパーの袋をいくつか提げた女が現われ、ジョーを見てびくりとした(そりゃそうだろう、いったいどこからわいて出たのっ！て話だ)。額のあたりで存在しない帽子のつばを持ちあげる仕草をしてみせると、女は安心したようだった。荷物、持ってあげましょうかと申し出たい衝動を抑えて、汚い廊下を進み、非常階段のドアを開けた。ロックをこじ開ける必要はない――デッドボルトが錆びついているからだ。

階段室のなかは異臭がさらに濃かった。漂白剤、スプレー塗料、老齢のペット、マリファナ、お香。管理人の道具入れ。ドアは永久的に壊れ、なかは空っぽで、押しこむように閉められている。汚いガラス窓の外を見ると、下にガラス張りの空中連絡通路が走っている――一階下がショッピングセンターで、そこと鉄道の駅をつないでいるのだ。

なぜそんなことを知っているかというと、ふだん街を歩いているとき、いざというときのためにいろいろな建物の配置を記憶に刻みつけて、頭のなかに地図をつくっていたからだ。なんらかの理由で、監視の目を逃れてこういう移動をしなければならなくなるときにそなえて。かつて〈夜の市場〉でつちかった狡猾さと偏執的な警戒心がいまの行動を可能にしてくれている。ジョーはいままでロンドンのあちこちへ商品や修理したものを届けにいったり、憂鬱な気分でぶらついたりするとき、無意識のうちに逃げ道や侵入口を物色していたのだ。いつか来るかもしれない、こういうときのために。

ジョーは固くて動かない窓の鍵に鋭い肘打ちをくわした。鍵は壊れた。窓から這い出し、下におりた。

空中連絡通路のガラスの天井は足をおろすと軽く沈んだ。一瞬、割れると思った。きょろきょろしないようにする。ゴム底の靴をはいてくればよかったと思う。革靴は水溜まりを歩いたせいで濡れている。地面はうんと下のほうにあるが、ジョーは見おろさなかった。ゆっくりと前進しはじめた。走らないようにする。走るのは間違いのもとだ。とはいえ足を急がせることはした。

ジョーは駅の屋根にあがった。樋の手前にうしろ向きにしゃがみ、傾斜のある屋根に両手をついて、横向きに移動した。屋根は二百歩分ほどの長さがありそうだった。ジョーはいち、に、さんと数えながら進んだ。やがて修道院のテラスが見えてきた。たぶん三メートルほど下だが、もっと高さがあるように見えるし、もちろん建物と建物のあいだに一メートルほどのすきまがある。うしろ向きに飛びおりたことはない。身体の向きを変えようかとか、手で思いきり屋根を突き放すのがいいかもしれないとか考えるうちに、えいやっと飛んだ。宙を飛んでいるあいだ、ああ、くそ、母親を訪ねるのにこんなやり方があるもんかと思った。それから着地して、うしろに倒れた。背中を打って、何秒か息ができなかった。電話で話せばよかったかもしれないと思ったりもした。

いやいや、とんでもない、おれは六階建ての建物によじのぼる男、空中連絡通路の王者だ。テラスから建物に入るドアは施錠されていた。鍵をかけずにいると野良猫に侵入されるのかもしれない。だがそれよりありそうなことは、修道女たちが几帳面だというケースだ。もしかしたらここの戸締りはいまでもシスター・アメリアの受け持ちなのかもしれない。シスター・アメリアは思いやり深いかなり高齢の元ディスクジョッキーだが、ジョーの母親の話では、就寝前にバルコニーで少量の酒と一本の煙草を喫するのが愉しみで、この戸締りの仕事をほかの修道女にとられないよう間違いなく役目を果たすようにしているとのことだった。

ジョーは鍵をこじ開けてなかに入った。

ジョーは修道院のこの最上階を見たことが一度もないので、何が待ち受けているのかさっぱりわからなかった。ちらっと思ったのは、ここは英国国教会の司教たちが欲望を満たす秘密の娼館だろうか、それとも退屈をまぎらすカジノか酒密造所だろうか、ということだった。だがくすんだ緑色の廊下を見ると、そんな大胆なものではないことがわかる。ここは神とともに生きることを選んだ人たちが暮らす、静かでひどく寂しい場所にすぎない。修道女たちは本当に神を信じているのだろうかとジョーは考える。信仰心なるものは、とてもすばらしいものであるか馬鹿げた思い違いであるかのどちらかで、それは神が存在するか否かで決まるといつも思うのだ。祖父のダニエルは〝投機的な信仰〟のことを辛辣に批判したものだった。そういう信仰は、かりに神が存在していたら、その神の機嫌を損ねるのはまずいから信仰しておくというものだ。祖父の考えでは、神は（かりに存在するなら）人間が心のなかで何を考えているかなどお見通しで、そんなものになんの感慨も抱かない。そんな信仰よりもっといいのは、自分らしくふるまいつづけて、神になかなかよくやっていると思われるようにすることだ。だからもろもろの教訓や本質は日常生活のあらゆるもののなかに隠れている。**世界の形を学べ、そうすれば神の心がわかるだろう。**

廊下の形を見れば、神はジョーが階段を一階分おりて、そこの廊下を進み、夜の礼拝から戻ってくる母親をつかまえることを望んでいるのがわかった。急げば廊下が尼さんの被り物でいっぱいになる前に母親の部屋の前へたどり着けるだろう。間に合わなければ、不適切な外陰部と不浄な魂を持っているかどで容赦なく叩き出されることになる。

目的地までの中間あたりで、ジョーは廊下の椅子に腰かけている修道女の足につまずきそうになった。居眠りをしているその修道女は看護師のようなものだろうか、そこは医務室らしき部屋の外だった。ジョーはアニメのキャラクターがよくやる抜き足差し足で通り抜けようとした。具体的に言うと、両手を胸の高さに持ちあげて手のひらを前に向け、つま先で歩くという動作だ。聖エドガー（十世紀イングランドのエドガー平和王のこと。修道院改革等を行なった）の徳を列挙した傷んだ真鍮板に、そんな自分の姿が映るのを見たジョーは、パントマイムの泥棒かと急に気恥ずかしくなり、両手をおろした。

うまく母親の部屋に忍びこみ、ベッドに腰かけた。ナイトテーブルに飾られたマシューの写真のことは意識しないようにした。室内にひとつだけの椅子にはジョーの写真が置かれている。母親はその写真を胸にあてて幸福感に浸るのだ、とジョーは信じようとしたが、椅子はくつろぎの時ではなく悔悟の時を過ごすためのものに見えるので、母親は写真を見ながら神と対話して、息子の覇気のなさやうだつのあがらなさを嘆くか、自分が悪い母親であることを詫びるかしているのではないかと思った。悪い母親うんぬんに関しては、ジョーは腹立たしく思う。子供のころの、いつもそばにいてくれた母親はとてもいい母親だったからだ。愛してくれ、歌を歌ってくれ、世話をしてくれ、宿題を手伝ってくれ、辛いときにはしっかり支えてくれた。ギャングのかわりに神を選んだときから、離れていってしまったのだ。

ずっと以前には、母親といっしょに過ごす時間が新しい経験を与えてくれるときもあった――というか、そういうときのほうが多かったような気がする。ふたりであちこち散歩するときは、小さな手を大きな手で握ってもらった。母親の腕時計の冷たい金属のバンドが自分のシャツや上着の袖にこすれると、自分が巨大な充電器につながれた乾電池になって、温かな気持ちと自信で満たされるのを感じたものだ。三十分ほど空にあがっている凧を眺めたり、人が散歩させている犬を見たり、ぶらぶら歩いたりしていると、父親が生きていた時代の、高圧電流が流れているフェンスがすぐそばにあるような緊張感を母親から吸収することができたのだ。その作用は逆にも働いた。ハリエットは息子といっしょにいるとき堂々としていられた。顔の筋肉はコケティッシュな気取りを捨ててゆったりとし、家庭的で幸福な女の顔になった。

そんな時期は、母子の手のひらの大きさが逆転するのと完璧にときを同じくして終わりを告げた。ジョーの手が母親の手と対等になったとき、ふたりともあの幸せな日々は過ぎ去ったのだという思いから、手と手と触れあわせる気になれなくなったのだ。ジョーはママっ子と見られるのを嫌がるようになった。母親も自分にこんな大きな息子がいると思うと哀しくなったし、屈強な若者が死んだ夫の意気盛んなころの思い出を呼び覚ますようになるとうっとうしくなった。母親はその後ヒースロー空港の薄汚れた礼拝室で神を見出したが、そのころにはふたりとも顔を合わせるのが苦痛になっていた。それが積極的に不愉快だからではなく、もう昔の愉しさが帰らないのがたまらないからだ。電話で話すことも会うこともまれになり、手と手を触れあうことなどはまずなくなった。母親がシスター・ハリエットとなり、俗世間から離れて生きると宣言し、そのうちジョーとは半年おきにしか会わなくなった。そのことでふたりの距離が前より開いたのか縮んだのかは、なんとも言えなかった。

その母親といま、同じ部屋にいる。子供のころは、母親は見あげるほどの背の高さで、ジョーのパジャマのズボンをかりにはけてもバミューダパンツにしかならなかった。いまはジョーのほうがフラットシューズをはいた母親を見おろしている。母親はジョーのズボンの片方の脚にすっぽり入って、ひっつめ髪の頭はジョーの胸のあたりにしか来ないだろう。

母親はジョーをじっと見つめた。用務員を呼んで追い出してもらおうかと迷うそぶりを見せた。まあ、それも当然だ。何しろ母親は修道院に引きこもっている身だし、ジョーが入ってきたのは完全に規則違反だからだ。母親は自分に用務員が呼べるかどうか考えていた。結局のところ、侵入者は自分の息子だからだ。ジョーはこの状況のもとで具体的にどうするつもりなのかまだ考えていなかった。そしてふと、この煮えきらない態度を母親に責めたてられるかもしれないと思った。

が、そうはならないようだった。

「ジョシュア」と母親は言った。

「やあ、母さん」

「あなた、困ってるのね」それは質問ではなかった。知っていた。あるいは正しく推論していた。いや、それとも、ずっと以前からこういう事態を予想していたのかもしれない。「でも匿(かくま)ってあげられない。教会はもう避難所じゃなくなってるの」

「避難所なんかいらないよ」

「ああ、そうなの」当惑の色を見せたのは、匿ってほしいのでなければべつの種類の手助けを求めにきたことになるからだろう。ジョーは警察に出頭する前に会いにきたと言ってみようかと考えた。そんな嘘をついたら母親は喜ぶだろうか、後ろめたさを感じるだろうか。そして自分はどんな気分になるだろう。ごちゃごちゃ考えないで、素直に息子として母親と話したい。だがいまはもう、目の前の女性が神のしもべなのか、よしよし痛かったねと絆創膏を貼ってくれ温かい首に顔をうずめさせてくれる人なのかわからなくなっていた。一瞬、母親に息子を放棄することを要求する神に対して怒りを覚え、そのことを母親に言ってみようかと思ったが、そんなことをすれば、神のために息子のイサクを犠牲にしようとしたアブラハムについて講釈を聞かされるだけかもしれないと思ってやめた。

そのかわり、「母さん、抱きしめさせてよ」と言い、そのとおりにした。母親も――ずっとせずにきたことなので、びっくりしてためらったが――抱擁を返した。両腕をジョーの身体にぱっと回して強く抱きしめ、はげしく震えた。いったいどうなってるの、あなた大丈夫なのと訊く。それからもう一度、どうなってるの、どういうことなのと尋ねた。ジョーは全然わからないんだと答える。ビリーが死んで、世界がひっくり返った。おれのせいじゃないんだ。でも、頼むから、頼むから、頼むから、母さんは気をつけてよ、絶対にだよ。その言葉で母親は感情を完全に解放されたようだった。ジョーの肩に顔をつけて声を立てずに泣きだしたからだ。ジョーも泣いた。そのあいだずっと、母親にこんな気持ちを味わわせるのは可哀想だという思いでいっぱいだった。母親はこんなに小さいのだからと。

しばらくして母親はようやくジョーから身をはがした。あるいは抱擁という仕草に普通かかる時間が経過しただけかもしれない。それ以上続けると気持ちの充足よりも気まずさのほうが勝ってくる時点というものがある。身体が離れると、ジョーは母親を見た。

ハリエット・スポーク――シスター・ハリエット――はいまでも魅力的だった。かつて

『ママ恋かしら』（一九七三年にヒットした少女歌手リーナ・サヴァローニの歌）を歌った声は、いまは聖餐式で聖歌を歌うだけで、化粧はもうせず、かわりに信仰と献身と同情の表情が顔を覆い、いまのように不意打ちにあったときにも、自信をもってものごとを明晰に考えようとする。いまの彼女はみんなの母親で、この部屋でふたりきりになっていても、すさまじい愛の飢えと嫉妬を覚えた。この人の祝福はおれのものだとジョーの心は叫んだ。ほかの誰のものでもない！　母親がほかの人たちに思いやりを向け、自分に対してドアを閉ざすのは不当だと思えた。自分こそ母親の愛を受けるべき人間なのだ。

母親はもう髪が白かった。最後に残っていた黒い筋ももう消えていた。それを最後に女としての虚栄はなくなってしまったに違いなかった。だが睫毛はまだ美しいし、手も優雅だった。

「赦してほしいとは思ってないんだ、母さん。そんなことは求めてない」ジョーはいつも母親をハリエットと呼ぶ。そう呼んでほしいと言われるからだ。だが今日は特別だ。

「誰でも赦しは必要よ」と母親は言った。たぶん誰よりも当人がそれを必要としているから、すぐさまそう言ったのではないか。ジョーはその考えを払いのけた。

「時間はどれくらいある？」とジョーは訊いた。

「何をするのに？」

「つぎのお祈りとか、食事とか、そういうことをするときまで」

「時間は充分ある」

神さまが必要だと考える時間は与えられることになっている、ということだろうか。ジョーは運命論に対して怖れと怒りを同じくらいに感じる。その時間は五分なのか、一週間なのか、まるでわからない。

ジョーはポケットから折りたたんだ集計用紙をとりだして、ベッドの上に置いた。まるでそれがアガサ・クリスティーのミステリの決定的証拠で、一同を集めた探偵がこれから事件の真相を説明するとでもいうように。もっとも、この部屋にいるのはふたりだけで、集計用紙は決定的証拠とはほど遠かったが。

「父さんは祖父ちゃんのためにお金を出してたんだね」

母親はジョーを見、集計用紙を見おろしてから、うなずいた。「そうよ」

「父さんは帳簿を改竄してたんだ」

「ええ」

「祖父ちゃんが経理を会計士に任せるようになったときは――」

「マシューがミスター・プレスバーンに経理操作を頼んだの」

正直者のプレスバーンは、お人よしの職人たちのために格安で経理を見てやっていた。だがどうやらマシューの傘下にいた男のようだ。マシューはプレスバーンを通して自分に腹を立てている父親のために便宜を図ってやっていたのだ。ということで、ジョーの推測は全部当たっていたわけだが、そのことはいまの自分にどんな意味を持っているのだろうか。子供のころは父親のようになろうとし、大きくなってからは祖父を模範として、自分らしくなろ

う と心を砕いたことなどなかった。いまこの罪深い世界で追いかけてくる悪魔どもは、祖父をめざしたジョーを狙っているのか、父親をめざしたジョーを狙っているのか。

「母さんは知っていたんだね」

「ええ」

「でも祖父ちゃんは知らなかったと」

「そうよ。話そうと思ったことはあったけど」神は真実を愛するからか。「でもそんなことをするのは残酷で」

うん、そうだろうね。でもおれには教えてくれたってよかったじゃないか。そしたらおれももう少し生きやすかったと思うんだ。祖父ちゃんの仕事のやり方はペイしていなかったとわかっていたら、十年間も祖父ちゃんとまったく同じことをしているのになぜ儲からないのか悩まなくてすんだんだ。

母親はため息をつき、少しのあいだ胸の前で両手を組んだ。わたしたちふたりに心の平安をくださいと祈ったのだろう。

このときまたしてもジョーが思ったのは、うちの家族がお互いにとんでもない嘘をつかずにいたら、みんなもっと心の平安が得られただろうにということだった。子供である自分もややこしい家族の秘密に心を惑わされることがなかったはずだ。

少なくとも母親は、神のみ心は測りがたいのだとは言わなかった。修道院で暮らしはじめたころはそれを言ったが、ジョーは、それは「ごちゃごちゃ言わずに失せろ」を修道院流に言ったのだと解釈したものだ。だがいまは信仰の告白だと思っている。

「祖父ちゃんはフランキーといっしょに何かをつくったんだろう？」

母親の幸せそうな顔が一変して憤怒の形相になった。

「あなたのお祖父さんはあの女のためならなんでもしたでしょうね！　そして実際なんでもしたのよ。あの女はいろんなことを要求して、それをお祖父さんは全部やってあげた。それからあの女が要求したわけじゃないけど、お祖父さんに勝手にやらせておいたこと……それはもっとひどいことだった。あの女は邪悪だったのよ、ジョシュア！　ものすごく邪悪だったの。どす黒い心を持っていたわ。頭のいい人たちはみんな彼女が輝いていると思っていた。でも本当は内側が風で地面に落ちた林檎みたいに腐っていたのよ。蛆がわいて死に支配されていたの。彼女は魔法使いの血筋の女だった。ああ、神よ、あの女にお慈悲を。なぜなら、あの女はいま地獄にいるはずだから。あの女のことを話すつもりはないわ。あれは悪い女だから」

「人間はみんな悪いんじゃないのかい。努力しないかぎり」

「たしかにわたしたちはみんな罪深い。でも邪悪じゃないわ。よほど意識的に邪悪になろうとするならべつだけど。あの女は邪悪だったのよ。そんな目をしていた。世界の奥底まで、すべてを見通せる目を持っていた。アインシュタインみたいな科学者だと偉い人たちは言ったわ。でもアインシュタインが何をしたか考えてごらんなさい。都市をめちゃくちゃに壊して壁に人の影を焼きつけたのよ。世界は半世紀にわたって恐怖に支配され、いまはスーツケースひとつがどこかの都市を焼きつくすのを待っている。それでもアインシュタインは信心深い人だった。そうでしょ？　フランキーはそうじゃなかったわ。全然違った」

「どういうこと？　彼女が何をしたというんだ」

「ああ、ジョー、それは古い罪よ。古い影なのよ。埋もれたままにしておくほうがいい」

「でも、そうはならなかったわけだよね。彼女は何をつくったの。祖父ちゃんは何をつくる手伝いをしたのかな」

「あの女はあなたのお祖父さんに嘘をついたのよ。世界を癒すすばらしい装置だと言ったの。真実があらわになればすべてがうまくいく、ユートピアを実現できると考えた。科学による人類救済。それが当時流行の考え方だった。でも救済は魂から来るもので、神からの贈り物なのよ。でもあなたのお祖父さんは……神はみずから助くる者を助くと言って。天の下にあるものから人間はいろいろなことを学べる。神は人間にいま以上のものになれるよう努力させたがっている。問題の装置をつくることはその努力の一部だと。とても立派な目標を掲げていたのよ。でも悪魔が人類愛を罪悪に変えてしまった」

「罪悪って？　それがどう怖ろしいことなんだ」

母親は首にかけた十字架を手にとった。息をつく合間合間にささやき声で祈りを唱えた。宗教へののめりこみ。異端への恐怖。強迫神経症的な信仰。ジョーには理解できない。かつて理解できたこともなかった。母親は急にはげしい勢いでジョーの手をつかみ、強く握った。

「その装置はチベットのマニ車みたいなものなのよ。金でできた信仰機械。聖書に出てくる古い異教で崇められた偶像みたいなもの。みんなはそれに祈りを捧げながら地獄に堕ちていくのよ」

「うーん……」

「本当のことよ、ジョー。訊かれたから答えてるの。あれは不道徳なものだわ。天地創造以来の怪物を全部呼び集めるものなの。あの女はそれを知ってた！　初めから知ってたの。以前にあの女がそれを開いたら、悪魔が出てきて、大勢の人の魂を奪っていった。罪もない人たちの魂を。あの女はそのことをあなたのお祖父さんに打ち明けた。それでも！　それでもお祖父さんはあの女を愛しつづけたのよ！　あの女は邪悪だった。あの大きな目をした女はたえず行方をくらまして逃げまわっていたのが、突然家に現われて、『ダニエルに話があるの』と言った。息子のマシューのことはひと言も言わなかったわ。いつも自分のことばかり考えてて。あれは、悪い女だった！　もちろん誰もわたしの言うことには耳を貸さなかったけど！」

母親は憤然としてジョーを見た。自分の言うことを信じてほしい、そろそろ理解してほしいという顔で。わたしの住んでいる世界は、五つの部分のうち四つまでが目に見えない部分で、残りのひとつは影に満たされているのだと母親は訴えていた。まだ最終的な誓いを立ててこの修道院の門をくぐっていなかったころのある日、母親は教会から早めに帰宅してきたことがあった。そのときジョーは家にいなかった。ジョーが帰ってくると、母親は隅で泣いていた。教会で神に祈っていたとき、心に訪れた歓喜にまもなく見捨てられたらしかった。

神はハリエットから可愛い息子をとりあげ、ハリエットを汚れた罪の山のほうへ突き戻した。悔い改めが足りないというのだ。

そのときジョーは椅子に坐り、母親が落ち着くのを待った。それは慈愛深い神のすることじゃない気がするけどな、などと批判めいたことを言うのはむだなことだった。母さんがいいと思っている信仰の世界って、ハマー・フィルムの怪奇映画そっくりで、吸血鬼どもが壁をかさこそ這っていそうじゃないか、などと茶化すのも。

その回想に、べつのイメージが重なった。黒いバンの窓から、顔の前にリネンの布を垂らした人間がこちらを見ているイメージだ。そちらを見ると、窓に自分の姿が映っているのが見えた。それをじっと見ているのが、ふと怖くなった。鷺のように前に身をかがめた人間がすぐうしろに近づいてきて、黒い衣に包まれた腕を伸ばし、自分を捕まえるかもしれない。

ジョーはあの奇妙に耳ざわりな呼吸音が聞こえないか耳をすました。室内にもうひとり誰かいるのが感じとれる。自分のすぐ背後の死角になる場所に誰かがいるという落ち着かない気分。手が糸を吐く蜘蛛のように背中を這いまわる感じ。

われに返った。

母親がベッドの端に落ち着いて坐り、こちらを見ていた。久しぶりに、かつて家族で暮らした日々を意識したうえでこちらを息子として見るまなざしを向けていた。いまそこにいるのは、自分の母親であり、ほかの何者でもない。

「クレイドルには連絡をとったの」と母親が訊いてきた。

「もちろん」

母親はうなずき、口を手でぬぐった。物思いに沈むように頭をかしげた。「でも、あなたはここへ来た。忍びこんできた。つまりクレイドルの指示に従ってないわけね」

「従ってたんだけどね」ジョーは、ポリーことメアリー・アンジェリカ・クレイドルと恋に落ちそうだということを話すべきかどうか迷った。ポリーはこちらを大事に思ってくれているし、こちらもポリーを大事に思っている。

「問題はフランキーの装置のことなの？」

「そう」

「あなたに必要なのは〈夜の市場〉よ、ジョー」

「おれはあれとは無関係だ。もともとそうだった。おれはただの機械職人なんだ」

母親はふんと鼻で笑った。「あなたはわたしの息子。マシューの息子。望めば〈市場〉はあなたのものになる。手に入れる決心をすればね」

母親は床の上にひざまずいた。毎日の儀式でできた光沢のあるへこみへ膝頭を滑りこませた。ジョーは母親をじっと見た。また信仰の繭のなかへ戻ってしまったのだろうか。祈りはじめたのだとすれば、ジョーが立ち去るまでそうしているだろう。もう話しかけても答えないだろう。過去にもそういうことがあった。修道院入りという母親の決断について言い争い、家に戻ってきて自分の母親でいつづけてほしいと頼んだときのことだ。

だがこのときは背をかがめて片手を伸ばし、ベッドのフレームとマットレスのあいだから金属の箱を引き出した。箱を両手で持つと、ひざまずいたまま背を起こして、満足げな顔をした。

「これはマシューのものよ。たぶんあなたに渡すつもりだったんだと思う」

鍵のかかった薄手の金庫だった。ジョーが子供のころは、どこの商店にもこういうものが置いてあった。大きさは二十センチ、かける、十二、三センチ。金属製の小さな取っ手がついていて、硬貨を入れるためのスロットがある。

「何が入ってるの」とジョー。

「わたしは知らない。開けたことないから。鍵を持ってないの。でもあなたは鍵なんかいらないでしょ」母親は意地悪な笑みを浮かべた。

ジョーは箱をふってみた。からからと金属的な音がした。それから〝ぼふ〟というような何か分厚いものが動く音もした。箱のなかにべつの箱が入っているのかもしれない。

「ありがとう」ジョーはもう一度母親を抱きしめにいこうとしたが、そのとき、外で車が衝突するような音がした。何台かが一度にぶつかったような音だ。ついで建物のなかで警報器が鳴りだす。地味な灰色の服を着た老女がノックもせずにドアを開け、顔をのぞかせた。修道女の被り物をかぶった老女は、目をらんらんと光らせている。

「お邪魔してごめんなさい。すぐあたしといっしょに来たほうがいいですよ」

「どうして」とジョーは訊く。

「あなたの敵がここの玄関を破って侵入してきたから。きっとあなたを拉致しにきたんです」

母親は呆然と老女を見つめる。老女は顔をしかめた。「さあ急いで」そう言って部屋のなかへ全身を入れてきた老女が、わきに性悪そうな小犬を抱えているのを見て、ジョーは例の顧客だった老女だと気づいた。さらに一秒ほど遅れて、片手に大型の古風なリボルバーを握っているのも見てとった。

「なんだ、あんたか！」ジョー・バニスターは不運の先触れだった相手に唸るような声をあげた。

「そうだよ」とイーディーは言った。「そろそろあたしが、厳密に言えば修道女じゃないことを打ち明けたほうがよさそうだね」

イーディーを先頭に廊下を走り、ジョーが来た道を逆にたどった。下の階では悪いことが起きていた。怒号が飛んでいた。修道女たちも怒鳴っていた。悲鳴ではなく怒鳴り声をあげていた。相手の非道を非難する憤慨の声だった。だがまもなく修道女たちの抗議の声は恐怖に息をのむ声に変わった。憤激をつのらせてしかるべき状況なのに、それが抑えられて、狼狽のささやきだけになった。

階段を踊り場で折り返してすぐの地点から、ジョーは下を見おろす。一団の修道女たちがかたまって立っている。先頭の修道女が弾劾の人さし指を突き出していたが、すでに弱気になっていて、前に出した手は攻撃を避けようとする手ぶりになっている。怯えているのだ。

人影がひとつ、その修道女のわきをすり抜けた。狩りをする黒衣の人狼といった風情のその男は、広い肩で修道女を押しのけると、凶暴な顔をあちこちへ向けて獲物を探す。イーディーはジョーの襟首をぐいと引いて手すりぎわから引き離した。

「野次馬になってどうする。逃げるんだよ」イーディーは腹立たしげに低く鋭く言う。「親父さんに教わらなかったかい。まず行動、見物はあとって」

「あとへは退くなと言われたよ」ジョーはむっとした声で応じ、それでもイーディーのあとから狭い廊下を走った。

「ああ、そうだろうね。でも行間を読んだ場合、それは負けが決まっているときも踏んばれという趣旨だろうかね。むしろ陣営を立て直してから反撃しろということじゃないか」

きみの味方はわたしとポリーだけだ。マーサーのあの忠告は、いまのような状況を想定しているとは思えないのだが。ジョーは低く言った。「おれはあんたを信用してないからな」

「その調子だ！　それが死なないこつだよ。でもいまは黙ってこの優しいお婆さんの言うとおりにしたほうがいい。それともいちかばちかの賭けをするかい」

ジョーが不平と承諾の中間くらいの調子で何かつぶやくと、イーディーはちらりとジョーを見て励ましと連帯感の輝くような微笑みを向けた。それからむだ話は終わりだとばかりに手をふった。

「こっち！」とイーディーが鋭く言う。おりていく階段はいまたどってきた廊下よりさらに狭い。まさか小柄な老婆だけが住む不思議の国へ入っていくんじゃないだろうなとジョーは思い、生き延びるためには身体を縮めるしかないとなったらどうしようと不安になった。だが、そこでにやりと笑う。まるで『不思議の国のアリス』だ。身体が縮んでしまってもとの自分じゃなくなってしまったら、困惑してしまうにせよ、ちょっと愉快だろう。

「どこへ行くの」とジョーの母親ハリエットが訊いた。

「自分が住んでる修道院だ、この先がどこか知ってるだろ」とイーディー。

「この先は……厨房の外の庭だけど」

「じゃ思ったとおりだ」

「どこにも行けないわよ。庭は壁と塀で囲まれて、出口はないから」

「じきにできるんだよ」

「え?」

イーディーはそれ以上答えず、さあ早くという仕草で頭をくいっと傾けた。この時点でのお喋りは贅沢、時は金なり、尼は黙って行動すべし、と雄弁に語る仕草だった。

ハリエットはうなずいた。ジョーは母親がこう簡単に折れるのを見たことがない。このイーディー・バニスターという婆さんは何かの達人ではないかと思った。だいたい、この目の見えない犬が只者ではないし。核兵器なみのばばあだ。

母親があっさり老女の言うことを聞いたのは、自分たちが置かれている危険な状態について何か感じるところがあるからかもしれない。もしかしたらマシューが生きていたころ、母親もいっしょに何かから急いで逃げるということが何度もあったのだろうか。そんなことを考えたのはちょうど階段をおりきったときだった。

庭に出るドアは少し腐っていた。そばの壁ぎわにいろいろなサイズのゴム長靴が並んでいる。バスチョンは好奇心をあらわにして鼻をくんくんさせる。そのとき背後でふうっと何かから空気が抜けるような、やわらかいけれども力強い音がした。上から飛びおりてきたらしかった。踊り場にラスキン主義者がひとり立っていた。匂いを嗅ぐような仕草で頭を前後に揺らす。何かを捕まえようとするように両腕をひろげている。すぐあとに、黒い空っぽの袋のような衣がぶざまに宙をおりてきて、最初のひとりの隣に着地した。棒切れを何本も包んだ布のように踊り場の床にばさりと落ちたが、数秒後には立ちあがり、肩をぐるぐる回しながら、妙な手つきで隣のラスキン主義者の身体に触れた。動きはまるで人間らしくなく、蜘蛛かトカゲのような感じだ。ふたりはレスラーのように両腕をひろげて軽く腰を落とし、ジョーのほうへ顔を向ける。それから動きをそろえて階段をおりてきた。

イーディーがジョーの手をとり、いっしょに庭に飛び出した。ハリエットはすでに何歩か先にいるが、全力を出してもそれほど速く走れない。ジョーは追いついて母親を抱きあげた。母親がふいに襲われたと思ったために、もう少しで目に骨ばった肘を食らうところだった。イーディーはそれでよしとうなずいて、牧羊犬のように敏捷にふたりのわきをすり抜けて前に出た。ふり返ったジョーは、ふたりのラスキン主義者がドアを開けて、折り重なるように出てくるのを見た。ふたりは足をとめる。すぐに三人目が合流する。三人はまた互いの身体に触れあい、頭をひょこひょこ動かしたと思うと、前に飛び出してきた。すばやく、力強く、不気味に黙りこくったまま。ジョーは母親を抱え直すと、思いきり走りだした。

サムソン・アット・ザ・テンプル修道院の庭は修道院という隠遁所のなかのそのまた隠遁所だった。折れ曲がる道が迷路のように入り組んでいる場所で、静かに瞑想したいときに使われ、薔薇の花壇と行き止まりと壁の入り込みに満ちていた。このトラピスト修道会の修道院で、十何人もの修道女がピンポンを愉しんでいるにぎやかな場所を離れて、神の創られた世界の驚異に思いをはせることのできる場所がここだ。イーディーは少し低くなった花壇に入り、反対側へ抜けて、月桂樹の植わった道をたどり、温室と園芸用具小屋のあいだの狭いすきまを抜ける。つねに敷地の外側の塀をめざしながらも、追っ手を戸惑わせるためにあちこちの曲がり角を曲がる。ジョーが息をつこうと立ちどまり、うしろをふり返ると、イーディーはまた手首をつかんで、べつの月桂樹の小道へ引っぱっていく。今度の道は曲がりくねり、月桂樹の繁みも鬱蒼としている。やがてふいに高い煉瓦塀に行きあたった。塀のてっぺんには三方に鋭い棘のある忍び返しというキリスト教精神に似つかわしくないものが植えてあり、侵入者をはげしく拒絶していた。

イーディーは犬をハリエットに預け、バッグから小ぶりなタッパーウェアをとりだして、壁に叩きつける。タッパーウェアは壁にくっついた。

「さっ、こっちへ」イーディーは小さな石造りの礼拝堂のうしろに入った。ジョーがためっていると、イーディーが出てきて頭のうしろをはたき、驚いているジョーを引っぱりこんだ。礼拝堂のうしろに入る直前、ジョーは月桂樹の木立のあいだから三人のラスキン主義者が現われるのを見てぞっとした。大きな黒い人影は骨がないかのように衣をふわふわさせている。三人は互いのまわりを回るような動きをしたあと、一斉に礼拝堂のほうへ注意を向けてきた。いちばん近くにいる者が足を大きく一歩踏み出してきた。イーディーはジョーをしゃがませ、自分の両耳に指を突っこんだ。

世界はひとつの大太鼓になった。そして指揮者がこれまでのキャリアで最大のうなずきを大太鼓奏者に向けた。

空が白くなった。

ジョーの鼻から血が出た。目に埃が入った。

見ると、塀が消えていた。三人のラスキン主義者の姿もない。三人がいた場所には黒こげのクレーターができて、燐(りん)と硝石の臭いが漂っていた。早めに来た〈ガイ・フォークス夜祭〉(十一月五日の夜に行なわれる祭で花火が呼び物)だ。

「自家製だよ」九十歳の、爆薬の知識が豊富な不良老婆イーディーは嬉しそうに言った。「ちょっとニトロ味とトルエン味をきかせすぎたかもしれないねえ。でも、及ばざるより過ぎたるほうがましだろ」

サムソン・アット・ザ・テンプル修道院の庭園は爆破された。

三人はイーディーが盗んだ車のところまで来た。ジョーとハリエットとイーディーの〈チーム・スポーク〉は大脱走をやってのけた。大胆不敵な冒険行の歴史に残る偉業。参加者の年齢や衰えた身体能力の点でも特筆すべき達成だ。イーディーは、これは上級クラスの模範例になるから、誰かがまとめて若い世代に教えるべきだと考えた。サバイバル、危険回避、抵抗、逃走の古典として語り継ぐべき技法。バニスター法とでも呼んだらどうか。

そのとき突然、大勢の人間がわらわらと通りに現われた。黒衣の者たちは異常繁殖した蜘蛛のように街路にわいて出る。あちこちの建物の玄関や駐めてある車から、五人、十人、二十人。みな頭をひょこひょこ動かし、両手で何かをつかもうとするような仕草をする。そいつらを見たジョーがハリエットとイーディーの前にさっと出ると、黒い人間たちの目が一斉にジョーに集まった。凝視を受けて、ジョーは身体がすくんだ。スポットライトの光と一斉射撃を浴びせられるのが感じとれた。怖ろしい銃声に、心臓が破れそうになった。ジョーはよろめいた。ラスキン主義者の集団が突進してくる。

第一波はハリエットをつかまえようとしたが、イーディーが頼もしい拳銃で威嚇すると退却し、射線からはずれた。第二波は北からアプローチしてきて、三人を車から切り離そうとした。亡霊が並んでつくる停止線だ。ジョーは両腕を持ちあげて一種のファイティングポーズをとれるくらいに気力を回復した。これで敵はジョーからの反撃を考慮に入れなければならない。第二波もためらって後退する。だがジョーが喜ぶ間もなく、第三波が第二波に対して直角の方向から猛進してきて、ジョーをとらえた。鉄のように頑丈な手と剛い筋肉を持つ男たちが手足をひっつかみ、バンの後部荷台へ押しこむ。ジョーはリアウィンドーごしに母親を見た。母親のいつも落ち着いている顔は悪夢のなかに現われる顔に変じた。ジョーがいままで見たことのない憤怒の形相になり、バンのほうへ駆けながら息子を返せ、わたしの息子を返せと絶叫した。

ジョーは小人たちに縛られたガリヴァーのようにもがいた。いまは手足の関節すべてを押さえられていて、身体をくねらすことぐらいしかできない。片手でも自由になれば相手になんらかのダメージを与えられるのだが。手首をひねると、敵の手が少しゆるんだ。痛かったが、何度もくり返した。敵の手が滑り、ジョーの皮膚に傷ができた。が、そちらの手が解放された。

どこがやわらかい？

目だ。喉だ。鼻、唇。陰部も。だが、だぶだぶの衣の下にもまだ何枚かの布があるし、男も女もその部分をすばやくかばうものだ。

ひとりの顔を狙って手を飛ばすと、指が布ごしに目にあたる感触があった。相手はぎゃっと叫び、のけぞった。べつの敵が近づいてきた。肩幅の広い、重厚な体軀の人間だ。レスラーか？ 新たな敵にも手を飛ばした。が、思いきり手をはたかれた。手が痛む。テーブルにぶつけたときの痛さだ。だが、気にせずもう一度手で攻撃する。さあ来い！ 来やがれ！ いっちょうやろうじゃないか、このくそ野郎。相手は大きい。がっしりしている。ジョーはやわらかい場所を、弱い部分を探した。黒いリネンのベールがはがれた。ジョーはははと笑ったが、さらに声を張りあげようとしたところで喉が凍りついた。

見あげたところにある顔は黄金でできていた。

目のない顔。嚙みつき亀の顎。光沢のある顔の表面に目鼻がない。

仮面ではなかった。

顔だった。

顔でない顔。人間でない人間。

ラスキン主義者たちがぐっと力をこめてきた。もう完全に押さえこまれてしまった。

ジョーは悲鳴をあげた。

が、意識があったのはそこまでだった。冷たいものを口に押しつけられ、その状態で息を吸いこんでしまったからだ。

XIII

監視される日々、〈棺男〉、脱出

その部屋はひどく狭かった。それぞれの壁と床と天井の真ん中に、丸い半透明の樹脂のようなものがはめてあり、そのなかに電球がある。電球はいつも点灯していた。壁の裏だか中だか——どちらかジョーにはわからないが——スピーカーがしこんである。ときどきそこから大声で指示が飛ぶ。音楽が大音量で流れることもある。電子音が絶叫したりもする。

眠ろうとしたのはどれくらい前なのか、どれくらいのあいだ覚醒を強いられているのか、よくわからない。大雑把な見当はつくと思っていた。顎のざらつき具合から、一日かそこらだろうと。だが、そのうち眠りこんでしまい、目覚めたときには、そう言えばここへ来てから何度も眠りこんだのだと思い出す。それぞれ何時間くらい眠ったのかはわからないのだ。目が覚めると、顔のすぐ近くに幽霊の顔があり、自分の頰の上を剃刀が正確な動きで滑っている。顔をそむけようとするが、身体も頭も固定されている。それでも逃れようと試みていると、冷たいものが首に押しつけられる。世界がまぶしく光りながら泡立ち、ジョーは叫びまくった。冷たいものはスタンガンだろう。前に布を垂らした顔は、なぜ騒ぐのかといぶかるようにじっとこちらを見る。こいつは人間なのか、違うのか。前に見たあの顔なのか。この顔を見ているのは夢のなかでだろうか。

　スタンガンのショックから覚めると、なぜかひどく興奮を覚えた。薬物でも注射されたのかと思ったが、そんなことをする理由がわからない。だがこんなふうに自分について独り言を言っている状態を、たぶん敵は望んでいるのだろう。敵はジョーを支配しようとしていた。身体を拘束して、時間の感覚を支配し、睡眠を支配する。身体全体を自分たちのものにする。実際に薬物を与えたかどうかは問題ではない。与えうる状態にあることが重要なのだ。ジョーが保持できるのは自分の意識だけだが、敵はそれを欲しがっている。意識に直接アプローチはできない。だから肉体を人質にとっている。

　前に拷問された男の体験談を読んだことがある。それによれば、最悪なのは同じ音楽を何度もくり返して聴かされることで、気が違いそうになったそうだ。剃刀で苛まれる痛みより、自分を失っていく感覚のほうがずっとこたえたとか。ジョーはそれほど強固な自我を持ちあわせていないのではないかと怖れている。たぶん勝負は早いだろう。

　ジョーは叫び声をあげ、たちまち後悔した。連中の注意を惹きたくない。だが案の定、〈普通の人(ミスター・オーディナリー)〉はやってきた。

〈普通の人〉は田舎の獣医のような顔をしていた。ラスキン主義者ではない。こういうときのために雇われている拷問の専門家だろう。話す声はやわらかなバリトンで、ローヴァー君は天疱瘡だねえとか、ティドルズちゃんにはもっといろんな種類の食べ物をあげたほうがいいよ、といった台詞が似合った。

〈普通の人〉は質問をする。ジョーがそれらの質問にどう答えるかは重要ではないらしい。そこでジョーは冗談を言った。〈普通の人〉は、面白い冗談を言えば苦痛をやわらげてやってもいいという考えのようだった。黙っていると厳しく罰する。〈普通の人〉は、ジョーが最初にだんまりを決めこもうとしたとき、親切にもそのことを説明してくれた。

「とにかく嘘をつくことだ。嘘はかまわない。あるいは、わたしの言っていることがわからないなら、意味不明のことを適当にでっちあげてべらべら喋ってくれてもいい。それはいいんだ。しかし黙っているのは……こちらに敬意を示していない印とみなすよ」

ジョーが頑固に唇を閉じていると、〈普通の人〉はため息をついた。そして温和な口調で指示を出した。ジョーは奇妙な姿勢をとらされ、それを続けることを強いられた。痛みがたちまち襲ってきたが、ジョーはこんなのは想定済みだと、それを受けいれた。しばらくは痛みに慣れてくるような気もして、自分はよくやっていると思っていたが、やがて耐えがたくなってきた。ジョーが叫びはじめるのを〈普通の人〉はじっと聴いていたが、なんの反応も示さなかった。ジョーは喋りはじめた。自動巻き時計の修理料金表の数字をでたらめな順番に唱えた。遅ればせながらルールに従ったことで、慈悲を受けられるかと期待して。

だが、甘かった。

もう何がなんだかわからなくなった。が、ある時点でふと気づくと、すぐ前に憎悪をたぎらせた目があって、ジョーが叫ぶ声を聴いていた。

ブラザー・シェイマスは、ジョーの工房で見せたのと同じ、見る者を不安にさせる流れるような動きをした。まるで常人よりも骨格に関節が多いといった感じだ。顔がなめらかに動いてジョーの目の動きを追い、顔をのぞきこむ。うかがい知れない真っ黒な衣を着た怪物。卵の殻のような顔。仮面。だが、なんというか、表情がないわけではない。感情が身体全体からにじみ出ているのか、布を通して顔の表情が見えるのか、どういうわけかわからないが、この狭い部屋のなかでブラザー・シェイマスが抱いている感情ははっきり伝わってくる。

ブラザー・シェイマスはジョーを憎んでいた。ずっと昔から知っていて我慢ならないほど嫌悪している相手であるかのように憎んでいた。ジョーの存在自体を骨の髄から嫌っているかのように、ブラザー・シェイマスのなめらかに動く身体のすべての線が憎悪を表わしていた。

なぜそんなに憎まれるのか、ジョーには見当もつかなかった。ジョーはブラザー・シェイマスからそんなふうに積年の恨みを買うほどの年齢ではない。ひどい目にあわせたことがあるのなら覚えているはずだ。ジョーは昔から人当たりよく生きてきたのだ。

ジョーはそう言おうとした。だが不運にも喋れない。喋ろうとすると歯がかたかた鳴り、舌が動かないのだ。

「おまえはわたしについてある種の印象を持っているだろう、ジョシュア・ジョゼフ・スポーク」シェイマスは医者が診断をくだすような冷静な口調で言った。「そうであるはずだ」

それは質問ではないから、〈普通の人〉のルールによれば返事をする必要はなかった。

「おまえはわたしのことをこう想像しているだろう。この男は偉そうな口をきいているが、やはり誰かの命令で動いているに違いないと。わたしがいろいろな帽子や王冠をかぶっていることを知り、それらが互いに矛盾することを知れば、どれもインチキだと思うかもしれない。しかしそういう印象は浅薄なものだ。それらの印象を支えている世界観は、近代主義という弱い思想によって痩せ細ってしまった世界観だ。近代主義は偉大な思想を怖れるあまりそれらを解体してしまったのだ。イギリスがかつて世界帝国として勝利をおさめたのは商店主どもの世界をつくりあげたからだ」シェイマスは侮蔑をこめてそう言った。ジョーは心に銘記した。近代主義と商店主どもは悪いもの。

「わたしはおまえが想像している以上に大きな存在だ。だが同時に将来わたしがなるものと比べればその一部にすぎない。わたしの勝利は不可避だ、憎むべき青年よ、なぜならわたしは神になるからだ。神としてわたしは完璧になる。完璧になれば、ずっと以前から完璧だったことになる。いま起きていることは一見すると紆余曲折のようだが、神聖なものの時間を超越した性質を理解した上で見れば、すべてわたしが神となるという結果に向かうまっすぐな線に見えるんだ」

ジョーは、一週間前にそんなことを聞いていたら大笑いしていたところだった。だがいま、この部屋で聞くと、笑いごとではない。こちらを見つめている目は笑えない。その目には、生体解剖されている自分の姿が映っている。何かの目的のためではない、愉しみのための解剖だ。この男がそれをやりたがっていることについては絶対の確信が持てた。ジョーとしては、この〈ラスキン主義者連盟〉の盟主が嘘をついていること、すなわち、じつは誰かの指令を受けていることを願うしかない。気分を滅入らせながら、点と点を結んでいったジョーは、指令を与えている人間がいるとすれば、それはロドニー・ティットホイッスルだろうということに気づいた。ティットホイッスルは今度の事件に関して、よりましな結果を得るために、すでに自分の良心を黙らせているに違いない。

「それではちょっと気を変えて、違う質問をしてみよう。だが曖昧な返事はだめだ。はっきり答えてもらうぞ。さあいいか。よし。『わたしがナポレオンの心を持っていながら、肉体はウェリントンだったら、わたしは何者なのか』

ジョーの狼狽顔を見て、シェイマスは笑った。本当におかしくて笑ったように聞こえた。

ジョーは正しい答えがまるでわからなかった。そこで自分が何をしたせいであなたはそんなに怒っているのか、何をすれば償えるのかと、尋ねてみようとしたが、口が思うように動かなかった。そしてむせてしまい、小さく唾が飛んでしまった。シェイマスはそれを不敵な態度とみた。すぐに〈普通の人〉が戻ってきて、きみには失望したと告げた。

ジョーは現実を忘れて、愉しいことを思い出そうとした。だが愉しいことは遠いところにあってぼやけていた。意識のなかに何匹もの鮫がいた。思い出したくないのに避けがたく甦ってくる記憶という鮫が。

十五歳の誕生日に、ジョーが玄関のドアを開けると、そこに父親が立っていた。上等のスーツに身を包み、プレゼントをわきに抱えている。これにはびっくりした。このとき父親は重窃盗罪（重厚長大窃盗だとしゃれる者もいた）で刑務所に入っていたからだ。

「やあ、ジョー」と父親はにこやかに言った。「ちょっと寄ってみたんだ。べつにいいだろう」

「出てきたの？」とジョー。

「見ればわかるだろう、見れば。父さんは自由の身だ。少なくとも今日一日はね」

「一日だけ？」

「まあもう少し長くしたいと思ってるけどね」父親のトレードマークであるいたずらっぽい言い方から、ある途方もない可能性がジョーの頭に浮かんだ。

「脱獄してきたんだね！」

「そうだよ。けっこううまくやったよ。そもそもは、ハーリー通りにいる医者に診てもらうためだ。刑務所の飯はひどいんだ。脂っこくて消化に悪い。で、それならついでに可愛い息子に会って、可愛い奥さんをハグして、そのあともうひと足延ばしてアルゼンチンへ高飛びしようと思ったわけだ。あそこならおまえたちもときどき会いにこれるだろう。いい考えだと思わないか」

「どうかしてるよ！」ジョーは嬉しくなって叫んだ。「こんなとこでぐずぐずしてたら捕まっちゃう！」

「おまえの父さんはよぼよぼの老いぼれかもしれないが、馬鹿じゃない。脱獄もこれが初めてじゃないんだ。ブリグズデイルというおじさんがいてだな、父さんの服を着て、いまアイルランド行きのフェリーを待ってるんだよ。ブリグズデイルはいままで何も悪いことをしたことがないんだが、なんと、父さんにそっくりなんだ。これからフェリーに乗ろうとして逮捕される。警察は何日か父さんを捕まえた気になってるはずだ。そのうちブリグズデイルはこれは間違いだと言って、警察を訴えると騒ぎだす。まあ本当は騒ぐことなんかないんだけど何しろ父さんに頼まれたんだから……。でもともかくその騒ぎが収まるころには、父さんはブエノスアイレスで落ち着いてるわけだ」父親はにかっと笑った。

ジョーには意外だったが、ロンドン警視庁の特別捜査隊がドアを破って踏みこんでくることはなかった。父と息子はソファーに坐り（「父さんは息が切れちまったよ、ジョッシュ。ものすごく高い塀をよじ登ったからな。脱獄は若い者のすることだ。回想録にそう書いとこう！」）、紅茶を飲みながら、ハリエットの帰宅を待った。父親の膝で身体をまるめて子犬のように眠った幼いころの思い出に敬意を表するかのように、図体のでかいティーンエイジャーは父親の胸に頭をつけて、ジョン・クレイヴンがアンカーマンを務める《ニューズラウンド》をいっしょに見て、マシュー・〝トミー・ガン〟・スポークが脱獄した事件が報じられ、過去の悪行の数々が紹介されるのを待っていたが、名声というものは長続きしないものらしく、テレビ画面には泳ぐウサギなどが映るばかりだった。

「アルゼンチンで銃の撃ち方を教えてくれるかい、父さん？」ジョーはそろそろ自分もそういうことを学ぶ年になったと思っていた。

父親はため息をついた。

「ひとつ頼みを聞いてくれないか、ジョー」

「いいよ」

「おれみたいにはなるな。裁判官になれ。ロックスターになれ。大工になれ。とにかく……もっとましな生き方を見つけるんだ。銃をふりまわすのはほかの連中に任せとけばいい」

「おれは父さんみたいになりたいんだ」

「だめだ。おまえはそれがいいと思ってるだろうが、父さんみたいな人間は結局こうなる。馬鹿な話だ。自分の家にこそこそ隠れて。さあ約束してくれ。父さんよりいい人間になると」

「約束するよ」

「ギャングの名誉にかけて？」

「ギャングの名誉にかけて！」この誓い方は誓いの中身と矛盾しているが、父も子も気にとめなかった。

「それでよし」

ふたりはそのまま眠りこんでしまった。ヨガ教室から帰ってきたハリエットがあげた悲鳴で、ジョーは目を覚ました。そして父親が死んでいるのに気づいた。父親の顔は微笑んでいた。

替え玉ブリグズデイルの話はマシューの想像の産物だったことがあとで判明した。アルゼンチンへの高飛びも準備はされていなかった。マシューは刑務所の医務室で余命いくばくもない病気だと知らされるや、息子の誕生日に帰宅する許可をとった。そして自宅で、永遠に法の裁きを逃れる手立てを講じたのだった。

ベールを垂らした顔がふたつ、ドアに切られた小窓からのぞいていた。窓の狭いスペースを争って、互いのまわりをひょこひょこ動いていた。室内に立ちこめる悪臭に、ジョーは吐きはじめた。胃が空っぽになって胃液すら喉に戻らなくなったが、それでも悪臭は注ぎこまれた。ジョーは痙攣し、身体をえびぞりにして額とつま先だけ床につけたりした。ジョーの肉体はありもしないものを取り除こうともがいた。

心のなかでジョーは、あの最後の日のように、父親の手を握っていた。マシューならいまどうすればいいか知っているはずだった。

「あれはどこにあるんだ」

同じことを何度も何度も訊かれた。〝あれ〟とは何かわからないと言うと、責めがはげしくなった。彼らは説明する気などなかった。なんなのかは自分で考えてそのありかを言えというのだった。尋問者の心を推し量る努力をしろと。

「あれをどこへ隠したんだ」

ジョーは砂糖入れに隠したと答えた。どんなものであれ、もうあんたたちが持っているはずだと言いたかった。おれのものは全部あんたたちが押さえたはずだ。いま所有しているはずだ。

あんたらが持ってる。おれのものは全部持ってる。おれの家とテッドの家から持っていったはずだ。

「ダニエルが隠したのか。それがなんなのかダニエルは説明したか。それについてほかに誰が知っているんだ」

そうだよ。祖父ちゃんが隠したんだ。あんたらには見つけられないところに。おれにも見つけられない。図書館か。本屋か。教会か。燃やしたか。売っ払ったか。そんなことは知らない。

「どこにあるんだ」

頭のなかだけにあるんだ。おれの頭のなかに。おれらの頭のなかに。おれたちはみんなひとつなんだ。

ジョーの意識はさまよっていた。そのことを自覚していた。さまようことで痛みがやわらいだ。それでもジョーはさまよい出すことに抵抗した。もとに戻れなくなるのが怖いからだ。

「抵抗を続けることはできないぞ。結局はすべてを話すことになる。誰でもそうだ。しまいには、われわれは事細かに秘密をぶちまけるおまえに飽きることになる。〈較正器〉はどこにあるんだ、ミスター・スポーク」

ほんとに全然わからないんだって。

それは本当だった。だが同時に、その質問がジョーに何かを告げていた。〈較正器〉というのはフランキーの装置の設定を変える道具だ。ブラザー・シェイマスはフランキーが考えたのとは違う目的のために〈理解機関〉を使いたいのだろう。

ジョーはいま考えたことを頭のなかで押しつぶした。口から出ないように。知りすぎることは、知らなすぎることと同じくらい悪い。

「〈較正器〉はどこにあるんだ」

ジョーはふと、こちらがそれを知らないことを、連中は本当に知らないのではないかと思った。自分はいま無能な拷問者の手にかかっているのでは。その考えから新たな恐怖が生まれた。連中は知性も作業能力も充分に持ちあわせていないかもしれない。そして不注意によって自分を死なせてしまうかもしれない。

ジョーは拷問者たちが見かけよりも優秀であることを期待するという奇妙な立場に置かれた。

ジョーはロドニー・ティットホイッスルが訪ねてくる夢を見た。こんな灰色の胡散臭い夢は遠慮したいなと思った。

「おれは拷問されてるんだ」ジョーは感覚を失った唇で言った。ティットホイッスルは首を横にふった。

「いや、そうじゃない」

「ほんとなんだ。あんたにもわかるだろう」自分の声が子供の声に聞こえた。はげしい怒りが突きあげてきたが、ティットホイッスルに救ってほしい気持ちはあった。本当は女王陛下かBBCが介入して拷問をやめさせてくれればいいと思う。ティットホイッスルはそのどちらでもない。だがいま話ができるのはこの男だけだった。

「そうじゃない。連中が拷問していると言うのはとても間違っている。非生産的だ。いやもっと悪い。敵を利する行為だ」

「敵って？」

「敵だ。すべての敵だ」

「じゃあ連中はみんなの安全を守るためにおれを拷問してるのかい」

「拷問なんかしてないんだ、ミスター・スポーク。拷問は違法だからね。きみを凌虐するような者たちをわたしは使わない。だがわたしは彼らを使っている。彼らが法に則って行動することがわかっているからだ。わたしは彼らに厳しく念を押したが、彼らは大丈夫だと確約した。だから拷問されているときみが言うのは虚偽の申告か誤認のどちらかだ。虚偽の申告は現在では法戦（ローフェア）の一手段とみなされる。法戦の意味はわかるかね。法的手段を使った交戦（ウォーフェア）のことだ。不法な法戦は処罰されるよ」

「連中は何を知りたいかすら言わないんだ。おれは答えたいのに、何を答えていいかわからない」

ティットホイッスルはため息をついた。「彼らは〈理解機関〉の〈較正器〉が欲しいんだよ、ミスター・スポーク。小さな品物だ。きみの手くらいの大きさしかない。〈本〉は装置のスイッチを入れるだけで、切ることはできないようだ。切るためには〈較正器〉が必要らしい。それをきみが持っているという情報があるんだ。あるいはきみのお祖父さんが持っていたという情報がね。だからそう簡単に否認をしないでよく考えることだな」

「おれは知らないんだ。弁護士を……弁護士を呼んでくれ！　マーサーを連れてきてくれ。おれには権利がある。それはわかってるだろう」

「いや、きみにその権利はない。ここではない。この部屋、あるいはこの建物のなかではね。ここでのきみは患者だ。きみはテロ行為を行なった容疑をかけられているが、そのテロ行為はあまりにもおぞましく破壊的なので、きみは正気を疑われているんだ。患者に弁護士を呼ぶ権利はない。さっきも言ったとおり、法戦は処罰されるんだ」

ティットホイッスルはむっとした顔で立ち去った。そして実際、罰が加えられた。いままでは何をしてもしなくても罰があることがわかっていた。だが連中はだんだんジョーの身体に触れることが少なくなってきた。

ジョーはしばらくのあいだ意識を遠くへ飛ばした。

「この仕事。この言葉。こういうのは自然に反している。すべてに反している。父親が息子を葬らなきゃいけないなんて間違ってるよ」祖父ダニエルは振り子のようにまっすぐしゃんと立っているが、老朽化した箱形時計のように息切れしたような声を出した。「戦争中でも、平和なときでもそうだ。どっちの場合もわしは見たが」祖父は言葉を切り、右肩をもみ、首をもんだ。心のなかの哀しみの炉が外へ火をあふれさせていた。「わしの息子はいい人間ではなかった。われわれの国の法に照らせばだ。あいつは犯罪者だった。わしの息子は。わしにはあいつがわからなかった。わかろうとしたが、だめだった。わしはだめなんだ。言葉が苦手だ。人間も苦手だ。機械なら理解できる。そういうことだ。あいつは悪い人間だった。盗みをやった。ものを壊した。銃を撃った。ほかの連中にも同じことをやれとそそのかした。あいつは麻薬を売ろうとした。刑務所に入った。わしの息子は悪い人間だった。悪い息子だったが、死んだのは哀しいんだ」それが悪いかと挑みかかるような口調になった。

「だが本当は違った。悪い人間じゃなかった。違ったんだ。あいつは愛した。息子を愛した。女房を愛した。誰よりも自分の母親を愛したいと願った。わしのフランキーを。あいつのフランキーを。あいつは母親をほとんど知らなかったが。あいつはわしのことすら愛していたようだ。もっともわしはあいつを失望させたが。わしは毎日あいつを失望させた。残念なことだが、わしにはできなかった。できなかった」祖父はまた言葉をとぎらせた。できなかったとはどういう意味なのか、ジョーにはついにわからなかった。祖父は気をとり直すために、その話題を回避したからだ。それをさせてあげないと、もう祖父の話は聴けない。この最後せなければならない。祖父ちゃんは許してくれないだろう。ゼンマイは最後まで解けきらの機会を逃してしまう。

ゼンマイは最後まで解けきらせなければならない。

「あいつは悪くなかった。悪い人間じゃなかった。あいつは何でも度を過ごした。怒りっぽかった。手に負えないやつだった。だが不誠実じゃなかった。もっとも――誰だってそうだが――あいつに関係することは、必ずしもほんとのことばかりとは言えなかった。でも最後のときはほんとのことがわかってた。あいつにはわかっていた。知ってたんだ。もう長くないと。実際そうだった。死が近かった。それで刑務所から出てきた。息子に会ってさよならを言うために。わしには帰ってくることを知らせなかった。わしはあいつを殺したかもしれんからな」

とんでもないことだが、最後の言葉でジョーと祖父は笑った。苦い笑いではなく、腹の底からの笑いだった。ああ、そうなんじゃ。マシュー・スポークは墓へ行くときも人を食ったようなまねをしたよ。愚かしくも、頑固にも、ヒロイックだったんだ。

「だから哀悼してやってくれ。頼む。今日、おまえの気持ちを全部出してくれ。わしのためにも。叫んでくれ。泣いてくれ。酒をがぶ飲みして、馬鹿なことをやらかしてくれ。あいつのようになってくれ。おまえのなかにあるマシューの部分を解放してくれ。わしにはできないから。どうやったらいいかわからんからな。父親が息子を葬らなきゃいけないなんて間違ってるよ」

外では棺が地中におろされた。なぜか墓穴の底には人工芝が張られていた。ジョーはなんとなく土はさらさらしていると想像していたので、棺の上にふりかけられると思っていた。だがロンドンの土壌は粘土質で、からし色の大きな塊をどたり、どたりとこもった音を立てて落とすことになった。棺のニスがはげないかと心配になったが、そんな心配は馬鹿げたことだった。はげても誰も気づかないし、気づいても非難する者はいない。

埋葬の儀式は進んだ。

一時間近くたって、棺がぶじ埋められたあと、ジョーは祖父といっしょに墓のそばから墓地の外の道路を眺めていた。五分ほどそうしているあいだ、祖父は言葉に出さない自責の念を身のうちに沸きたたせ、ジョーはジョーで、マシュー・スポークの生と死に深く関わりを持つひとりの人物の姿を探していた。ふたりが見るともなくあたりを見ていると、道路の反対側にある停留所に赤い二階建てバスがとまった。しばらくしてバスが発車し、ひとりの乗客の姿があとに残った。黒い喪服姿のひょろりと背の高いその人は、新聞販売店の前にまっすぐ背を伸ばして立っていた。

ジョーは地味な断髪にした灰色の髪、シダレカンバの幹のような首、地味な黒いズボン、腰にあてた節くれだったふたつの手を見た。その人はごくゆっくりと慎重に左手を持ちあげて挨拶を送ってきた。その距離からでも、その人がいままで泣いていたのがジョーにはわかった。身体を震わせるところから、いまもまだ泣いているようだ。あの人は誰の死を悼んでいるのだろうとジョーは思った。毎日ここへ来るのだろうか。週に一度だろうか。それとも自分たちのあとですぐまた誰かの埋葬式があるのだろうか。と、そのとき、祖父が驚きの声をあげ、片手を突き出して前によろよろ出ていった。まるで氷のように冷たい海に浮かんで救命ボートに必死でとりすがろうとする遭難者のように。「フランキー!」と祖父は叫んだ。「フランキー、フランキー、おい!」弱った膝や足首を気にかけることもなく、墓地の東門のほうへよろよろ歩きだした。「フランキー! わしのフランキー」

するど反応があった。フランキーが反応したのだ。その顔が思いがけない事態への喜びに輝いた。自分たちの息子の埋葬日というこの残酷な日にも、ダニエルの愛は生き延びていたと知った喜びだろうか。手が祖父のほうへ伸びて、風に吹かれたようにひらひらふられた。だがふいに、フランキーの開かれた心の扉は閉じられた。まだそのときではない、心の準備ができていないというように。手を引っこめ、身体の向きを変えて立ち去ろうとした。するとそのとき、つぎのバスが来て、あいだを仕切るカーテンとなった。祖父は門の扉の取っ手に手をかけた。あとからついていくジョーも、祖父と同じように何か必死の思いにかられていた。祖父が門の扉を開けた。が、そのときバスが走りだした。ジョーにはつぎに何が見えるか予想できた。案の定、無人のバス停がそこにあった。

祖父はわからないという顔でバス停を見、ついで走り去るバスに視線を飛ばした。祖父とジョーの目に、バスの後部で銀色のポールにつかまっている細長い人影が映った。身体の姿勢にはまだ心残りがありそうな気配が残っていたが、顔はそむけられていた。しっかり足を踏んばって立つ姿は、祖父とジョーを抱きしめる気があるようにも見える堂々としたものだったが、バスはその姿を運んで角を曲がり、消えてしまった。

ジョーを捕らえた者たちは、ジョーの抵抗——無抵抗の抵抗——を面白がると同時に苛立った。ジョーは小さな白い部屋に閉じこめられた。すぐにその箱のような小部屋は、建物から分離したかのように上下に動いたり、ぐるぐる回ったりしはじめた。身体が宙に浮いたジョーは、壁のひとつが遠ざかり、反対側の壁がぐっと迫ってくるのを見ながら、自分が時速二十五キロで動き——ありえないことではない——部屋が時速二十五キロで動いているとしたら、時速五十キロで壁に衝突することになる、とちらりと思った。そうなればおそらく死ぬだろう。

両腕をひろげて、自分の動く速度をゆるめようとした。とりあえず死にもしなければ重傷を負いもしなかったが、片手の親指を脱臼したようだし、何本かの肋骨にひびが入った感触もあった。だが周囲の様子が変わってきて、脱臼やひびくらい些細な問題だと思えてきたとき、部屋がとまって外に出された。ジョーはよろめき、白い床に嘔吐した。男たちが身体を支えてきたので、礼を言った。

〈普通の人〉が微笑んだ。

さっきの箱のような部屋（ジョーは懸命にそれを〝自分の部屋〟と考えまいとした）へ戻されるかわりに、すぐ隣のべつの部屋に入れられた。なかには男がひとりいた。泥と海藻が付着したゴム長靴の臭いをさせて、全身が火傷の痕と瘡蓋（かさぶた）で覆われていた。

ジョーは白髪の男を見おろした。もう死にかけているらしいその男には、見覚えがあった。

「ここは蔦の藪のなかだ」と男が言った。

その男はテッド・ショルトだった。どうやら何か奇妙で巧妙でひどく怖ろしいことをされたようだった。身体を震わせていたが、寒さや疲労や恐怖で震えているのとは違っている。筋肉が骨からはがれかけているといった震え方だった。また脂肪が不自然なところに溜まったかのように皮膚が突っぱっていた。

「蔦が身体のなかに入った」とショルトはしゃがれ声で言った。何かを捜すように目を動かしたが、見つからないようだった。ジョーはその目が見えていないことに気づいた。「蔦が血のなかにある。頭のなかにある。わたしは愚か者だ。神は虚構だ。悪魔が支配している」

「おれだよ、テッド」ジョーは小声で話しかけた。叫ぶ必要はなかった。恋人どうしのようにくっつきあうことを余儀なくされていた。ある程度の距離をとりたければ片方が立つしかない。

「時計職人のスポークだ」

「あの男の思いどおりにさせてはいけない」とショルトは曖昧に言った。腹筋に力を入れて上体を起こそうとしたが、軟骨が鳴るような音がして、うめき声を漏らした。

「テッド……おれには何もできそうにない。何がなんだかわからないんだ」

「ブラザー・シェイマス。フランキーの装置」

「ああ、だけどそれになんの意味があるのかわからない。やつらがおれに何をさせたいのかもね。おれは何も知らない。おれはただ鍵を回してしまった馬鹿でしかない。そのときあんたもいただろう、テッド」

ショルトは何か言おうとして、またうめきはじめた。背中がぐっとそって、ばきばき音を立てた。まるで骨が折れたような音だった。「フランキーの機関車は何を引っぱるだろうか。科学は多くの顔を持っている。それぞれの口は世界に対して違うことを言う。フランキーはもういないが、彼女の残した刃（やいば）はいくとおりもの切れ方をする。誰がナイフを握っているのか。もちろんシェイマスだ。つねにシェイマスだ。馬鹿どもが」ショルトは震えた。ジョーはショルトの身体のなかで何かが動いていると感じた。ジョーは直感的に、それがそんなに動くのはまずいと思った。

「テッド、頼む、じっとしていてくれ」

「フランキーはその装置で人類が救済されると言った。もっとも真実が強くなりすぎると、われわれは氷になって砕けてしまうから、完璧に調整して設定したと言った。ところがシェイマスが……それ以上を望んだ。あの男は神とのあいだで勘定を精算したがっている。装置の設定をやり直したがっている。すべての真実を見たがっている。あの男は世界を殺してしまうだろう。

　だが設定のし直しには〈較正器〉が必要だ。やつはそれを持っていない。そうだろう？　もちろん持っていないはずだ。フランキーは馬鹿じゃないからな。彼女は信用できる人間にそれを渡したんだ」

ああ、くそっ、とジョーは思った。祖父ちゃんだ。世界終末への鍵を祖父ちゃんに渡したんだ。当然そうするだろう。世界を破滅させてしまうようなもの、怪物やならず者が欲しがるものを、ほかの誰に預けるというのか。預ける相手は、自分が生んだ子供の父親、三十年間ほとんど姿をくらましていた自分をそれでも愛していた男だ。

ダニエルだ。ということはつまり、おれの手に渡ったということだ。

くそ、くそ、くそ。

かりに自分が引き継いだのだとしても、どこにあるのかわからない。もしかしたら敵は、工房がある倉庫を襲撃したときに持ち去ったかもしれないが、やつらも自分たちが持っていることを知らない。つまり隠されているのだ。当然だ。こんなこともあろうと、祖父ちゃんが隠したのだ。ものすごく上手に。だがもしかしたら祖父ちゃんが紛失したもののなかに隠されていたかもしれない。あるいはマシューが知らずに売ってしまったもののなかに。世界でいちばん危険なもののイグニッションキーを、イタリア料理店〈チェッコーニズ〉で一回食事を愉しめるだけの金額で売ってしまったのかもしれない。

くそっ。

テッド・ショルトが早口で喋りだした。「シェイマスは自分の成績を知りたがっている。自分が勝ったのか負けたのかを。愚劣さは強大な力が示すひとつの兆候だという言葉がある」少し間を置いた。「きみはあの男の野望を阻止しなければならない。絶対に！　ラヴレイス号のところへ行け。わたしがフランキーと別れた場所へ」

「そんなことおれに喋っちゃだめだ。ここじゃだめだ。おれは秘密を守りきれない」やつらはきっとおれから話を聞き出すだろう。おれは諦めるはずだ。秘密を守り通せるはずがない。あんたが喋らなかったことをおれから聞き出すだろう。

ショルトがじっと目を据えてきた。それは暗闇のなかで光るキツネの目、狂人の目だった。ショルトは頭をもたげた。腹のなかでこりこりっと音がして何かが壊れた。ショルトは唸るように言った。「きみにはできる！　やらなければいけない！」もう問答無用で秘密を打ち明ける気だ。

ジョーが顔を近づけると、ショルトはほとんど声にならない声を、直接耳にささやきこんできた。「ラヴレイス号は〈ステーションY〉の、丘の下にある」がくりと頭を落とした。

ふっと力が抜けて、ジョーは首をふった。「それがどこなんだかわからないよ」

「公の記録にある。有名じゃないが、答えは単純だ。さあ、聴け！　どうすればいいか教える……。箱の上に立って丘を見ろ。真っ暗なトンネルをくぐれ。リジーの誕生日でドアを開けろ。それでなかへ入れる。さあ！　いま言ったことを頭のなかでごちゃごちゃにするんだ！　無関係な言葉を混ぜこんで、そのごちゃごちゃを覚えこむ。さあ言ってみろ。マートン・フライ。国民の目。神は罪びとを愛する。患者たちは叫ぶ。わかるか？　こうすれば声に出して喋ってもかまわない。なんなら怒鳴ってもいい。大声で答えを言ってやれ。そしてやつらに考えさせてやれ。本当のことを言いながら、しかもそれを隠しておくんだ。そうするんだ、ジョー！　そうしなくちゃいけない！」ぜいぜい喉を鳴らし、ぎゅっと目をつぶった。「そこへ行けばすべてがある。とにかく行動するんだ。やつの野望を阻止しろ」

ショルトはあえぎ、身悶えた。身体のなかでさらに多くのものが壊れた。ジョーは考えた。ドアをがんがん叩いて、秘密を喋るから医者を呼んできてくれと頼んだらどうかと。たぶん医者は来ないだろう。

だからかわりに嘘をつくことにした。慈悲の嘘を。

「わかった、テッド。そうするよ」


あとで水責めにあったとき、ジョーは二分十八秒のあいだ死んでいた。

顔で感じとった水は冷たくて新鮮だったが、塩と薬品の味がした。これは被尋問者の死亡率を抑える工夫をした特別な水なんだ、と〈普通の人〉は説明した。ジョーはその水が肺に入ってくるのを感じながら、妙に客観的に、あんまり工夫はうまくいってないなと思った。

ジョーは溺れはじめた。ラスキン主義者がひとり、わきにいた。すぐ近くにいて、ジョーがむせる声に聴きいっていた。それから顔の向きを変えて、肺に水が入る音に耳を傾けた。これは経験豊かな高い技能の持ち主で、被尋問者の身体が立てる音から、処置のやめどきがわかるのだった。

ジョーは、いつから自分はラスキン主義者を人間と考えるのをやめて〝これ〟とか〝それ〟とか呼ぶようになったのだろうと考えた。向こうもこちらをそのようなものとみなしているのか、とも。

意識の一部では、あまり質問してこなくなったなと気づいていた。もとより尋問する気などないのかもしれない。ただ殺すつもりだけなのかも。

そう考えると怖ろしくなり、もがきはじめた。しばらくもがいて、やがて耐えきれずにまた水を大量に飲んでしまった。音を聴いているそれが片手をあげた。緊急処置カートが運びこまれ、医者や看護師が何か叫んだ。

蘇生術が施された。それは機械を使って行なわれた。一度、ひとりがマウス・ツー・マウス法の人工呼吸をしようとしたとき、〈普通の人〉からとめられた。これは危険な男だから唇を噛まれるかもしれないし、どんな病気を持っているかわからないというのだ。

ジョーは、なぜそれを事前にチェックしないのかといぶかった。あたりまえの手順じゃないかと。強制的に生かしつづける努力がなされるあいだ、ジョーは協力すべきかどうか迷った。いまこの世とおさらばしたほうがいいんじゃないかと。だが死んですべてが解決するわけではない。まだやるべきことがある。みんなの安全が自分の肩にかかっているから。

ジョーはいままでずっと死について考えすぎることを避けてきた。とにかくぞっとするからだ。そう言えば祖父からは、特別に大切にしろよと言って〈死の時計〉を譲り受けたのだった。なぜそれがいま意識に浮かんできたのだろう。ヴィクトリア朝時代の陰気なガラクタ。なぜ祖父はあれをあんなに大事にしたのか。あれほど生きることを愛した人だったのに。

祖父が変な予言をしたのではない、ということに、無罪の推定をしておこう。まだ自分は死なないのだ。

ふたたび心臓が打ちはじめたとき、〈普通の人〉は休憩だと宣言した。

薄黄色いスキンクリームを塗られたジョーは、チューブの挿入と嘔吐で喉に痛みを覚えながら、窓の外にフラワーボックスのある部屋で坐っていた。ここから何千キロも離れたところにいるのならいいのに、自分が誰かほかの人間ならいいのに、ビリー・フレンドと友達にならなければよかったのに、祖父のあとを継いで滅びかけている時計じかけの機械の世界に入らなければよかったのに。父親がむりやり自分を法律家にでもしてくれたらよかったのに。一時期、父親はその気になっていたらしいのだが、ハリエットが泣いてやめさせたのだそうだ。

いまジョーは、女の収監者とボードゲームの〈蛇とはしご〉をやりながら、ちらちら時計を見ていた。あと二十分で午前十一時。きりのいい十一時に、また尋問のために迎えにくるのではないか。

ここのスタッフは全員、ラスキン主義者というわけではなかった。その多くは、見たところ正規の資格を持った医療従事者であるらしい。ジョーがいるのはラスキン主義者の病院の精神病棟だった。看護師のひとり、ジェマという丸顔の可愛い女性は、秘密を打ち明けるような口調で、あなたは最高の治療を受けていますからじきに退院できますよと言った。ああ、そうだろうねと答えると、看護師はえくぼをつくった。

とはいえ、その看護師も、病院の名前は明かそうとしないし（「わたしは言っちゃいけないことになっているので」)、誰かと連絡をとってもくれないし(「あなたは治ることだけ考えていればいいんですからね」)、金の蜜蜂のことや戦争が起きていないかどうかなど、外部のニュースも教えてくれない。

そこでジョーは、この場所を〈ハッピー・エイカーズ〉と名づけた。ほかの患者は——まず間違いなく、囚人でない人たちも含まれているが——ほとんど全員、黙ってぼうっとしていた。隅でポップソングの最初の数小節を何度も歌っている人もいた。ひとりの女は哀れっぽい声でぶつぶつつぶやいていた。

十一時五分前、七人の男が部屋に入ってきて、棺のようなものを置くための場所をあけた。その棺のようなものはジョーが水責め(ジェマ看護師は〝塩水セラピー〟と非難の口調で呼んでいた)を受けるときに縛りつけられるベッドに似たものに載せられていたが、目的は何かの測定らしく、もっと拘束がきつかった。透明な〝棺〟のなかにいる男はナイロンのストラップやゴムでほぼ全身を固定されていた。ジョーよりも年上だが、死んだときのマシューよりは若い。髪はぼさぼさで、顎ひげが長く伸び、肉体労働者のように陽に灼けているが、拘束具の下は色が白かった。この男は部屋の外にいるときも〝棺〟のなかにいた。

ついにおれより憎まれている男が現われたか。

〈棺男〉は窓のすぐ外の花が見えるようにということなのか、窓ぎわにベッドを置かれた。そしてごろごろ喉を鳴らしたが、あとでジョーは、それがお早うという挨拶だったと気づいた。

しばらくして、ジョーは〝棺〟のそばに立たされた。男の身体のうちジョーに見えるのは、片方が茶色で片方が青の、目だけだった。目はまばたかずジョーを見返してきた。男はたぶん誰の顔も長く見たことはないのだろうとジョーは思った。ふと見ると、〈普通の人〉がこちらを凝視していた。その凝視からは、きみよりもずっとひどい状態に置かれることもあるんだぞ、という警告が読みとれた。

「やあ」とジョーは〈棺男〉に声をかけた。「おれはジョーだ。あんたは？」

なぜみんな笑うんだろう、とジョーはいぶかった。〈棺男〉までが笑っていた。

ジョーは自分の監房へは戻されなかったが、自分の身体より少し大きいだけのあの小部屋が待ちかまえているのは感じとれた。いまいる部屋の窓から流れこむ白い光を記憶に刻みつけた。

そして〈棺男〉とチェッカーをした。電子板を使っての対戦だった。〈棺男〉は対麻痺患者のようにリモコンを手にしていた。〈棺男〉は一本指でリモコンを操作した。前。横。前。横。斜めに動かせるボタンはないようだった。

ジョーは勝った。だがゲーム終了直前に、〈棺男〉はひとつのキングを大暴れさせてジョーを脅かした。そのキングは大いに脅威を与え、勢いに乗ってジョーの駒をいくつかとっていった。ジョーの駒に囲まれていながら、〈棺男〉のそのキングは追い詰められているようには見えなかった。むしろ周囲の駒全部を標的として狙っているという感じだった。

〈棺男〉は歯列矯正器をはめた口で何か言った。ひどく聴きとりにくかった。〈棺男〉は咳払いをし、口をもごもご動かし、唇をゆがめた。唾がぬめぬめ光った。〈棺男〉はまた言葉を発した。

「これがおれのやり方だ」

そして笑った。

駒の動かし方を口で言わせてあげればいいのに、とジョーが言うと、みんながまた笑った。ひとりの背の高い看護助手が自分のシャツの袖をめくり、腕の傷痕を見せた。皮膚を移植した長い痕がついていた。看護助手はべつに〈棺男〉を恨んでいないようだった。みんなで大事な仕事に取り組んでいるのだと思っているようだった。〈棺男〉が親しみをこめた感じで喉をごろごろ鳴らした。

しばらくたってジョーは食事を与えられた。手がひどく震えるので、食べさせてくれた。そのあいだにほかの看護助手が〈棺男〉に点滴で食事をさせた。看護助手が何かのミスをしたとき、〈棺男〉はリモコンを操作する指で看護助手の顔に長い切り傷をつけた。〈棺男〉は唸るように何か言った。声はくぐもっていたが、言葉ははっきりわかった。

これがおれのやり方だ。

〈棺男〉はとんでもなく大きな声で吠えた。看護助手たちはスタンガンを使ったが、これはまったく無意味な処置だった。すでに拘束されているからだ。まもなく〈棺男〉は顔が紫色になり、ぐったりした。緊急処置チームが呼ばれた。蘇生術が施されている最中に、〈棺男〉はひとりの女性スタッフの目を爪でさっと引っ掻いた。〈棺男〉は目を怒りでぎらつかせてジョーを睨んできた。

意志を集中させればそういうことができるらしかった。意志の強度を強めれば。マシューもそういうことができたに違いないが、ジョーにはそれを見せなかった。なぜならそれは緊急のときの行動だからだ。マシューの生きた世界では、緊急事態などあってはならないというのが建前だった。起こることはすべてスポーク家の発展につながることだけということになっていた。だが、ナイフを持った者に壁ぎわまで追い詰められたときは、最終的には、ひとつの単純な決断があるのみだった。怪物はやつらじゃない。おれだ。これがおれのやり方だ。どんな結果が生じるかなど気にしていられない。一秒一秒が正念場だ。

看護助手たちは〈棺男〉をさんざんにぶちのめした。〈棺男〉はそのあいだずっと笑っていた。ふいにジョーはいま起こったことがなんなのかを悟った。

これは教化なのだ。

ジョーは〈棺男〉の怒りに満ちた凶暴な目を見て、仲間意識を持った。看護助手たちは〈棺男〉のベッドを部屋から引き出していった。

「やれやれ、これがいまの国の現状だ」とジョーの背後で〈普通の人〉が嘆かわしげに言った。「きみは新しい友達を見つけたようだね」

「あれは狂人だ。おれは名前も知らない」

「本当に？」

「本当だ」

〈普通の人〉は考えこみ、「ははあ」と言った。こうして休憩時間が終わった。

「どうしても自分でこれを見せたかったんだ」と〈普通の人〉は言った。「これについては大いに責任があるからね。わたしはこれの実現にずいぶん骨を折った。誰もきみを助けにこないんだよ」

高価な羊皮紙に書かれたその手紙は、ごく簡潔なものだった。ロドニー・ティットホイッスル気付で届いたジョー宛の手紙だ。

親愛なるミスター・スポーク

貴殿は最近、イギリスの国益に反するいくつもの活動に関与しました。とくに何人もの人物に対する殺害テロとそれに関連する犯罪は深刻な問題です。よって当法律事務所はもはや貴殿の代理人を務めることができなくなりました。今後、ノーブルホワイト・クレイドル法律事務所は貴殿の保護から手を引きます。巨額の未払い報酬は規定にしたがい、二十八日以内に支払っていただければ幸いです。

敬具

マーサー・クレイドル

これにはマーサーの下手な字で追伸が加えられていた。すまない、ジョー。敵のほうがわれわれより強力なパンチ力を持っていたようだ。

手紙には法律事務所の共同経営者全員の副署がついていた。

〈普通の人〉が微笑んだ。「母上からも来ているぞ」

どうやら自分たちの側の勝利を示す事実だと思っているらしかった。そのことは、ハリエットについての情報を彼らは持っていないという喜ばしい事態を物語っていた。

〈普通の人〉らは監房のドアを開けたままにしていった。ジョーはいぶかしみながら出入り口のほうへ歩いていった。一条の光が手招きをしていた。いまにもマーサーの声が聞こえてくるだろう。これはマーサーの策略なのだ。自分は自由の身になる。

足が監房の外の床を踏んだとき、釘を踏んだような感覚があった。その感覚は全身をつらぬくものだった。飛びすさるように監房へ戻ると、ドアが閉まった。

ドアはまた開いたが、もう外に出てみる気にはなれなかった。どうやら自発的に自分を監禁する訓練を施されたらしかった。

ジョーは移送車に寝かされてストラップで拘束され、べつの部屋に移された。広くて寒い部屋で、ほかにも同じように移送車に横たわった人が何人もいた。ただしほかの人たちは身体を拘束されていなかった。

ほかの人たちが拘束されていないのは死体だからだと気づいたのは、かなり時間がたってからだった。隣に寝ている蠟人形のような人がテッド・ショルトの死体だと気づくまでには、さらに長い時間がかかった。ショルトの首は百八十度回転していた。

それがショルトだとわかったあと、ジョーはテッドが〈死の時計〉の馬車に乗っているところを想像した。ショルトは荒々しい死への反抗者で、サンダルで死神をぶちながら、さあわたしを温室へ戻せと要求する。ジョーはふっと笑った。そうだ。そんなことが起こるべきだ。

だが現実はそうはいかない。隣で寝ているショルトはもう死んでいた。

〈普通の人〉がまたべつの手紙を見せにきた。今度はとくに嬉しそうだった。

親愛なるジョー

ごめんなさい。もう何カ月もたつのに、わたしはあなたの居所を知りません。わたしはあなたが本当に好きです。でも永遠には待てないんです。ピーターという人が今夜わたしを食事に連れていってくれます。わたしはつぎに進むことにしました。どうかわたしを憎まないでください。

あなたにキスを

ジョーは横たわったまま何も言わなかった。それから小さな白い部屋へ押しこめられ、何度も何度もショックを加えられて、しまいには全身が一個の痙攣する筋肉になった。このわかりやすい痛めつけ方に、ジョーは笑いだしてしまった。激痛はかえって笑いを誘発した。電極が熱く膚を焼いたにもかかわらず。だがふいにジョーは何がなんでも笑いをとめたくなった。自分の皮膚が焦げる臭いを嗅いで笑うのが嫌だった。頭がおかしくなるのは嫌だった。祖父のあのくだらなくも怖ろしい時計の馬車にテッド・ショルトと相乗りするのは嫌だった。

特別に大切にしろよ。

世界終末への鍵を握っていた祖父。

特別に。

大切に。

〈較正器〉のありかがわかった。

胸のなかで何かが張りつめ、それがふっと弛緩するのを覚えた。すさまじい警告音が聞こえた。奇妙な平穏がジョーのなかに生まれた。冷たい、不思議な平穏が。それから自分の心拍音が聞こえないことに気づいた。

ふいに、ジョーはもう監房にはいなかった。

まるで誰かが明かりをつけたかのようだった。影がすべて消えた。白い部屋はもうなかった。気分は普通だった。いい気分とすら言えた。少し退屈だった。

自分はある種の突き抜けを経験しているらしいことが、他人ごとのような感じでわかった。それは悪い経験ではないように思えた。下を見おろして、草地がひろがっていないか確かめた。独房に閉じこめられているうちに発狂したのなら、草地や木々や鳥たちが見えてもおかしくない。

「あなたって馬鹿ね」とポリーが言った。

ジョーはポリーを見た。ポリーは、網タイツやペディキュアまで、最初に会ったときと同じ服装だった。

「きみからの手紙を見せられたよ」

「ばかばかしい。手紙は見せられたんでしょうけど、それ、わたしが書いたんじゃない」

「そうなのかな」

「連中は嘘をついたのよ。あいつら嘘つきだもの。ジョー、わたしを見て。さあ見て。わたしの顔を見て。わたしの目を見て」ジョーは見た。「わたしはあなたから離れない。わたしを追い払おうとしてごらんなさい。わたしは絶対に離れないから。ぜっ、たいに」

「そうなんだ」

「これでわかったでしょ」

監房に戻るあいだにも、また全身が痛みはじめたが、そんなことはどうでもよくなった。

ジョーは自分が、「もう話す」と言いはじめているのに気づいたが、すでに事情は変わっていた。

おまえは嘘つきだ。おまえは毛皮の帽子をかぶった禿げ男みたいに嘘をつく。絨毯みたいに嘘をつく。おまえは嘘つきだ、嘘つきだ、嘘つきだ。おまえはやりすぎた。おれにはお見通しだぞ。おまえの全部が見えてるぞ。

ポリーは死んだと言ったのならまだ許せる。おれみたいに捕まったと言ったのなら。ここにいると言ったのなら。だけどあんな嘘はつくべきじゃなかった。

おまえは嘘つきだ。それがおまえだ。

おまえは嘘つきだ。

ジョーのなかで何かが燃えていた。

連れ出されるとき、ジョーはおとなしくしていた。それから〈棺男〉のことを考えた。〈棺男〉は身体を完全に拘束されているのに、なぜか敵に痛撃を与えられるようだった。スタンガンで抵抗を封じられ、何かの薬物を投与されていながら、なお敵にとって危険な存在で、ストラップで身体を固定されている。そこまでしても敵はこの男をコントロールできずにいる。〈棺男〉は囚われの身だが、法的に拘禁されているのではない。そしてジョーの味方だ。

ジョーは右手を鋭く突き出して〈普通の人〉の鼻を折った。すぐには拳を引かずに鼻をぐりぐりして軟骨の感触を味わった。指が血で濡れた。〈普通の人〉がジョーに向かって叫んだ。

「それがおれのやり方だ」とジョーは〈普通の人〉に言った。「そうなんだ！　それがおれのやり方なんだ！」

五人の男がジョーを押さえつけ、六人目が鎮静剤を注射した。

世界が縁のほうから灰色になるなか、ジョーは敵が怖がっていることを見てとった。

ジョーは目覚めた。痛みと傷は慰めだった。物事が逆になり、拷問者が犠牲者を怖れる。

それこそがジョーの望む世界。無秩序の世界だ。

にやりと笑った。唇の傷からまた流れた血を味わい、さらに大きく微笑んだ。独房の白い壁には奇妙な美しさがある。なんの質感も感じさせないタイルはいっそすがすがしい。風味のない乾いた空気は舌に心地よい。脚や腕を曲げてみる。各筋肉の力量と許容度と限界がびんびん感じとれる。自分の肉体をスキャンしてみた。あばら骨に触ると、数年来ついていた脂肪の層がなくなっていた。自分は壊れたのではない。ここで現実に、医学的に、死んだのだ。よくわからないが、たぶん一度ならず。だがいまは生きている。かつてなかったほど自分自身になっている。自分自身の精製されたエッセンスになっている。

ジョーは自分の人生をかえりみて、ため息をついた。いままでの自分の愚かさを見、自分でつくりだしていた罠を自覚すると悲哀がこみあげ、後悔の念がわいた。なんという大量の時間をむだにしたことだろう……。念のために、自分の犯した間違いのあとを追ってみた。

祖父ダニエルは、マシューは悪いやつだというのが口癖だった。あいつはいつも金儲けばかり考えていると言った。子供のころは落ち着きがなかったが、大人になってもそうだったと。祖父は息子マシューの悪い性質は生まれつきのものではなく、育ってきた過程に原因があるという考え方をまったくしなかった。

新たにのぼった山の頂上から、ジョーは自分たちの一家が来た道を簡単に目でたどれた。マシューはいわば難民だった。マシューが生まれてすぐに世界が壊れてしまったのだ。ママと呼べるようになるかならないかで母親に去られた。母親はその後戻ってきたが、何か心ならずもといった感じのおかしな戻り方だった。母親もマシューも、自分たちが生きている世界はすべてがもっとも基本的なレベルで間違っていると認識していた。根本的なところで、マシューは法に従って生きることをよしと思わせてくれる心地よい建前を信じることができなかった。マシューの考えでは、世界はつねに戦争状態にあった。父親のダニエルはどんどん金を失い、工房を失おうとしていた。ダニエルにとって工房は自己実現の場だった。社会はそれを意義ある事業だとおだてたが、そんなおだてはインチキなのだった。ダニエルは生涯の大半を費やしていいものをどんどんつくろうとした。彼にとっての女神であるフランキーを魅了できるようなものをつくろうと精魂を傾けた。だがマシューはそんな幻想を持たなかった。世の中や両親のことをよく観察して、自分の母親は破壊的な発明品に魅入られていることを知った。

インチキな社会に対して、マシューはインチキでお返しをした。ダニエルの世界を守ってやるために、みずからはダニエルの世界を捨てた。そのことから自分の人生全体についての教訓を引き出した。マシューは法を破り、金庫を破り、窓を破った。治安を乱し、破壊から慰めを得た。世界はあるべき形でうまくいっている、というのは、社会がつく最大の嘘だった。そのことを見抜いているマシューは、自由だった。

母親のフランキーが自由だったように。そしていま息子のジョーも、もう自分が閉じこめられている白い部屋を怖れてはおらず、自由だった。

外の廊下で足音がした。ラスキン主義者たちが来る。〈普通の人〉も来るだろう。彼らはジョーが前のように怯えていると予想しているはずだ。怯えながらも力が回復するのを待っていると。だがジョーの力はいま敵愾心（てきがいしん）でできている。後退したら力は弱まっていくのは目に見えている。この強い確信も見失うだろう。そうなってはおしまいだ。それを失えば、もう自分には何も残らない。

それなら戦端を開くのみ。ドアが開くたびに、持てる力をすべて出して戦うことにしよう。もう拘束はごめんだ。相手を粉砕するか、自分が粉砕されるかだ。

ドアが開いた。ジョーは行動した。

ジョーは歯をむきだして唸った。そのせいでちょうど口が開いたので、うかつにも顔に近づいてきた手に噛みついた。思いきり噛むと、ごりっという感触があり、おぞましい悲鳴が聞こえた。だがジョーは両手を動かすのに忙しくて、悲鳴などにかまっていられない。左手で誰かの手首をつかみ、右手をふりおろして、ドアをはげしくノックする警察官のように何かを叩いた。一度、二度。左手への圧力が増してくると、握っている手首を離し、すぐさま左肘で誰かを打つ。続けてそれを下に打ちおろして誰かの額に骨も折れよと叩きつけた。右へ左へはげしく動くと、ふいに敵がみな床に倒れていた。ジョーは落ち葉を蹴散らしながら庭を歩くように、倒れた者たちを踏みつけ、蹴飛ばした。さらに攻撃をどんどんどんどん続けた。相手に打撃を与えるたびに、弱るどころか力がみなぎってくるのを感じた。

ふいにジョーは動きをとめた。もう何もすることがなかったからだ。床で五人の男がのびていた。ふたりは小さくうめいている。三人は完全に意識がない。

この戦いに勝つとはまったく思っていなかった。戦いに勝つにはある種の技能が必要だという頭があるからだ。だが、ジョーは気づいていなかったが、相手にとって可能なかぎり最悪のことをつぎつぎと仕掛けることによって、敵が倒れた。ジョーの動きには何か凶悪な時計じかけの機械が持つ一種のサイクルがあった。つかむ、掻く、えぐる、ひねる、叩く、落とす。それをくり返す。くり返す。くり返す。

だがいまのジョーは——ある限度内でだが——自由だった。たぶん自由のままではいられないだろうが、監房の外に出ているあいだに暴れまわることはできる。自分を痛めつける機械にダメージを与えてやれ。面白いぞ。

もう一度手近な男の背中を蹴飛ばしたが、反応はなかった。その男のポケットをさぐると、カードキーが一枚見つかった。ほかの男たちも身体検査をすると、さらに何枚か手に入った。男たちを監房に閉じこめることも考えたが、人数が多すぎるし、重労働になりそうだった。かわりにいちばん大柄な男の衣をはいで、自分が着こんだ。〝囲地には即ち謀り〟（『孫子』の言葉。四方を険しい地形に囲まれているときは策謀を巡らして脱出をはかれ、の意）。ビリー・フレンドは『孫子』のファンだったが、おもに女を誑すためにその知恵を活用していた。

廊下を歩いていき、あちこちのドアでカードキーを試してみた。かちりと開錠音がした。なかをのぞくことはしなかった。収監者がいるなら、出てきたい者は勝手に出てくるだろう。背後で何か言う声や叫び声が聞こえたから、何人かはいるのだろう。その人たちが自分と同じくらい怒っていればいいのだが。あるいは怖ろしく狂っているとか。それでもかまわない。まもなく違う種類のドアが現われた。両開きのドアだ。それが開いたとき、エレベーターだとわかった。ジョーは乗りこんだ。もちろん逃げるつもりなのだ。監房を出たことはもう知られているだろう。だから敵はジョーが上へあがってくると予想しているはず。上へあがって、外に出ると。そこで彼らは待っているだろう。

そこで、下におりた。

ドアが開くとすぐに、煙の臭いがした。

この階の壁には赤いライトがとりつけられており、それらがまぶしく点灯していた。どこかで警報が鳴り響いている。一団のラスキン主義者が心をひとつにしたように動きをそろえてわきを通り抜けていった。ジョーは彼らがほとんど通り過ぎてしまうころ、頭をひょこひょこさせる動きをまねなければと思いついたが、彼らは気にしていないようだった。

だがこのまま無事にすむはずがない。監視の目が光っているはずだ。この衣を着ただけの最小限の変装はまもなく見破られるだろう。連中は個人を識別する方法を持っているはずだ。

ジョーは歩きつづけた。またカードキーが必要なドアに行き当たる。今度はブルーの一枚が正しい鍵だ。ドアをくぐると、煙の臭いがさらに濃くなった。

ジョーは自分の頭のなかで、この建物の大雑把な構造が把握できていることに気づいた。全体はエジプトのピラミッドか、メソポタミアの段階式ピラミッドの形だ。最上階には屋内庭園や談話室があり、その下は普通の病棟。その下がジョーたちのいる場所、すなわち拷問を加えなければならない不都合な患者たちの病室と拷問室がある階だ。いまジョーがいるのはそのもうひとつ下で、ある意味もっと秘密性と重要性の高い階であるに違いない。

角をひとつ曲がると、自分が映画のなかにいるのに気づいた。

いや、違うか。スクリーンがあり、椅子が並んでおり、スピーカーがある。それは映画館っぽい。だがそのほかに何種類かの台があり、それぞれにいくつもの電極がつながれていた。幾何学模様の凹凸がある灰色のフォームラバーで覆われていて、まるでレコーディングスタジオのようだ。

「普通の人間が目を覚ましたときナポレオンの記憶を持っていたら、その人間は精神異常を疑われるだろう」大きな顔がスクリーンを満たした。優雅で、ほっそりした、残酷な顔だ。

それは中年期に差しかかったばかりの男で、日焼けした膚がとてもきれいだ。顔立ちにはなんとなく多文化の混交が感じられる。口がねじれるように動いた。「だがその男の記憶が正確であることが証明でき、しかもほかのどこにも記録されていないものであるとしたらどうか。しかも、目覚めたときナポレオンの顔をしていたらどうなのか。そしてベッドから身を起こしたとき、この男が自分自身の心を持っていなかったら？　その男がジョン・スミスでなくなり、肉体も記憶も皇帝ナポレオンのレプリカだったら？　いつの時点でわれわれはその男をナポレオンと同一人物であると認めるだろう。たんなるコピーではなく、復活したナポレオンであると。精神のパターンが計測でき、同一性が判定できるとしたらどうだろう」

カメラが引く。男は豪奢なベッドに横わたり、全身に電極やセンサーを飾っていた。おびただしいケーブルが皮膚につながれているので、上から吊りさげられているようにも見えた。周囲に何台ものカメラがあり、あらゆる角度から男の映像を記録している。男は横手に設置された丸いスクリーンを手で示した。スクリーンはどうやら緑色らしく、そこに波形が映し出されている。

「これがわたしの意識だ。これがわたしの肉体だ。わたしの履歴をおまえの履歴にする。完全に合わせれば、おまえはわたしの一部になる。神の一部になる」

ジョーはブラザー・シェイマスの邪悪な細面を見つめた。その顔は強烈な力をみなぎらせていた。異様であり、かつ、どこかで見たような印象も与えた。誰かを連想させるのだ。と、そのとき、悲鳴が聞こえた。

声の割れた、必死の悲鳴だった。声が低いから、男か、それとも大柄な女かだ。ホラー映画ふうの、シャンデリアを揺るがすような絶叫ではない。まったく別種の、哺乳動物的な声だ。警報。警戒警報。虎の群れだ。わたしは捕まった。倒された。

ジョーも最近、同じような声を出したものだ。

角を曲がり、ドアをくぐると、またドアがある。すると——。

ふたりの男がいた。ひとりは〈普通の人〉だ。

〈普通の人〉が椅子に坐り、べつの人物を見あげている。まったく違った種類の人物を。それは虎だ。

虎は微笑んでいる。濃い顎ひげを生やし、ごま塩の髪をうしろでまとめ、オレンジ色の紐で縛っている。膚は白いが、革のような質感がある。立派な歯が生えているが、口の両端で乱杭歯になっている。それがこちらからよく見える。口は大きい。

ジョーはその虎のような男に見覚えはなかった。身のこなしにも、顔にも、目にすらも。

ふと見ると、〈普通の人〉がすさまじい絶望の表情を浮かべている。ジョーの拷問者だった〈普通の人〉は、ラスキン主義者の衣に身を包んだジョーを見て、助けてもらえるかもしれないという希望を必死の形相ににじませた。

人をこれほど恐怖させうる人間はひとりしかいない。ジョーはあらためて虎のような男を見て、その目に思い当たる特徴を認めた。〈棺男〉だ。

〈棺男〉は背をかがめ、目の前に坐っている〈普通の人〉の顔に自分の顔を近づけた。

「ここの出口はどこだ、ぼうや」〈棺男〉は声が濁っていて滑舌が悪かった。口の両端の乱杭歯のせいだろう。例の歯列矯正器が矯正どころか歯をがちゃがちゃにしてしまったのだ。歯列矯正器はもうはずしているが、はずした状態にまだ慣れていないらしい。練習と腕のいい歯科医が必要だ。それはそれとして、声にはなかなか味がある。〝ぼうや〟。漁師の声だ。

「下だ！」と〈普通の人〉。

「嘘つけ」プリマスか、ロンドンのアクセントだろう。〈棺男〉は肩をすくめ、片手をそっと〈普通の人〉の顔のほうへおろしていった。また手を持ちあげたとき、指先が何かを持っていた。〈普通の人〉がまた悲鳴をあげた。今度は鋭い悲鳴だった。ジョーはその何かが耳たぶであることを見てとった。〈棺男〉はそれをわきへ放った。それからまた言葉を発した。

「おまえはもう見つかってるぞ」〈棺男〉はジョーのほうを見た。「おまえのことだよ」肩をすくめる。「おまえは見かけとは違う人間だろう。おれにはわかるんだ」

ジョーは自分がまだラスキン主義者の長い衣を着ていることに気づき、急いで脱いだ。

「やっぱり」〈棺男〉はうなずく。「変なのは歩き方かな」

「あんたはどうやって脱け出したんだ」とジョー。

「誰かが蟻の巣をつっついたおかげだよ。警報器を全部鳴らしたりとか。そんななかで誰かが注意を怠った。おれのことで不注意になるとためにならない。おれはそいつとその仲間どもを捕まえて、火をつけてやった。おれに失礼なまねをするのはまずい。おれはずっとそのことをやつらに言ってあったんだがな。それにしてもおまえは一人前の男みたいだな」

「え？」

〈棺男〉は肩をすくめた。「あの力。おまえはものを壊すのが嫌だというように、どこでも通り抜けてくる。すべてを闇のなかに沈めておけ。それとも、もうそうしたのかもしれないがな」

「何を闇のなかに沈める？」

「馬鹿のふりをするな。なんのことかわかるはずだ。おい」と咎める口調で、起きあがろうとする〈普通の人〉に言う。「いらぬことはするな。おれに力を与えるだけだ」この場合の〝力〟は悪いものを指すようだった。〈棺男〉は〈普通の人〉の、もとは耳たぶがついていた傷口へ手を伸ばした。〈普通の人〉が身体をふたつに折り、空えずきをした。「で、〈ハコーテ〉ってなんだ。何が書いてあるんだ。こいつらにはえらく大事なものみたいだが」

〈夜の市場〉の直感が、いい、はぐらかせと告げた。ジョーは肩をすくめた。「さあ知らないな」

〈棺男〉は目を据えてきた。それから笑いだした。まっすぐ立っていられないほどのはげしい笑いだった。

「何がおかしいんだ」

「おまえがだ！　まいったよ。ああ、まいった、まいった……。おまえはおれと同じくらい事情がわかってないみたいだな。ここの連中もそれを知ってるはずなんだが、それでもおまえをフルコースメニューで痛めつけた。でもおまえが喋らないから、連中はおまえを半端なくすごいやつだと怖がる。連中はもっとおまえを責めるが、おまえは知らないから喋らない……傑作だ！」

　ジョーは、いやおれは事情を知っていると言ってやりたい衝動を押し殺した。それからこの連中が知らないこともひとつ知っていると。だが学校にいるのと同じように、知っていることはひけらかさないで、笑ってごまかした。

〈棺男〉はデスクの上に背をかがめて、辞書類をはたき落とした。これもおかしなふるまいだったが、この部屋のなかで〈普通の人〉だけが愉しそうでなかった。そのことに気づいた〈棺男〉は、ちょっと興ざめした顔になった。

「出口はどこだ。さあ言え」

「下だ！　地階だ！」

「違うと思うな。それはおれが閉じこめられてたところだ」

「それは見せかけだ！　全部上下が逆なんだ！　地階に行くとき、エレベーターはじつはあがっていくんだ！　機械をうまくつくってあるから気づかないだけだ。知らない人間はそれで気持ち悪くなる！　だから出口は下にあるんだ！」

〈棺男〉はジョーににやりと笑いかけてきた。

「いまのはなんとなく本当っぽいな。おまえは下へ行くのか」

「あんたも来るかい」

〈棺男〉がまた目を向けてきた。

「ほんとはいっしょに来てほしくないんだろう。おれは婆婆では人気がないからな。おれは悪い人間じゃないんだが、いまものすごくむかついてる。このむかつきを世間にお裾分けしたい気分なんだ」〈棺男〉はまた背をかがめてすばやく何かおぞましいことを〈普通の人〉にした。〈普通の人〉は、ひゅううっと嫌な音を小さく立てる。何かを引きちぎられて、もう悲鳴をあげられないのかもしれない。一歩後ずさりしたジョーに〈棺男〉が言った。「ああ、そろそろわかってきたんだな」

「あんたは誰だ」

「誰でもない。そりゃ以前は何者かではあった。ケネス・ロナーガンの芝居とアーサー・キットの歌が好きだった。それから……オレンジジュースも好きだった。うちの前の通りのはずれにあるサンドイッチ屋が出すオレンジジュースは新鮮でうまかった。週に一度、飲むのが愉しみでなあ。おれはそういう人間だった。いまのおれは何者だかわからない」

「あんたは患者だろう」

「それも本当だ。だからっておれは悪い人間ということにはならないだろう?」

〈普通の人〉がふいに上着のポケットに手を突っこみ、携帯電話くらいのものを出して、〈棺男〉の脚にぐっと押しつけた。ロボットがキスするときのような鋭い奇妙な音がした。〈棺男〉はびくっと動いたあと、微笑んだ。

「おお、よしよし」〈棺男〉は軽く舌をもつれさせた。「おれたちみんなこの瞬間を待っていたんだよな」頭をぐるりと回し、歯をかちかち噛みあわせた。離れたところからでも、ジョーには〈棺男〉の皮膚の静電気を感じとれた。〈普通の人〉がまたスタンガンを押しつける。〈棺男〉はちょっと痙攣してすぐ平静に戻った。

「問題はも、目的だ」と〈棺男〉。「目的を持ってると……んぐ……それにしがみつく。そういうものは、こ、こん畜生だ。誰かが背中をか、か、掻いてくれるようなもんだ。内側からな……ぐだあ。それでもいいことはいっぱいあるだろ、え？」背をかがめてスタンガンをもぎとった。脚の皮膚には黒い焦げ跡がふたつついている。

「きさまよくもやりやがったな」〈棺男〉は親指を〈普通の人〉の片目にずぶりと刺した。

ジョーはさらに問いを投げようとして唇を動かしながら、吐き気を覚えていた。

「あんたは誰なんだ」やっとそう訊いたが、答えは知っているような気がした。

「苗字はパリーだが」と〈棺男〉は言った。「ヴォーンと呼んでくれ。友達はみんなそう呼ぶからな。おれとおまえは友達でいたほうがいいと思うんだ」

わ、わかった。

「あのだな」とヴォーン・パリーが言う。「たぶんおれはおまえをやることになってたんだと思う。そういうことだったと思うんだな。もうひとりのあのテッドも……連中は怖がらせるためにおれに与えたんだ。そら、やるぞ、ヴォーンってな。馬鹿なやつらだ。おれはあんな男なんかどうこうしたいと思わなかった。だから連中は自分らでやらなきゃならなかったんだ。

おまえも埋められる前におれのところへ連れてこられるはずだったんだと思うよ。まあ、おれはおまえの運命だったというかな。ちょっと考えてみるといい」ヴォーン・パリーがまた〈普通の人〉に目を戻すと、〈普通の人〉は哀れっぽい声を出した。「おまえは運命を信じるか。おれには運命というものがあるように思えるよ。運命があるなら、選択なんて無意味だ。そうだな？　かりにおれが悪いことをしたとしても——」ヴォーンは悪いことをした。〈普通の人〉は一本調子の絶叫をし、そのあと咳きこみ、嘔吐した。「悪いことをしたとしても、おれは自分で選んでやるわけじゃない。というか、おれはつねにそれを選ぶんだ。選ばなければおれじゃないからだが、結局それはその前に言ったのと同じことだ。おれは生まれた日から死ぬ日までずっと怪物なんだ。これは全部同じことだ。そうだろ。問題は、そんななかで、おれはどこにいるのかってことだ。何も選べないとしたら、おれはただの傍観者なのか。おれはいると言えるのか。それが運命だ」肩をすくめる。「おまえはもう行ったほうがいい」と見向きもせずジョーに言う。「おれは自分の世間的評価を維持しなくちゃいけないんだ」〈棺男〉はすべておまえのせいだというように〈普通の人〉に向かって鋭く言いはなった。「これから少しばかり自分らしさを発揮するつもりだよ」

ジョーはためらった。直感的に、〈普通の人〉を助けたほうがいいという気もした。〈普通の人〉はとんでもなくひどいことをしたくそ野郎だが、いまされているようなことは誰にとっても酷だ。ほかの状況のもとでなら、〈普通の人〉の股間を思いきり蹴って、ついでにぶん殴って顎の骨を折ってやるだろう。それが自分の感情に忠実な行動だ。だがヴォーン・パリーというやつは、みんなの噂やビリー・フレンドの意見によれば、本当は人間ではないとのことだ。人間の皮をかぶったまったくべつのものらしい。〈普通の人〉とのあいだには、小さなものかもしれないが、人間として共通点があると思う。だが相手の悲鳴を聴きながら面白半分に耳を引きちぎれるヴォーン・パリーとのあいだには、共通点など感じたくない。

それでも、共通点は感じた。強い親近感を抱いた。その気力に、恐怖に対する知に。ヴォーンはこの世界――プロの拷問者と、そのために人が殺されるかもしれない暗い秘密の世界――で機械職人ジョーよりもずっと優雅に生きている。ヴォーンにとっては筋が通っている世界なのだ。ヴォーンはジョーなどとは違ってその世界にしっくりなじんでいる。ヴォーンはその世界に属していて、怖がっていない。それがジョーにはひどく羨ましかった。多かれ少なかれジョーはこれまでずっと怯えながら生きてきた――ほんの数時間前、ふっといろんなことが明晰になって、〈普通の人〉の鼻を叩きつぶすまでは。

ジョーはまた怖くなった。ヴォーン・パリーがひどく怖くなった。むりもない。パリーは当代随一の悪鬼だ。おぞましいことを器用にやってのける郊外の殺人マシンだ。そんな男が、生身の存在としてすぐそこにいて、ひとりの人間の顔を指で血まみれにし、自分の靴を血まみれにしている。こんな男とは議論したくてもできない。殺されるだろう。

それとも、そんなことはないか。

ジョーはまた両肩をぐりぐり回した。ヴォーンと話をするという考えに魅入られた。何かあったら、わめきながら大暴れすればいい。こっちは身体が大きいが、ヴォーンはそうじゃない。いまはもう何がどうなろうとかまわないという気もある。世界はおかしくなってしまった。ヴォーンの世界になっている。ジョー・スポークのような人間がこんな目にあうような世界では、ヴォーン・パリーのやっていることこそ筋が通っているのだ。ジョーはおとなしい機械職人だ。世の中のことをあまりよく知らない男だ。法を守って生きている男。それがジョーだ。法が守ってくれなくなる事態など考えてみたこともなかった。

とにかく、いざとなったらわめきながら大暴れすればいい。なんらかの結果が出る。ヴォーンを殺せるかもしれない。そうなったら世界は少しましになるだろう。こちらが殺されるかもしれないが、そうなればこちらの抱えている問題が解決される。

ヴォーンがこちらを見て、にやりと笑った。

「出ていかないんだな」首をふりながら言う。「どうしたんだ、ぼうや。どうなったら出ていくんだ」

「わからない。もしかしたら、おれよりあんたのやってることのほうが筋が通ってるかもしれないと思ってるんだ」

ヴォーンが驚きに目を見開いた。「そういうことはあんまり言われたことがないな。しかしおまえの言うとおりだろう。おれはもうこいつを放っておくことにしよう。でないと本格的に痛めつけてあとで後悔するかもしれない。よしいっしょに行こう」

意外な言葉とともに、ヴォーンはジョーを押し出すようにして部屋を出た。残された〈普通の人〉は床の上でみじめに横たわって、安堵の息をぜいぜいついた。

ジョーはちょっとためらったあと、ヴォーンに手を差し出した。

ヴォーンは同じくらいのためらいの間をあけたあと、ぎこちなく握手に応じた。ふたりで足早にエレベーターのほうへ歩く。映写室でジョーは足をとめてスクリーンを見た。〈記録される男〉はいま走っていた。古傷をかばうように身体をまるめ、それでいてあの気味の悪い流れるような動きを見せている。ジョーは顔をしかめた。

ヴォーンはうなずいた。「やつらはここでつくられるんだ」そう言って行きかけた。ジョーは動かない。

「誰が？」

「やつら。修道僧どもだ。頭に電流を流してなかを空っぽにする。するとやつらができあがるんだ。これを使って」とヴォーンは周囲を手で示した。「おれにも試しやがった」

「そしたら？」

「装置がバンバン壊れて修理不能になりやがった。それでおれは修道僧になる素質がないと見切りをつけられたんだ」ヴォーンは鋭い目つきでにやっと笑い、血に染まった歯を見せた。ジョーは、あれは自分の舌を嚙んだのであって、〈普通の人〉のどこかを嚙んだんじゃなければいいが、と真剣に思った。「それじゃ、火事でぼうぼう燃えてる精神医療刑務所からずらかるとするか」

「ああ、出よう」

ヴォーンが先にエレベーターに乗りこむ。

そして地下室のボタンを押す。いまはもうわかっているので、ジョーは上昇を感じとった。

ぐんぐんのぼる。扉が開き、本物の日光が目に入った。ただし灰色の湿った日光だ。イギリスらしい天候。火はまだこの階には及んでいないが、警報器は鳴っていた。それを聞きながら、さてどうなるだろうと出口を見た。外に出ようとした瞬間、身体に痛みが走る仕掛けがしてあるかもしれない。ラスキン主義者が総出で待ち構えているかもしれない。狙撃者がひとり狙っているかもしれない。あるいは警察の狙撃者数名が。蜜蜂の群れが帰ってきていて、誰も彼もが発狂しているかもしれない。ポリーは本当にあの手紙を書いたのかもしれない。

それでもとにかく、前に進んだ。

XIV

ヴォーン・パリーの秘められた生涯、モンテ、帰宅

「名前はダルトンか」ヴォーン・パリーは深夜バスの薄暗い最後尾の席で独り言のようにつぶやいた。〈普通の人〉の財布をいただいてきたヴォーンはそれでバスの料金を払い、いまはクレジットカードその他を見ている。「ああ、運転免許だ。自宅の住所はこれか。結婚してるのかな……」そこでジョーの顔を見て言った。「いやいや、そうじゃないって！　ちょっと忍びこんで服をもらったり、冷蔵庫の食い物をいただいたりできないかとね。何も奥さんを……」悪そうな顔でため息をつく。ジョーは灰緑色の外を見た。郊外の工業地域のコンクリートと貧弱な街路樹の世界がひろがっている。

ジョーもヴォーンも、バスがどこへ行くのかはよくわからない。いまいる場所があやふやだからだ。ヴォーンはどこかの木立に入りこんでもいいと思っているが、ジョーが田舎より都会のほうが隠れやすいと説得した。そこでバスに乗って、〝街中まで〟と告げたのだ。

「あの上下逆のエレベーターってやつはよく考えてあったな。頭がいいや。あのブラザー・

シェイマスってやつは。そう思わないか。悪知恵が働くやつだよ」

ジョーはイギリス最悪の連続殺人者の顔を見た。いまのはプロからプロへの賛辞というやつだろうか。ヴォーンはジョーの内心を読みとって、またため息をついた。

「おれはおまえが考えてるような人間じゃないぞ、ジョー。たしかにちょっと凶暴なところを見せちまったが、何しろあそこに長いこといて、それがあんまり愉しくなかったもんでな。とにかくおれはおまえが考えているような人間じゃない」

「おれは自分がどう考えてるかよくわからない」

ヴォーンは不審げな顔でジョーを見た。それから――自分たちが互いをよく知らないことを考えて――うなずいた。「最初から話を聴きたいか」

「先はまだ長そうだしね」

「一時間くらいあるだろうな。よし、いいだろう」

ヴォーンは話しだした。

パリー家の子供部屋には何枚ものかかしの絵が飾られていた。ヴォーンの最初の記憶は、赤いラグの真ん中で積み木遊びをしているとき、まわりを見ると、それぞれ少しずつ違う蕪のような白い丸い顔をしたお化けのようなかかしが十体、細腕を横に突き出して立っていた。葬儀屋の息子として、ヴォーンは四歳のときに、人は男も女もみんな死ぬと推論した。そして無気力に育った。ほかの子供たちのことは嫌いだった。死の持つ意味を理解できないらしいからだ。死が絶対確実に訪れるなら、この地球とその上にあるものすべてになんの意味があるというのだろう。ヴォーンは見通せない闇のなかで生きた。死は視野の周辺を縁どった。夜は電気をつけたまま眠ろうとしたが、父親が消しにきた。ふたりは毎晩犬のように喧嘩した。はげしく吠えて咬みあった。母親はすでに肺炎で死んでいた。葬儀屋の仕事を継ごうと思ったのは、それが自分の埋葬を待つまでのあいだのいちばんましな過ごし方だったからだ。

「なのにやつらは悪ふざけをしやがった」とヴォーンは小声で続ける。「悪趣味もいいとこじゃないか。死体のなかにキツネを縫いこめるなんてな。よくわからないよ。おれは気絶しそうになった。そのあとのことは覚えてない。誰かがおれを怪物だと言った。おれは『馬鹿くせえ』と言って出ていった」

ヴォーンはあちこち渡り歩いた。メイクアップアーティストになろうとしたこともあった。死に化粧の技術をすでに身につけていたからだ。死人は化粧のりが悪いのが難点だが、それこそペンキだろうとなんだろうと使えるという利点がある。必要ならどこかちょこっと切りとってもいいわけだが、こんなことは誰にも言うなよな。

そのあと田舎町の古い家に住んでいたとき、痩せた男と太った男の二人組が訪ねてきた。もう自分の家族とは関わり合いになりたくなかったから、偽名を使っていたのに、二人組はなぜかこちらの正体を知っていた。

「これはもうだいぶ前の話だ。五、六年前。おれは今日が何年の何月何日か知らないんだ」

じつはジョーも知らなかった。何週間くらい閉じこめられていたのか。ひょっとしたら何カ月もか。まったくわからない。ものすごく疲れていることだけはわかった。

『『ミスター・パリー、やってほしい仕事があるんだ』と痩せた男が言ったんだ。『実入りはいいが、極秘の仕事だ』と。おれはやった。死体の死に化粧だ。顔や何かを見られるように直す。そのやり方は知っていた。何週間かしたらまたひとつ、そのあとまたひとつと頼まれた。一体二千ポンド。ありがたい報酬だ。仕事はまだまだあるという。でもおれは変な気分になってきた。その死んだ野郎どもは——ああ、そいつらはみんな野郎どもで、子供や女はいなかった、子供や女ならおれは何もできなかった——で、そいつらは……あれだ。もうおれたちにはわかってるよな。そいつらは奥の手術室みたいなところで処置をされたが、うまくいかなかった連中なんだ。手術台の上で死んだというか。その痕跡隠しをおれはやらされてたわけだ。やつらはおれにあのテッドの死に化粧をやれと言って、おれをテッドとふたりきりにした。おれはくそったれと言った。というかわめいた……まったく、獣みたいになるのにそう時間はかからないぜ。そうだろ。じきに檻に入れられたキングコングみたいになっちまう！」ヴォーンは不気味な笑い声を立てた。災厄を生き延びて気が変になった人のように。

「というわけでだ。やつらはおれが気づいたことに気づいたんだ。ある日、道具を持って行ってみると、そこにあった死体は……新鮮だった。まだ温かかった。おれはションベンをちびりそうになった。それからサイレンが聞こえた。玄関から警察が踏みこんできて、やっとどういうことかわかった。やつらはおれをはめて、罪を全部ひっかぶせたんだ。そこには死体が五、六十個あった……それから奥には恐怖の部屋があった」

奥の部屋は有名になった——悪名をはせた。ヴォーン・パリーは殺し方がどんどんひどくなっていったと報じられた。連続殺人者なのだと。連続殺人者はひとつの狂気の形では満足できない。つぎつぎにおぞましい儀式を考えだして異常な欲望を満たしていく。そんなふうに説明された。

奥の部屋で発見された最新の犠牲者は母親とその子供だった。そのあまりのむごたらしさに、刑事のひとりは睡眠薬自殺をした。そしてべつのふたりの刑事が退職した。

「全部おれのせいにされた」ヴォーンは抑揚のない声で言った。「母親と子供もおれがやったことになった。その母子のことを考えても、申し訳ないが、いまはもう涙も出ない。とにかくおれは一年以上のあいだ拘置されていた。最初は拘置所で、つぎは病院だった。それからあの精神医療刑務所に移されたんだ。おれはずっと殺人者ヴォーンとして扱われてきた。おれはいま入れ歯なんだ。蹴られて歯が折れちまったから。おれは……全然別人になった。そういうことがあそこで起きてたんだ。そうだろ。おれたちは元の自分を失う。そして別人になる」ヴォーンは身震いをした。

「おまえはどうなんだ」しばらくしてからヴォーンが訊いた。「どういう事情があるんだ。なんだかおれより憎まれてるみたいだが」

ジョーはため息をつき、最近の出来事をかいつまんで話した。そしてついでにスポーク家のことも簡略に。簡略にしたのは、たとえヴォーンの告白が真実であるとしても、自分の人生にヴォーンがあまり深く関わってくるのを望まなかったからだ。〈普通の人〉にあんなやり方で報復できる人間というのは、やはり必要な限度を超えて懐かしい思い出話を語りたい相手とは言えない。

「機械じかけの蜜蜂か」とヴォーンはつぶやく。「それはでかい話なのか」

「ものすごくでかい話だと思う。それで戦争が始まるくらいの」

「へえ」

路面の状態が変わった。タイヤのしゅうっという音が低い唸りになった。

「どれだけ意味があるかわからないが、おまえに話すことはまだある」とヴォーンは続けた。「おまえには借りがあるからな。あのダルトンにも借りがあったが、それはもう返した。それにこの問題がそんな重大なことなんだったら……」

「話すことってなんだい」

「おまえの友達のテッドが……おれに告白したんだ。そう、あれは告白としか言いようがなかった。おれが以前葬儀屋だったと知ってな。おれは正式な葬儀屋じゃなかったことを話さなかった。あのときはどうでもいいことだと思えたからだ。少なくともテッドにとってはな」ヴォーンの顔に恐怖の色のようなものがよぎった。「あの男はもうぼろぼろだった。連中はあの男を拷問して、それからおれが何者かを教えて、おれのところへ連れてきた。怪物ヴォーンでびびらせようとしたわけだ。でもあの男はもうどうでもよくなっていた。胸のなかで何か裂けたらしくて、喋るとびらびら音がしたが……死ぬまぎわの罪の赦しを求めたんるこのおれからだ。おれは赦しの言葉をかけてやれなかった。ずいぶん長いこと憎しみの目でしか見られてこなかったから、そういう言葉が出てこなかった。おれはあの男の顔をじっと見てるだけだった。するとあの男は告白をして、死んだ」

ヴォーンは身震いをした。「おまえは連中の欲しがってるものを持ってるんだろ」とずばり訊いた。「おまえがあそこでいろいろやられたのは全部茶番で、時間のむだだったなんてことはないだろ」

「ああ」ジョーはぼんやり答えた。「あそこではうまくごまかしたけど」

「おまえが持ってるって、テッドが言ったんだ。テッドにとって、それは啓示みたいなものだったらしいな。天使みたいなものというか。でもおれは——」そこで言葉を切った。「なんだかおれ馬鹿みたいに喋くってるな」

「いや、いいんだ」

「長いこと喋ってなかったもんだから」

ああ、そうだろうな。だがヴォーンの滑舌はだいぶよくなっていた。

「いいんだ」とジョーは言った。「話の続きを頼む」

「おまえが持ってるとテッドが言ったとき、おれは……怖くなった。それと同時に何年ぶりかで希望みたいなものを感じたよ。おまえがそのなんとかの装置を連中のケツの穴へ突っこんでくれたら面白いがってな」ヴォーンは笑った。「でもそいつはずっと持ってたほうがいいかもしれない。安全な場所へしまっといたほうがな」

この問題を誰かと話せるのはありがたかった。もうどれくらい前からかわからないが、ナンセンスな詩にして、そのことを唱えてきたものだ。埠頭のそばで、岩のしたで、フランキーの器具は水疱瘡にかかってる。ジョーは眉をひそめ、手をあっちへやり、こっちへやりする曖昧な仕草をしながら言った。「いまは安全な場所にある。〈死の時計〉のなかにあるんだ。あの人が祖父ちゃんのところへ送ってきて、祖父ちゃんがそこへ隠した。〈死の時計〉はものすごく醜くて、一度見た人間は二度と見ないから。祖父ちゃんはおれにあれは〝特別な教材〟だから大事にしろと言った。おれは、変なものでも教育には役立つということだろうと思ってた。あれは警察が押収したもののなかにあるから、いまは連中が持ってるわけだが、連中はそれを知らないんだ。こんなことをしたけど」ジョーは痛めつけられた自分の身体を示した。「連中はじつはもう手に入れてるんだ。たぶん箱に入れてあると思うな」

ヴォーンはジョーをまじまじと見た。「それは世界中の人間にとってえらい意味を持ってるよな。でもおれにはどうでもいい。ああ、もう頼むからそれ以上話さないでくれ！　まったく、あんたのトラブルまで背負いこみたくはないよ」

ジョーは首をふった。早く家に帰りたいという衝動にかられた。帰っても、街の地下の〈トーシャーズ・ビート〉のどこかに隠れなくてはいけないかもしれないが。

バスが停止して、男がひとり乗りこんできた。果物の収穫をする作業員らしかった。両手に伸び縮みする絆創膏をいくつも貼っていた。Tシャツにはジョーの知らないヨーロッパ言語の文字が書かれている。手にした白いポリ袋に詰まっているのは季節はずれの温室物のプラムだ。

ジョーは、自分はラッキーだったと思った。警備の厳重な施設から脱出できたし、道づれの怪物はけっこういいやつだとわかった。警察の大規模な捜査網も機動力と隠密行動と攪乱作戦でかいくぐった。そして自分ひとりだけが――いや、ヴォーン・パリーを除いてだが――〈較正器〉のありかを知っている。

知っているのはふたりだけだ。

「このバスはここからロンドンまでとまらずに行きますよ」と運転手が言った。ジョーは一瞬、閉所恐怖症的な不快を覚えた。が、すぐに、いまのは閉所恐怖症とは違う感覚だと気づいた。めまいだ。ありえないほど都合よく事が運んだときの、高い崖の縁に立ったようなめまい。このまままっすぐロンドンのマーサーとポリーのところへ帰れること。ヴォーンがいろいろなことをすらすら話してくれたこと。テッド・ショルトが死ぬまぎわに妙に明晰な意識でヴォーンに打ち明け話をしたこと。指名手配中のこの国最悪の凶悪犯ヴォーンが急に親しみやすい男になったこと。

できすぎている。

あれだけ長く拷問されて、いまはこれ。簡単すぎる。ちょっと苦労して何かやったら、刑務所がまるごと焼けてしまった。囚人の夢。もうすぐ飴をくれるだろう。さんざん鞭をくらった。

囚人のファンタジー。

飴なんてくれるものか。きみの味方はわたしとポリーだけだ。

このゲームは八百長だ。

おれはラッキーなんかじゃない。これはスリーカードモンテだ。

おれは自分の欲しいカードを選んだと思ったけど、じつは詐欺師がとらせたいカードをとらせたんだ。おれが引いたのはクイーンじゃない。ジョーカーだ。

ヴォーン・パリーというジョーカー。

ということは、あんたは誰かのために働いてるわけだな。おれは思い違いをしてた。あんたは一匹狼なんかじゃない。自分で言ってるような人間じゃない。あんたは嘘つきだ。そしておれはあんたを、あんたの行きたいところへ案内しようとしてる。あんたの知りたいことを教えてやろうとしてる。

ということは、結局のところ、あんたはおれを殺すことになるわけで、殺人鬼で間違いないわけだ。

くそ、くそ、くそ。

だが、いまのジョーは新しい、行動的なジョーだった。意識よりまず身体がプランを立てた。意識がオーケーを出す前に身体が動いた。考えることなく必要な動作の流れに入る——なぜなら、考えていたら、たぶんヘマをするからだ。

ジョーは正確にタイミングをはかった。運転手がバスを発進させ、車体ががくんと揺れた。

ジョーはヴォーンの両肩をつかみ、その頭を通路に立つクロムのポールに鋭くぶつけた。ヴォーンは激痛に顔をゆがめたが、つぎの一瞬、底なしにすさまじい怒りを燃えたたせた。それからバスがまた揺れ、ジョーが同じことをくり返すと、ヴォーンはぐったりとなった。ジョーはヴォーンを窓に寄りかからせると、急いで前へ行った。

「すいません、乗るバスを間違えました」

運転手はため息をつき、「ほかにおりる方、いらっしゃいませんか」と訊く。ほかの乗客は首をふったり、馬鹿な乗客ジョーを睨んだりした。運転手はジョーをおろした。

ジョーは赤いテールライトが遠ざかるのを見送ると、マーサーに電話をかけるために電話ボックスへと走った。

ジョーは、スモークガラスをはめた黒い大型の車が一台か、何台かの普通サイズの車が来るだろうと予想していた。ひょっとしたらヘリコプターかもしれないという想像もしてみた。黒いスーツ姿のまがまがしいオーラをまとった寡黙で深刻な顔つきの部下の一団を引き連れてくるのは間違いないと思った。

ふたを開けてみると、マーサーは救急車四台と、消防車二台、温暖化防止デモの一群と、スコットランドの移動サーカスと、キツネ狩りの一団を送りこんできた。これらの目くらまし部隊は、べつべつにだが、絶妙の順番と取り合わせで登場した。ジョーは最初、パブの庭の暗がりに隠れて吹く風のひとつひとつに追っ手の気配を感じていたが、やがて郊外の小さな町は青い点滅灯を光らせてサイレンを鳴らす六台の車と、七十八匹のビーグル犬と、デモ隊の群集と、ひげ女ダーラほかのサーカスの一団が道路にひしめく騒ぎとなった。

わけのわからない混乱のなか、目立たない緑色のフォルクスワーゲンのミニバンがやってきて、キツネ狩り隊の隊長と、周囲のにぎやかな情景に見とれているらしいキツネの一群のあいだに滑りこんできた。運転席にはマーサー御自らがついている。サイドのスライドドアが開いた。

「さあ乗って」と優しく促すポリーを見て、ジョーは心臓が飛びあがりそうになったが、その隣を見てぎくりとした。イーディー・バニスターが、醜い犬と巨大なリボルバーをお供に坐っている。

「ほらジョー、早く早く」ポリーはちらりとイーディーをふり返ったあと、ジョーに手を差し出してきた。「乗って。走りながら説明するから」

ミニバンはサーカスのもとを去り、遠回りの裏道をたどりながら、M25環状高速道路を越えてロンドン市街地に向かった。

ジョーは助手席シートの背を見つめた。張り物の革ないし合成皮革がヘッドレストのあたりで破れていて、フォームラバーがのぞいている。そこへ指を突っこんでみたくなったのは、〈ハッピー・エイカーズ〉の外に単純で堅固な現実が存在していることを確かめ、これが夢でないことを実感したかったからだ。自分がまだ手術台の上に瀕死の状態で寝ているのではないことを。世界は奇妙に静かで無彩色だった。まるでモノクロの世界か水中撮影ドキュメンタリーの世界に横滑りしてしまったかのように。だが、たぶんこれは心的外傷後ストレス障害か何かのせいだろうと、気にしないことにした。

革から目をはずして周囲を見た。ポリーは暖炉で燃える薪のように暖かく心地よい存在だった。ジョーの視線をとらえると、にっこり笑い、手を膝にのせてきた。その手のひらから温かみが伝わった。視線を移すと、イーディーの姿があった。イーディーが見返してきて、反応を待つような顔をする。そのまま何キロ分かの時間が過ぎた。ポリー、ジョー、イーディー。前部座席とはべつの世界だった。

「あんな目にあったのはあんたのせい？」とジョーは訊いた。

イーディーはため息をつく。「そう。というか、そうでもあり、そうでもなし。あんたを危ないところへ連れ出したのは確かだ」少し迷ったが、正直に話したい衝動を抑えられなかった。「必要だと思ったんだ。でもあとで考えると、恨みを晴らしたい気持ちもあったようだね。悪かったよ」

ジョーはさらにしばらくイーディーを見ていた。なぜおれはこの婆さんの首を引きちぎって窓から捨ててやらないんだろうと思った。もちろん交通事故の原因にならないよう投げる場所は慎重に選ぶのだ。まったく、ほんとに悪いと思っているのか。何か魂胆があってそう言ってるだけじゃないのか。それからジョーは言った。「恨み？」

「あんたじゃなくて、あんたのお祖母さんに対してのね」

結局いつも家族が問題になってくる。「ところでおれの母はどうなった」遅ればせながら訊く。

「お母さんは大丈夫だよ」とマーサーがきっぱり答えた。「教会が安全な場所に隠してくれた。話したければ話せるはずだ」

ジョーは助手席の背の観察に戻った。いよいよ指を破れ目に突っこんでみた。フォームラバーをぐにぐにやっていると、ポリーが自分の小さな両手でジョーの大きな手を包みこみ、シートから引き離して、火傷か何かしたかのようにキスをした。大丈夫？とは訊かなかったが。

「おれは大丈夫」とジョーは言った。頭が少しぼんやりしていたが、実際大丈夫なようだと気づいた。あとはポリーから色彩が世界にひろがってくれれば。

ポリーは泣きだすまいとこらえていたが、もう限界ぎりぎりに来ていた。イーディに厳しい目を向け、事情を話してくれれば。

滞してしまった。「どこから話したらいいかわからない。」イーディはうなずいたが、口を開けたとたんに停

ジョーはうなずいた。自分の頭が信用できないという感覚は身に覚えがあった。「あんたは誰なんだ」

イーディは助け船に感謝してうなずいた。「名前は知ってるね。あたしは昔——昔、あんたのお祖母さんといっしょに仕事をしてたんだ。あたしたちは友達だった。あたしはいろんなことをやった。スパイがいちばん多かったけど、警察官みたいなこともね。いまは革命

家か。それともテロリストか」ため息を漏らす。「世界を変えるってのは思ったより難しいね」

「フランキーに友達がいたなんて知らなかった」とジョー。

「鈍いわね、ジョー」ポリーはジョーの髪にキスをして言葉から棘をとった。「恋人どうしだったのよ」

ジョーは思わずイーディーを見た。イーディーははにかんで、大きくにやりと笑った。

「うん、まあそのとおりよ。お嬢ちゃん、あんたズバズバものを言って、トラブルメイカーなんじゃないかい？」

ポリーは肩をすくめた。「そういうことはさらけ出すのがいちばんじゃないかな。あとで誤解が起きないから」

イーディーは同感だと言ったあとで、そもそもの発端から話しはじめた。かなり縮約した形ではあるが、エイベル・ジャスミンが〈レディー・グレイヴリー学園〉にやってきたときから始めて、最近ふいに行動を決意したところまで、包み隠さず語った。

ジョーはスポーク家の――あるいはフォソワイユール家の――秘められた歴史に耳を傾けた。周囲のモノクロームの世界に当時の空気が感じとれた。祖父がなぜあんなに哀しそうだったのか、父親の狂気じみた力への意志がどこから来たのか。その原因と結果がわかった。ジョーが拉致されて拷問された根本的な原因もそこにあったが、それはまあいい。何よりイーディーはジョーという人間についての説明の宝庫であり、ジョーのルーツともいうべき存在なのだ。ジョーはイーディーを自動人形のようにねじを巻いて、動かしてみたかった。彼女の生涯は輝きに満ちていた。そしてジョー自身も、その物語の一部であり、イーディーはジョーの物語の一部だ。ようやくジョーは、何かに間に合うことができたという思いだった。

「世界はいま馬鹿どもに牛耳られてるんだ」とイーディーは叫んだ。ジョーが黙っているのは自分を疑っているか批判しているせいだと誤解して、身の証しを立てるために叫んだ。「冷戦が終わったとき、指導者たちは何をした。新たな戦争を模索しはじめただろう。みんなは金持ちになった。でもその結果どうなった。森林を焼いたり、うんと金を借りたりして、急に貧しくなった。何もかもがひっくり返って混乱した。それはみんなが気にかけないからだ。世界は完璧なものになるはずだったんだ！　それをみんな望んだんだ。あたしもそのために働いた。何十年ものあいだ！　あたしはフランキーの装置を長いこと隠しつづけてきた。でもそんなことは無意味だった。政府の詐欺師どもはあたしによく任務を果たしていると言って、一方ではまじめな市民たちの年金を盗んでいたんだ！」

イーディーはやや興奮を鎮めて小声になった。マーサーがきゅっと口を結ぶ。

「蜜蜂はいま地球上のほとんどの地域にいる」とマーサーは言った。「ときどき〝真実の爆発的出現〟が起きるが、それで愛と理解の新しい時代がもたらされたというふうには見えない。ヨルダン川西岸地区は燃えている。もっともこれは前からそうだったかな。アフリカの大半の地域はうまくいっていない。英米の〝特別な関係〟は事実上終わった。核保有国は、もしどこかの国が〈理解機関〉を自分たちの国に使用したら——ところでどの国も〈理解機関〉を大量破壊兵器と呼びはじめているが——核で報復すると互いに宣言しあっている。この状況はたぶんまだ序の口で、これから〈理解機関〉が本格的に作動しだすんだろう。こんな状況を人類の状態の地球規模における改善と呼ぶなら、危機というのはどんなのだと言いたくなる」

イーディーは首をすくめた。「まだこれからよくなるんだよ。フランキーがそんなふうにつくったんだ。あの人は絶対に間違えない。蜜蜂が戻ってきたら、準備が完成して、それから……よくなるんだ」だが声を高めてそう言ううちにも、確信が萎えてくるらしかった。二十世紀にもっともだと思えた理屈は、二十一世紀にはおかしなものに聞こえる。荒すぎるというか、あまりにもうぶなのだ。

マーサーはため息をついた。「そうなのかもしれない。ただわたしは、一挙にけりをつける完璧な解決法というのがあまり好きじゃなくてね。そういう解決法のとばっちりを受けた人たちに同情するんだ。しかしとにかく……〈理解機関〉はもう本来やるはずだったことをやりそうにないんじゃないのか」

「ブラザー・シェイマスがこの混乱から何を得るというのか、それがわからない」ポリーが割りこんだ。「こんなことでどうしてあの男が神のようになれるわけ？」とイーディーを見る。

イーディーは渋面をつくった。「混沌。混乱。邪悪さ。あの男の望みはいつもそういうものだった。神のようになるなんてのは口実だよ。あの男は、神というのは異様でおぞましいものだと言っている。だからあの男のするおぞましいことはどれもあの男をより超越的な存在にしてくれるんだ。インチキな論理だよ。でも、だからと言ってあの男のしわざだということにはならないけどね」

「でも、あなたの話を聴いてると、ブラザー・シェイマスが混沌を好むとは思えない」とポリー。「その逆みたいに思えるのよね。あなたはあの男を蜘蛛と呼んだ。優雅さを好むと言った。チェスと、はったりと、どっちに転んでも自分が勝つ戦略。表ならおれの勝ち。裏ならあんたの負けっていう」

「うーん、それは」イーディーはそう言って、両手を曖昧にふった。たぶん、行ないが邪悪な者は性質が邪悪なのであって、邪悪さとは何かなどは理解できない、機会がありしだい邪悪な者は撃つべきだ、というようなことを言いたいのだろう。マーサーは続きを待ったが、イーディーの応答はそれで終わりらしかった。マーサーはまた話しだした。

「それはそれとして、ウィスティシールにあった〈理解機関〉はひとりの怪物の手中にあるようだ。その怪物はなんらかの方法で装置を濫用して、世界の終わりを到来させること、あるいは自分が神になること、あるいはその両方をめざしているらしい。それにわたしの親友のジョーは政府がつくった拷問施設でたっぷりいたぶられた。だからあなたの考えに共感するところも多々あるとはいえ、ミス・バニスター、あなたの行動が人類の運命をいいほうに導いたかどうかは怪しいというわたしの意見も理解してもらえるはずだ」

イーディーは愕然とした顔をした。ジョーは自分で意識しないうちに、囚われの身だったとき、短いあいだヴォーン・パリーと奇妙な交流を持ったことを話しはじめていた。

「おれはあいつを殺すべきだった」とジョーは結論づけた。「プロならそうしただろう。おれはあいつに連中の知りたいことを全部教えてしまったから。あいつを生かしておいたのは考えが足りなかった。おれはただ逃げたい一心だった。とどめを刺すべきだったんだ」

イーディーはため息をついた。「そうだね。プロならそうしたね。戦術的に賢明な方法よ。やっていれば、あたしらにいくらか時間の余裕ができたかもしれない。でも最近思うんだけど、ジョー、アマチュアっぽい流儀も悪くないよ。今度のことでも大勢のプロがいろいろやってきたわけだけど、ろくなことになってないからね」

イーディーは肩をすくめて、自分も断罪されるべきプロのひとりだと認めた。ジョーは自分がまだこの老婦人に手を触れていないことに気づいた。このスポーク家と奇妙な縁を持つ老婦人に。そこで握手をしようと手を伸ばした。

と、そのとき、鶏を絞めたような音がして、車のなかに犬の嘔吐物の臭いが立ちこめた。

握手は結局実現しなかった。

窓を開けて数分後、ちょっとどこかへ立ち寄ってお茶でも飲むのがいいだろうということでみんなの意見が一致した。

カフェのテーブルは金属の枠に傷だらけの赤いプラスチック板をはめたものだった。椅子は坐り心地が悪く、紅茶は泥水のような味がした。ジョーは自分のを飲んだあとマーサーのも飲んだ。バッグを洗いにいって戻ってきたイーディーは、カップのなかの液体をまるでそこに自分の運勢が出ているとでもいうように見つめている。マーサーはレジのわきの壁にもたれて、駐車場を眺めていた。ジョーは、みんな自分のことを心配してくれているのではないかと思い、何か言わなければと考えたが、何を言っていいかわからなかった。

ポリーだけがいつもの調子を保っていた。紅茶を運んできた少年が自分を見て胸をときめかせているのを知ると、魅力たっぷりの微笑みを向け、過大なチップをやってから、わたしはロックスターだけど、誰にもわたしがいることを教えないでと言った。それからテーブルの向かいのイーディーを見た。

「こんなことになるとは思ってなかったんでしょ」とポリーは言った。

「うん」とイーディーは答えた。

ポリーは待ったが、イーディーはあとを続けなかった。そこで重ねて問いかけた。「何が起きるはずだったわけ」

イーディーは宙で両手をふった。「いいことがよ。フランキーには理論があった。どうなるかを数学的に計算していたんだ。余計な干渉をしなければ、〈理解機関〉は世界をよくするはずだった。世界は九パーセントよくなると、あの人は言った。それが起これば人類を望ましい方向に後押ししてくれる。それで完璧な世界ができるんだとね」そこで言葉を切った。「完璧でなくても、よりよい世界ができるはずだったんだ。まさかあんなものがわいて出るとは思わなかった」

「〝あんなもの〟というのはシェイマスと〈ラスキン主義者連盟〉のことね」

「シェイマスはもう死んでるよ。あたしが知ってたシェイマス、つまり阿片王シェム・シェム・ツィエンはね。そのはずだよ。あたしよりずっと年上だったから」

「あなたはまだ生きている」

イーディーはふんと鼻で笑った。「かろうじてね」

道路にはほかに車もなく夜はとても暗かった。車内の明かりはダッシュボードの計器のライトと、飛びすぎていく街灯の光だけだった。ジョーは以前、街灯を壊してアルミを盗むのを生業（なりわい）としている男を知っていた。アルミは高く売れたのだ。ジョーは外の街灯の数をかぞえながら、アルミの重量と売値を足し算した。ロンドンに近づいてくると、緑色の表示板がチャールズ一世の銅像が立つトラファルガー広場までの距離を示しはじめた。ふとジョーは、車がどこに向かっているのか知らないことに気づいたので、訊いてみた。

「職場へは行けない」とマーサーが言うのは、ジョーの工房のことではなく、ノーブルホワイト・クレイドル法律事務所のことだ。「監視されてる。そいつらの目を欺くためにベサニーがいくつか適当な場所へ出かけた。危険だからよせと言ったら――そういう場合みんなそんな台詞を吐くが――『かかってこい、ですよ』なんて言う。豪傑だよ、わがベサニーたちは。もちろん法律事務所の事務長はそういうものだがね。

しかしわれわれの選択肢は多くない。事務所は、反自由主義的で無責任な政府から強い圧力をかけられている。当局からいろんな命令が来るんだ。それに対しては戦っているが、ルールを勝手に変えてくる連中が相手だと勝つのは難しい。パッチカインド刑事巡査長に関しては、地元の治安判事から反社会的行動禁止命令をとってやった。あれはなかなかうまくいったよ……」マーサーはにやっとしたが、すぐに冷めた顔に戻った。「だがロンドンのいつも使うような場所は危ない。とりあえず街はずれのオフィスに向かっていると見せかけている。はっきり言って一種の要塞で、行けばそこの連中は喜ぶだろう。ドブネズミどもを一網打尽にしてやるとね……。でも実際に行くのはもうちょっと毛色の違うところだ。法よりも血。あるいは、困ったときは友情がいちばん」

ジョーは、それでは訊いたことへの答えにならない、という指摘はしないでおいた。疲れているのでごちゃごちゃ議論する気になれない。身体はポリーの肩にもたせかけている部分を除けば、どこもかしこも痛かった。「テッド・ショルトが〈ステーションY〉へ行けと言ってたな」とつぶやいたが、車の走行音に言葉がかき消され、聞いたのはポリーだけだった。

ジョーはぐったりして眠りこんだ。ありがたいことに、夢は見なかった。

目を覚ますと、土地勘のあるところに来ていた。車は角を曲がり、私道を通り抜ける――マーサーの法律事務所が金を使って通行権を得ている小道だ。小道は個人宅の前庭に抜けて、また公道に出る。すると〈ボイド・ハーティクル工芸科学製作財団〉の要塞を思わせる大門がミニバンを受けいれるべく開かれていた。

ジョーはポリーを見た。ポリーは肩をすくめる。「こういうことはマーサーのほうが得意なの。わたしはマーサーから調査のやり方であれこれ言われると腹が立つけど、この方面のことは指図どおり動くよ。あなたを今夜国外へ出すのはむりだし、かりにできるとしても、どこへ連れていったらいいかわからない。だからあなたのことを大事に思ってくれる人たちのところへ行くのがいいのよ」イーディーを見ると、うなずきが返ってきた。

ジョーは窓の外の混沌と災厄の縁まで来ている世界を見た。そんな世界になっていても、ある種の連中には一介の機械職人を追いまわす時間があるらしい。

ジョーは、先方にはいま着いたと連絡したほうがいいのだろうか、と考えてすぐ、映画ではよく逃亡者が携帯電話をかけた瞬間に居所を知られてしまうことを思い出した。そう言えばマーサーはずっと携帯電話を手にしていない。事実上、すっぱだかでいるところを見ているようなものだ。

一同は車をおりて、午前零時すぎの湿った空気のなかに出た。車がヘッドライトを二度点滅させる。オレンジ色の光が歩道わきとギルドホールト通りに並ぶ建物の窓を照らす。一同は待った。

しばらくしてマーサーが唸るように言った。「力自慢の職員が何人か出てくるはずなんだ。そう頼んである」

「待つ？　よそへ行く？」とポリー。

マーサーが迷っていると、イーディーが口をはさんだ。「待とうよ。まずいことになってるなら、もうなってる。そうでないなら、安全な場所を捨てる手はない。力自慢の職員は、敵の偵察員を捕まえて建物のなかへ連れていったのかもしれないよ」

マーサーはうなずいた。ありうることだ。〈ハーティクル〉に来慣れているジョーが先に立って玄関前の階段をあがった。濡れたオークの木と鉄の匂いがした。玄関のドアは手で触れると静かに内側へ開いた。廊下はつつしみ深い薄闇をたたえて訪問者を歓迎していた。ジョーは古いカーペットや潤滑油の匂いを嗅いだ。ふと胡椒の香りに鼻をくすぐられた気がして足をとめたが、香りはすぐ消え、ふたたび嗅ぎとることはできなかった。イーディーはのろのろ歩き、壁の写真やガラスケースの展示物や凝った装飾のゴミ入れ（鉄の板とキングサリの板を組みあわせたもので、一九二〇年ごろの製作）を見ている。イーディーはそのゴミ入れにランチボックスを捨てて、先へ進んだ。いまバッグの中身を整理するのはおかしなことのようだが、年をとるとなんでも思いついたときにやるのだろうとジョーは思った。

「ボブ？」ジョーは小声で闇のなかへ呼びかける。

建物の奥のほうで人の声がし、気配が感じられるが、返事はない。イーディーは引きずるような足どりで歩き、バッグのなかでバスチョンが油断なく鼻をくんくんさせる。

「セシリー？」とジョーは呼ぶ。

「ここよ」としわがれ声が答える。ジョーは頬をゆるめて、図書閲覧室へ小走りに駆けた。セシリー・フォウルベリーはいつもの椅子に坐り、中央の長いテーブルについていた。テーブルを囲んでいるのは混沌と秩序をごたまぜにした書類の山並み。テーブルの上には容器におさめた入れ歯がふた組、乱雑なガラクタのあいだに交じっている。三つ目の入れ歯の容器と、キャラメルを盛った皿もある。セシリーは疲れ果てている様子だった。ジョーに力なく微笑みかけたあと、大きな暖炉の暖かな火に目をそらした。木の匂いのする煙が漂い、ぱちぱち爆ぜる火の明かりが室内に中世風の雰囲気を与えていた。ジョーはセシリーに笑みを返した。笑みは〈ハッピー・エイカーズ〉の白い部屋とはまるで違う部屋に向けたものでもあった。

全員が部屋に入ってドアが閉じられるとすぐ、バスチョンが吠えだした。

「ごめんなさい、ジョゼフ」セシリーが顔をあげてたどたどしく言った。「あの男が五分前にここへ来たの」ボブはセシリーの手をとったが、こちらは顔をあげることができない。それほどの屈辱を覚えているのだ。

「こんばんは」暖炉のそばの安楽椅子からつぶやくような声が届いてきた。「おそろいで来てくれて嬉しいよ」

ジョーは声の主の目の落ちくぼんだいかつい顔を見た。顎ひげは短く刈り整えられて、オスマントルコの厳めしい大宰相のようだ。片側のこめかみには新しい紫色のあざができている。左右には顔の前にベールを垂らした男たちが、頭をひょこひょこふっていた。

ヴォーン・パリーだ。

イーディーが「おのれ!」とどすのきいた声で言い、拳銃に手を伸ばした。

XV

〈山嵐〉の限界、〈記録される男〉、イギリスで最も才レンジ色の場所

「やあ、ジョー」ヴォーン・パリーは落ち着いた声で呼びかけてきた。「バニスター中佐」ラスキン主義者たちがバニスター中佐と聞いて、さわさわと衣を鳴らし、ひとりが前に出た。ほかの者はそのうしろに控える。ヴォーンが片腕を胸の高さに持ちあげて制すると、ラスキン主義者たちは動きをとめた。

「あまり正直に話さなくて申し訳なかったな、ジョゼフ」ヴォーンは優しげな声で言った。口調が違っていて、イングランド西部地方のくだけた調子が消えていた。いまは低い優雅な声で、言葉に裏がありそうな話し方をした。冒瀆をしたり、秘密を暴露したりする声だ。「わたしの名は——わが生涯を最も正確に言い表わせる名は——アデー・シッキム国のカイグル・カーン・シェム・シェム・ツィエン・シッキムだ。わたしは兵士であり、学者であり、泥棒たちの皇帝だった。のちに国王の地位についたが、そのあとは逃亡者となった。だがわたしは、つねに、つねに、より偉大なものになる途上にある。誰にも阻止されないものにな

る途上に。わたしは終わりを迎えても、必然的にまた甦るんだ。わたしはひとつの反復だ」

「あんたは死んでいる。もう死んでいる。しかも年老いて死んだはずだ。あんたはここにいるはずがない。しかも絶対に、絶対に、若いはずがない……あんたはあんたじゃない。あんたであるわけがない、いい、ない！」最後の言葉は絶叫だった。同時に銃の引き金が引かれた。

シェム・シェム・ツィエンにしてヴォーン・パリーにしてブラザー・シェイマスは、ありえないような優雅さで椅子を離れた。銃弾は肩の上を飛びすぎて壁に食いこんだ。年寄りだとしても、奇妙な新しいタイプの年寄りだった。骨が溶けて筋肉だけになり、脆弱さが強さのもとになっている特異な蛇のような身体を持つ老人。さっと手をふると、そこに新体操のリボンのようによくしなる細身の剣が握られている。それを右へ左へ軽やかにふりながら、ジョー、ポリー、マーサー、イーディーのほうへ迫ってきた。ひらり、ひらりと舞うように動き、イーディーの銃の狙いも容易にかわす。まるでその銃が一本の長く重い槍にすぎず、よけるのは簡単とでもいうように。その背後から、ラスキン主義者軍団も出てくる。鷺のような首のふり方をし、ぎこちない不気味な足どりでゆらゆら動く。

イーディーは節くれだった指でもどかしいほどゆっくりと引き金を引き、もう一度発砲したが、はずれた。それから用心鉄で相手の剣を受けとめて肩を切られるのを防ぎ、骨ばった腰を相手の下腹へ叩きこんだ。シェム・シェム・ツィエンはよろめきながら後退し、ボールを腕、肩、腕と走らせる曲芸師のような動きをしたあと、剣の柄頭をイーディーの手首に鋭く打ちあてた。拳銃が床の上をさっと滑る。ふたりともうしろにさがり、状況を精査する。イーディーはうしろに引いた足のほうへ重心を移し、腰を安定させる。が、身体のなかのどこかで関節がごきっと鳴り、身をすくめた。シェム・シェム・ツィエンは身体の位置をごくわずかだけ変え、息を吐く。

一瞬、双方睨みあいとなったあと、シェム・シェム・ツィエンは満足げに微笑んだ。「よし。わたしときみの勝負もこれで終わる」

「逃げるんだ」イーディーはふり返り、バスチョンの入ったバッグをポリーに差し出そうとした。その前にちょっとバッグのなかをさぐったが、気が変わったらしく何も出さなかった。

ポリーは敵の剣に目を据えている。「あなたはどうするの」

「あたしは逃げない」

「いっしょに――」

「だめだ。わからないかい。この男は愉しんでるんだ。やつはわたしより実力が上だ。昔からそうだったけど、いまは若さを取り戻してすばやく動ける。さあ逃げるんだよ。ジョーを連れて。できるだけのことをするんだ」

「イーディー――」

「あんたには必要な資質がある。〝偉大な(アグレーカ)〟なものがね」イーディーはにやりとした。「さあお行き」

「でも、どうせやつらに――」

「そんなことはない。これはこの男にとって神になる道だ。あんたたちをただ片づけるだけじゃ……伝説的な偉業じゃない。劇的なこと、規範となることでなくちゃいけないんだ」イーディーはポリーやジョーを指さした。「あいつはあんたらをあとにとっておく。でもあたしは……もう年だ。くたびれ果てた老いぼれだ。だから……そろそろ潮時なんだ。あたしはこの勝負をする。あとはあんたたちしだいだ」

イーディーはバスチョンをポリーの両腕に押しつけると、身体の向きを変えて両手を軽くふり、身をすくめた。死を覚悟した人間の狂気じみた笑みを小さく浮かべた。「さあ行って」と、ふり返らずにまた言った。

シェム・シェム・ツィエンが自分の頭のうしろで剣を持ちあげた。

バスチョンがポリーの腕のなかからか細い唸りをあげたが、闘争心はほとんどなかった。小さな犬には大きすぎる骨の髄まで染み通った古い哀しみがあるだけだった。

イーディーが床の上で両足を動かした。なめらかな、明確に限定された動きだった。完璧に選ばれた小さなステップ。背筋を伸ばし、合奏の指揮をする学校教師のように両腕をひろげた。それからまた動くと、剣の切っ先がわきにそれた。切っ先がなんのためにあるかを敵が誤解したかのようだった。イーディーは敵のほうへ身体を揺らす。手を剣の柄のほうへぱっと飛ばす。が、空を切った。ふたりはまた離れた。イーディーがにやりと笑って手をふった。それにつれて光が小さな輪を描いた。三日月形の金属だ。シェム・シェム・ツィエンが自分の腰を見ると、短剣の鞘が空になっていた。イーディーは反対側の手を開き、手のひらを下にした。シェム・シェム・ツィエンの頭髪が何本か落ちた。「もう少しだった」とイーディーは言った。

シェム・シェム・ツィエンは冷笑した。「いやいや」

シェム・シェム・ツィエンはやはりのんきなほどの流れるような動きで前に出、イーディーは両腕を前に伸ばして迎え撃った。踏み出す足が床をすり、顔には確信の晴れやかな微笑みが浮かんでいる。

イーディーの両腕がシェム・シェム・ツィエンの両腕とぶつかった。短剣で長剣を払う。シェム・シェム・ツィエンの動きの方向が変わった瞬間、イーディーは身をひるがえしながら相手の懐に飛びこんだ。〈山嵐〉。ふたりの身体がひとつになる。

シェム・シェム・ツィエンが宙に浮き、背中から落ちた。イーディーもいっしょに倒れ、長剣の刃を敵の首に向けて押しつけようとする。だが、シェム・シェム・ツィエンは柄をひねって刃の向きを変え、のしかかってくるイーディーを抑えたまま、下からにやりと笑いかけた。

「〈山嵐〉には限界があるんだ、中佐」シェム・シェム・ツィエンの小声はほとんど愛おしげに聞こえる。

「そうかい？」イーディーは喉の底で言う。

「ああ。剣には効くが、銃には効かない」

気づいて目を落とすと、シェム・シェム・ツィエンのもう片方の手が現代の小型の拳銃を握り、その銃口をイーディーの胸にあてていた。

「バスチョンを頼んだよ。ひとりじゃいろいろうまくやれないから」イーディーは静かな声で部屋のどこかにいるポリーに言った。「それと、これはもう言ったと思うけど、みんなでがんばっとくれ。若い人たちで……」それからまたシェム・シェム・ツィエンに目を戻した。「あんたは勝ったつもりでいるんだろ。でもあんたはいまとんでもなく困ったことになってるんだよ、この愚か者」

シェム・シェム・ツィエンは片眉を吊りあげて、引き金を引いた。イーディーの背中が鋭く破裂して、小さな穴から骨と血が噴き出した。一度身体を震わせ、そして死んだ。ぼろ布に包まれた骨のように床に落ちた。

音楽が一曲終わったように、しばし沈黙が流れた。バスチョンがピンク色の視力のない目をシェム・シェム・ツィエンに据えて、胸のなかで険しい声を立てた。おぬしを殺るぞ、老いぼれ悪魔。おぬしを殺ってやる。

シェム・シェム・ツィエンは立ちあがった。

「ああ、ミスター・スポーク、こんな老いぼれを巻きこむとは無粋なまねをしたものだ。こんな婆(ばばあ)をな。こんなやつはなんの役にも立たない。だが驚かないよ。要するにきみは下劣な人間だ」シェム・シェム・ツィエンはこめかみの青あざとその周辺の黄色い変色を指で示した。

ジョーは相手を見た。そう、あの男だ。ただし顎ひげ、凶暴な目、ぼさぼさの髪は消えて、いまはひげのない、邪悪な顔の男がいる。

「ヴォーン・パリー」とジョーは言う。

相手の男は首をふった。

「違う。わたしはシェム・シェム・ツィエン。〈記録される男〉だ。ヴォーン・パリーはもう死んでいる。いまはわたしが着ている上着だ。わたしが住みついている肉体の乗り物だ。分身（アバター）といってもいい」にやりと笑う。

「バニスター中佐が言ったように、きみたちは逃げたほうがいいが——もし逃げる気がないのなら、話をひとつ聞かせよう。前に話したのはもちろん完全な虚構だが、今度のは本当の話だ。これは生ける神の再生についての真実の物語なんだ、ジョシュア・スポーク。だからきみはそれを新たな聖書の物語と考えたくなるかもしれない」

シェム・シェム・ツィエンが合図をすると、ラスキン主義者たちがジョーたちを取り囲んだ。イーディーの死体のそばを通るときは、何かつぶやき、頭をさげさえした。

「昔々」とシェム・シェム・ツィエンは語りはじめた。ほとんど気楽な足どりでジョーたちのまわりを歩きまわった。つぎは誰を食おうかと考えている好みのうるさい食人族の男のようだった。「昔々、といっても大昔でもないころ、アデー・シッキムの宮殿でひとりの男の子が生まれた。この男の子は大きくなると、国民を繁栄と希望の新しい世界へ導くことだけを望む国王となった。彼はその仕事に適していた。頭脳明晰で、有能で、容貌に恵まれていた」シェム・シェム・ツィエンは郷愁に浸る顔になった。

「わたしは彼を鉄の箱に閉じこめて生きたまま焼いた。その遺灰でわたしの喪服を染めた。わたしは王国をわがものにした。わたしは神とはどういうものかを理解するために王国を必要としたんだ」ジョーはシェム・シェム・ツィエンをまっすぐ前に見られるよう動いた。シェム・シェム・ツィエンはそれでよしというようにうなずき、さらに歩きつづけた。その背後ではラスキン主義者たちが指導者の歩調に合わせて頭をひょこひょこ動かす。

「わたしは科学的なやり方で、神になる試練を自分に課した。当時は本格的な科学時代が始まったころだった。わたしはいろいろな局面で神の役割を代行した。あらゆる宗旨の神の僕（しもべ）たちを迫害した。神を信じる人々を苦しめた。病者を癒し、死者を甦らせた。わたしは魔術師を見つけた。わたしに神の目で宇宙を見させてくれた外国の女だった。だがやがて人生の絶頂期に達すると、力が衰えはじめた。わたしは最後の試練を自分に課さなければならないことを悟った。わたし自身が死から甦らなければならないことを。そうすることで、わたしは神と対等に相まみえることができ、さらには神になれるからだ」

バスチョンがバッグのなかで唸る。ポリーはそばを通るシェム・シェム・ツィエンを目で追う。シェム・シェム・ツィエンは剣と拳銃を軽く握っている。

「この女の言ったとおりだ」シェム・シェム・ツィエンはイーディーの死体を示した。「きみはこの女によく似ている。姿形のことじゃない。わたしに対抗できる能力が自分にあるという自信、まったく不相応な、あの腹立たしい自信を持っている点でだ」シェム・シェム・ツィエンはまた歩きだして、話に戻った。

「わたしは自分を記録させた。書きとらせ、書き写させた。わたしは、今風に言えば、情報になった。わかるか。わたしは自分の人生の模様を言葉とイメージで世界に刻みこんだ。自分の脳の活動を計測してそれを保存した。ウィスティシールで行なった実験で孤児になった子供たちをテスト用人体のストックにした。わたしは自分がまだ生きていたころ、それらのストックを使って自分の装置を改良していった。わたしの命の断片を抽出して、電気ショックその他によってそれらの人体に教えこむ。わたしを完璧に模倣するまでだ。それぞれのラスキン主義者はわたしの自我の一局面なんだ……」シェム・シェム・ツィエンが周囲のラスキン主義者たちを両手で示すと、ラスキン主義者たちも流れるような動作で互いを指し示しあった。

「もちろん、わたしはこのプロジェクト全体を誰にも見せなかった。正直言って、ラスキン主義者たちは不完全だったんだ。脳内の古い記憶を完全に消すことができないし、自分から新しいことを学ぼうとする意志もない。だからパヴロフの条件反射を使った原始的な訓練をしなければならなかった。快楽と苦痛の刺激で覚えさせるやり方でね」

「でも、ヴォーン・パリーは違ったと」とジョー。

シェム・シェム・ツィエンは、今度はセシリーとボブのほうを向き、剣の先をそちらに向けた。

「ヴォーンは歩く空っぽの死体だった。内側に何も持っていなかった。自然が生んだ奇跡だ。生きた人間のふりをしている死体だ。その死体のなかに、本物の人間になりたいという必死の欲望があり……一生けんめい勉強した。学びを重ね、練習を積んで、とうとうすべてを覚えた。わたしそっくりに動くようになった。わたしが感じることを感じるようになった。そこで外科手術によって外見をわたしに似せた。

そのあとヴォーンは、夜も昼もわたしの情報が貯えられた機械につながれ、脳神経の信号のパターンをわたしのものに同調させられた。こうして少しずつ、わたしは復活したんだ。秀逸な仕組みだろう。そうは思わないか。きみが反感を覚えるのは、わたしが魂を持っていないからだろうか。しかし考えてみろ。わたしが死んだとき、肉体は死んだが、意識は残ったんだ。となるとわたしは、魂をひとつじゃなく、ふたつ持っている最初の人間ということになる」

最後の言葉とともに、攻撃が始まったが、その言葉は息ひとつ乱れなかった。シェム・シエム・ツィエンは剣をふりまわし、刃を光らせた。それと同時に拳銃を握った反対側の手をポリーのほうへ突き出し、引き金を引いた。勝利の歓喜に野獣のような雄たけびをあげた。

だが、ポリーはもうそこにいなかった。ジョーが移動させたのだ。ジョーはシェム・シェム・ツィエンが語りをどう締めるかを直感的に予想していた。くそ野郎はそういうことをするからだ。

ジョーの反応は、心臓発作のような胸の締めつけで始まった。その感覚は瞬時にあらゆる方向へ電撃のように走った。指先やつま先に達すると、ただちにはね戻った。目はぱっと大きく見開かれた。これでものがはっきり見えるようになった。視野から灰色の曇りが消え、かわりに鮮烈な色彩が現われた。自分がハロウィンの南瓜をくりぬいたランタンのように内側から光り輝いているのがわかった。手足の先からはね戻った電撃は腹に至った。奇妙に静かな一瞬のあと、いま起きていることがようやくわかった。それを表わす言葉は実体の持つ力を充分には表現できていないが。

それは、憤怒だった。

憤怒は赤い噴煙のようでも、雷雨のようでもなかった。たとえて言えば肩から重荷がとれたような感じ。あるいは世界の彼方から澄んだ光が射してきたような感じだった。

そうか。そう来るのか。

それなら、きさまこそくたばれ。

白い部屋で拷問をする男。憎悪の塊で、自分が壊すものの美しさがわからない男。自分のものではないものを何度も何度も何度も奪う男。イーディー・バニスターの美しい図書館のような脳をあっさり壊滅させてしまう男。生まれて初めて、ジョーはやりすぎじゃないかと心配することなく思いきりぶん殴れる相手と遭遇していた。こんなことはかつて一度もなかった。ポリーとマーサーが何か言うのが聞こえた。それが〝やれ(ゴー)〟なのか〝よせ(ノー)〟なのかわからなかったが、少なくともポリーの声にはジョー自身のなかにあるのと同じ生(なま)の叫びが聴きとれた。ポリーの頭脳はジョーに用心するよう促していたが、魂は行動を是認していた。

ジョーは猛りたつイノシシの顔になって、シェム・シェム・ツィエンのほうへ突進した。そのとき怒りの唸りが聞こえ、ジョーの胸と共鳴した。バスチョンだった。ジョーは思いがけない助っ人をさっとすくいあげ、とまらず突撃した。犬の唸りが戦闘歌となった。

さあ行くぞ、機械職人よ。あの歩く死人めは我慢ならぬ。片づけようではないか。

ラスキン主義者軍団が集まってきた。黒衣の集団はつかみかかるような手つきをする。まるでハロウィンの幽霊どもだ。人間なのか、機械なのか。ジョーはいちばん近いラスキン主義者にバスチョンを投げた。バスチョンはフードをかぶった頭に飛びかかり、傷痕が残るに違いないことをする。悲鳴があがったので、きっと傷痕が残ることがジョーにわかった。ラスキン主義者も叫べるのだということを、ジョーはいま初めて知った。ジョーは怒れる脳に銘記した。痛みは効果を持つ、と。

ジョーは二番目のラスキン主義者の身体を持ちあげた。シェム・シェム・ツィエンが銃を撃ち、銃弾がそのラスキン主義者にあたる。一発、二発、三発……六発。拳銃は普通六連発ではなかったか。いや、その銃はもっと撃てた。そういえばオートマチックなら十四発撃てるのか、とジョーはぼんやり思い出す。だがこの際どうでもいい。近距離だから何発だろうと危ない。持ちあげたラスキン主義者をシェム・シェム・ツィエンに向けて投げつける。ジョーの両腕はさらに軍団相手に奮闘する。ラスキン主義者はみな身体が軽く、動きがぎこちなかった。ジョーはひとりに思いきり嚙みついた。べつの者の腕をねじりあげると、ばきんと音がした。はー！

誰かが隣に来た。白髪頭で、がっちりした体格で、バールを手にしている。妻を守ろうとするボブ・フォウルベリー元英海軍曹長だ。ボブは「くそたれ、くそたれ、くそたれ！」のずにバールをふるった。戦果はあがったが、いかんせん老齢の筋肉がついていけず、動きが緩慢になってきた。ジョーはバールをつかみ——いや、それはヴィクトリア朝時代の鉄パイプだったが——叫んだ。「セシリーを連れて逃げるんだ！　早く！」ボブは「アイアイ」と答える。ジョーはこんな状況にもかかわらず思わず頬をゆるめてしまったが、ともかくボブは言われたとおりにした。ジョーは身体の向きを変えてつぎの敵を見つけ、平手打ちをかましてから敵の身体をくるりと回転させ、肘打ちをし、反動で逆方向にも肘を飛ばす。ついで鉄パイプを鉄兜をかぶった頭に叩きつけた。

白い部屋で得た啓示を思い出した。生き残るためには良心の呵責をなくすことだ。武術家は修練によってこれを行なう。敵に危害を加える決意はあらかじめ固めておき、あとは正確に身体を動かすのみだ。普通の人はいちいち何が必要かを考えてためらってしまう。どうするのがいいか、どこまでエスカレートしていいか、よく考えるというのが人間性というものだ。だがジョーの場合はエスカレートするというより、世界の不正に対する怒りの深い井戸からまっすぐ噴きあげるような行動だった。怒りはまた冷淡な母親、気楽すぎた父親、祖父を捨てたフランキー、ふがいなさすぎた祖父にも向けられていた。ジョーは抑制する必要を認めなかった。いまの彼は戦闘機械であり怪物だったが、さらに言えば、戦っているのではなかった。壊れたものを修理しているのだった。シェム・シェム・ツィエンがいることで世界は不具合に陥っている。歯車が錆びているように。それを正すことに、良心の呵責はまるで感じなかった。

う逆に殴打も受けた。はげしい殴打だった。痛みは覚醒させてくれる。ジョーには拳を飛ばし手足をひねることで敵に言ってやりたいことが山ほどあるから、少しくらい殴られてもやめる気はなかった。負傷するとなると話はべつで、ジョーはそれを防いだ。もっとも前に出る動きと白熱する怒りには魔法の力がある。ジョーを傷つけようとする者はジョーのすぐそばまで寄らなければならないのだ。床に倒れたジョーは、かがみこんでくるラスキン主義者の二の腕のやわらかいところをつかみ、投げを打とうとする。相手は叫び、うしろへ身を引く。その動きに乗じてぱっと立ちあがり、体勢を逆転させて相手を地面に倒して、やわらかい腹を踏んづけた。シェム・シェム・ツィエンが剣でジョーの片腕に傷をひと筋引いた。ジョーは氷を押しあてられたような感触とともに血がたらたら流れ出した。ジョーが叫ぶと、シェム・シェム・ツィエンはほくそ笑み、また前に出てきて、からかうように刃でジョーの肩をぽんぽん叩いた。ジョーは吠え、相手の袖をつかもうとしたが、シェム・シェム・ツィエンは軽い足どりでわきへよけた。拳銃はまだ反対側の手に握られているが、使おうとする気配はない。シェム・シェム・ツィエンはぐっとジョーに近づき、恋人のように耳もとでささやいた。硫黄の臭いがした。それはイーディーが射殺されたときの発砲の臭いだった。まさに地獄の火の臭いだ。シェム・シェム・ツィエンの息ははっかの香りがした。その指はダニエルの万力のように握力が強かった。

「わたしは嬉しいよ、ミスター・スポーク。まさかフランキー・フォソワイユールの孫を殺させてもらえるとは夢にも思わなかった。どうもありがとう」銃口がジョーの耳の下にあてられた。

そのとき突風がふたりを部屋の反対側まで吹き飛ばした。ガラスケースが壊れ、書類が吹雪と舞った。イーディーの最後のタッパーウェア爆弾が遅延時間をへて炸裂したのだ。煙と炎が部屋に満ちる。

ジョーはその場ですばやく回転した。シェム・シェム・ツィエンも同じことをしているだろうと想像しながら。それから壁を見つけ、それ沿いに動いて……何を探せばいいのかわからない。よろよろと立ち、身体を手ではたきながら、もう一戦まじえる準備をする。今度は勝てないだろうと予想しながら。やつに勝つにはどうすればいいのか。どうすれば、どうすれば。ジョーは歯軋りした。見つけてやる。その方法を。

ポリーがバスチョンとともに、目の前に現われた。現実のポリーだと納得するまでに一秒ほどかかった。あの世からジョーを迎えにきた、色あせたジーンズをはいた天使かと思ったのだ。いっしょに廊下に出ると、マーサーがいた。

「さあ行くぞ」とマーサーが語気荒く言った。それから、おそらくは普通の携帯電話ではない衛星携帯電話らしきもので指令を出す。「ベサニー！　マーサー・クレイドルだ。よく聞け。〝パッシェンデール〟（ベルギー北部の、第一次世界大戦時の激戦地。近代戦争の残虐性を象徴する地名）だ。店をたたむ。わかるか。敵に首ねっこをつかまれたんだ――きみにも直接危険が及ぶかもしれない。もう一度言う。〝パッシェンデール〟だ」

店をたたむ。大々的な破壊を前に、ノーブルホワイト・クレイドル法律事務所が活動を終息させるのだ。記録を消し、やましいものを処分し、貸しを回収する。金はケイマン諸島やベリーズやスイスやバハマへ飛ばす。クレイドル家はかねて用意のルートで逃亡する。法律事務所はまた外国でつくればいい。いまのイギリスは焦土とみなされた。

「マーサー、すまない」とジョーは言った。

「早く行け！」

「ああ、そうしたほうがいい」とべつの声が言う。

シェム・シェム・ツィエンが煙のなかに立っていた。もう銃は持っていなかったが、剣は手にしていた。両側にラスキン主義者の生き残り二人がいる。

ジョーは唸った。また胸に熱を感じた。指で何かを引き裂いてやりたい衝動にかられた。そのときボブ・フォウルベリーがさっとジョーのわきをすり抜け、コミカルなほどかっきりした動きで壁の飾りに偽装したボタンを押した。

大きな鉄の壁がおりてきて、ジョーとシェム・シェム・ツィエンをへだてた。それからもう一枚の壁も。部屋の天井から水が流れ落ちる音がした。どこかで警報器が鳴りだした。昔の空襲警報のサイレンに似ていた。鉄の壁の向こうから怒りの声が聞こえてきた。

「たっぷり飲みやがれ、この人殺しのくそ馬鹿」ボブは気持ちをこめて言った。それからジョーに言う。「一九二一年ごろ、マルセイユのバティスト兄弟がつくった火災盗難対応装置だ」と説明した。それから鉄の壁を拳で叩いた。「おれの家に入ってきやがって。女房を脅しやがって。おれを老いぼれ呼ばわりしやがって。思い知ったか。おれの名前はボブ・フォウルベリーだ。馬鹿どもめ!」

セシリーが腕に手をかけるとボブは、安心と疲れと恐怖から、セシリーといっしょにその場にしゃがみこんだ。

「時間がない」とマーサーが言う。

ジョーはクレイドル兄妹に従って外の通りに出て、これまた没個性な車に乗りこんだ。疲労は大きな暗い湖で、ジョーはそこに浮かんでいるが、まもなく溺れてしまう。そんな気分だった。それと同時に、あと数分だか一時間だか何時間だか、つぎの場所に着くまで後部座席に坐っていられるのがありがたかった。が、自分自身の一部が——声に出してかはわからないが——つぎのように自問しているのが聞こえた。

なんでいつもおれが逃げるんだ。

街灯の薄明かりと夜明け前の闇のなかで、サンベリーの隠れ家はジョーの目に、捨てられた唾液まみれの巨大なハッカ飴のように見えた。ほんの少し気持ち悪かった。だが建物はまったく目立たないもので、結局のところそこが肝心な点なのだろう。隠れ家(セーフ・ハウス)、すなわち安全な家(セーフ・ハウス)。即金で買うと申し出て、不動産屋を仰天させた物件だ。今日この金で買うから、四の五の言わない、今後あの家に訪ねてくるのもなしだ。いいかね。ええ、そりゃもう、どうもありがとうございます。

ジョーはさっきまでの怒りが退(ひ)いているのに気づいた。そして怒りとともに希望の感覚もなくなっていることに。もうどこであれ安全だとは思えなかった。

これから一生逃げつづけることになる。あるいは——このほうがもっとありそうだが——もうすぐ死ぬのだ。

巨大なハッカ飴には動物の頭をかたどった小さなノッカーがついていた。それはたぶんライオンのつもりだろうが、むしろ羊のように見えた。マーサーは鍵を開けて、みんなをなかに入れた。

「〈ハーティクル〉のほうがきれいだな」とマーサーが憂鬱な声で言う。

ポリーはうなずいた。「そうね。でもわたしたちにはここしかない」

ポリーがジョーに目を向けてきた。その目には気遣いがあった。自分を大事に思ってくれる人が、気遣いをしてくれるのはいいものだ。真剣に心配してくれるのは。ジョーはまた疲れていた。疲れすぎていて逆に眠れないのではないかと不安になるほどだった。眠れば電気ショックの夢を見るのではないか。ポリーも眠れなくなるのではないか。眠りながら絶叫してしまう男と、ポリーは今後もベッドをともにしたいと思うだろうか。

マーサーは階段をのぼりはじめた。「着替えてくる。きみはシャワーを浴びろよ、ジョー。こう言っちゃなんだが、そんな臭いをさせてたんじゃ見つかりたくない連中に見つかっちまうぞ」

おれの生涯の物語。文句を言うな。目立つまねはするな。金はさっと払い、注文どおりに仕事して、ルールを守れ。悪さはするな。言われたとおりにしろ。そうすれば大丈夫だ。

おれはそうしてきたけど、大丈夫じゃない。

バスチョンが哀しげにうなだれ、か細く、くうんと鳴いた。ジョーは身体をそっと揺すぶるように撫でてやった。そのときポリーのハンドバッグから、ウィスティシールでジョーがテッド・ショルトにもらった黄金の蜜蜂が這い出し、何かを悼むように部屋のなかをゆっくりと飛びまわった。しばらくして蜜蜂はプラスチックの棚にとまった。

「すまんすまん」マーサーはジーンズとシャツ姿になって階段をおりてくると、ややそっけなく言った。「われわれはやれることを全部やったが、きみを見つけられなかった。八方手をつくしたんだ。本当に。これは誓ってもいい」ひとり納得してうなずく。「とにかく、いまのきみは国を出て、どこかに隠れなきゃいけない。それも早急に。その手配だけはしてやれるよ。旅をするのに偽の身分が必要だし、落ち着いた先で暮らすのにもべつの身分が必要だ。それと緊急用のをひとつかふたつ。きみは消えなくちゃいけないんだ」

ジョーは肩をすくめる。マーサーはためらったあと続けた。「きみは重要指名手配犯人なんだ。最重要といってもいい。わかるか」

ジョーは驚かない自分に気づいた。「おれが何をしたっていうんだ。議会を爆破でもしたか」辛辣な口調ではなかった。人を恨んでもしかたがない。昔からそういう考え方だった。ただ、なんとなく脱力した好奇心があるだけだった。これ以上どこにも落ちようがないのだし。

「わからないようだな」マーサーは静かに言い、タブロイド新聞をテーブルに置いて滑らせてきた。一面には蜜蜂に関する記事が出ていた。世界地図に蜜蜂の群れが進んだルートが描かれ、紛争が起きている場所には小さな火のマークがついていた。マーサーはため息をついて新聞をひろげた。四ページ目と五ページ目――デニムのショートパンツひとつの〝カーライル出身のベリンダ〟（アメリカの女性歌手ベリンダ・カーライルをもじった名の無名のモデル）の写真のすぐあとに――〝スポーク、血は争えぬ！　あの父にしてこの子あり〟の見出し。ジョーが見たこともない犯行現場の写真には、シートをかけた死体が並んでいる。古い写真も新しい写真もあった。暴力の歴史。

「こんな馬鹿なこと！」

「残念ながら実際に起きたことだ。ハウスボートはもうない。ワトソン一家は……。事件があったのはきみが船を借りたつぎの日だろう。きみにはどうすることもできなかった。きみのせいじゃない」

それでもジョーは肩に重みがずしりとかかってくるのを感じた。「何があったんだ」

「誰かが放火した。アビーは目を覚まして子供たちを連れ出した。子供たちは無事だよ。グリフは……入院している。大怪我をしたんだ。家財道具を運び出そうとしてね。警察はきみが犯人だとしている。アビーは綿密な捜査をしてくれと要求しているが、あのパッチカインドのやつが、テロリストとつきあうとこういうことが起きるんだと言った」

「テロリスト？　いったいなんのことだ」

「きみのことだよ、ジョー。気の毒だが」

「おれはテロリストにされてるのか」

「テロ事件の容疑者だ」

「でも悪いことなんか何もしてないんだぞ！」

それは腹の底から出る苦悶の叫びだった。声は高まり、張りつめた。最後の言葉は割れて、動物じみた声になった。蹴飛ばされてうろたえている動物の声に。

「やつらはあなたをなめてるのよ」沈黙が流れたところへ、ポリーが平板な声で言った。「なめきってるのよ。やつらのメッセージはこうよ。言われたとおりにしろ。おれたちの言うとおりにしろ。おれたちの知りたいことを、たとえ知らなくても教えろ。それからこのメッセージ。おれたちを怒らせるな。でないとデイヴィッド・ケリー（二〇〇三年にイラク戦争に反対して疑惑の自殺を遂げたイギリスの生物兵器の専門家）と同じ目にあうぞ。デ・メネゼス（二〇〇五年にロンドンでテロリストと誤認され、警官隊に射殺されたブラジル人青年）の道を行くことになるぞ。G20抗議デモのそばを、ポケットに両手を入れて歩いてて警察官に殴り殺された男みたいになるぞ。システムが全力で叩きつぶしにくるぞ。それからこのメッセージ。行儀よくしないとそういう目にあうんだぞ」ポリーの目は冷たく無表情だが、奥で何かがうろついていた。

マーサーは息をひとつ吸ってからあとを続けた。「きみはテロリスト活動をしているあいだ、何人かの人にそのことを知られたと連中は言っている。それを知った人たちは行方不明になったり死んだりしていると」

「誰が行方不明になったり死んだりしてるんだ」

「まずはビリー。それからジョイスも」

「ジョイスはそんなの嘘だと証言してくれるはずだ。彼女はビリーの婚約者でもないし。だいいち死んじゃいない。馬鹿げた話だ」だがマーサーもポリーもじっとこちらを見つめつづけるので、ジョーは自分が何か根本的な問題をまだ理解していないようだと気づいた。

マーサーは容赦なく話を続ける。「それからコーンウォール州ウィスティシールの、テレーズ・チャンドラーという若い女性だ。今朝、自宅で死んでいるのが見つかった。きみはパブでこの女性に会ったようだな」

「テレーズ？　テスが？　死んだ？」

「ああ。ジョイスもだ」

「ジョイスはもうビリーの恋人ですらなかったんだ！」

「わかってる。わたしが言いたいのはそういうことじゃない」

「おれを捕まえるために殺したって？」

「あるいは何かを知っていると考えたか。どんな小さいことであれね。そう。敵をこの目で見てしまったいまは、愉しみのために殺したかもしれないとも思う。その可能性はあると思わないか。ビリーの場合は間違いなくあの男が自分でやったんだ。あれはあの男の流儀のように思える」

そう。そのとおり。だが、それでもありえないことのように思える。イーディーの死の臭い――血と硝煙の臭い――がまだ鼻に残っているいまですら。「こんなのは間違っている。法に反している。こんなことは全部」

マーサーは怒っているようだった。ほとんど怒鳴るような声を出したからだ。「そのとおりだ、ジョー！　法に反してるんだ！　いつだってそうなんだ！　でも実際にそういうことは起きる。それともパキスタン移民のタクシー運転手にしか起こらないとでも思ったか。やつらは気が向いたときにそういうことをやるんだ。それが好都合なとき、状況が要求したときに。そして自分の身に起きないかぎり、誰も気にしやしない！」ポリーが抑えてというように手を腕にかけると、「すまない」と言った。

新聞にはテスとジョイスの生前の写真が出ていた。死体発見時の状況が書いてあった。そのあまりのむごたらしさに、そんなことをする人間がいるのだろうかと思うほどだった。それをやった人間に心当たりがある場合を除いては。

ジョーを信じてくれている人間は、ここにいるマーサーとポリー以外にはほとんどいない。

ジョーはふたりの女性の顔と見出しをじっと見た。

ほぼ誰も彼もが敵だった。

ジョーは空(くう)を見つめ、心が、あるいは頭が、張り裂けるのを待った。自分の全存在を破壊するこの嘘の衝撃が現われるのを待った。目をあげると、ポリーとマーサーがこちらを見ていた。ふたりも待っているのだ。ジョーは思った。ごめん、おれはもう終わりだ。できることは何もない。自分の口が無意味な音を立てるのを待った。警察が来るまでじっとしているために身体がまるまるのを待った。

ところが、まったくべつのことが起きて、その不意打ちに驚いた。とことん追い詰められたところで、ついに堅固な床と、もたれかかれる壁を見出したのだ。

父親マシューの心臓が破れてから、銀色の棺が墓穴におろされるまでのどこかの時点で、ジョーは自分自身の一部を埋めた。ばりばり行動し騙しや盗みをする自分を棺に入れて、自分は地味で退屈な生き方をするのだと決めたのだった。ジョーは祖父に職人仕事を教わりながら、時計を逆回しして、父親がまだ犯罪者になっていないころに時間を戻そうとした。べつの状況のもとでなら父親がなっていたであろう人間に、なろうとした。

ジョーは二重ガラスの窓に映る自分の顔を見、自分がなっていたかもしれない男の風貌を想像しようとした。犯罪王の王子。父親以上の悪党。掛け値なしの、狂気じみた男。何も怖れない男。

そんな男は存在しなかったが、つねにそうなる可能性はあった。その男はジョーのなかで消え去りはしなかった。いま、ついにその男が実体を持つときが来た。だが、その境地に到達するまではまだ長い距離があるような気がした。長年のあいだに築かれた障害物や自衛のためのフェンスを取り除くには、長く険しい上り坂をのぼるような苦闘が必要だった。

ジョーはいまいる自分から始めた。ジョー・スポーク。友達を殺してはいないが、殺した容疑をかけられている男。自分のせいではないのに、さらに怖ろしいことについて弾劾されている男。ポリー・クレイドルと寝ていて、その関係を大事にしたいと思っている男。

両肩を回し、歯をぐっと噛みしめ、さらに続けた。

ジョー・スポーク。怪物どもに拉致され、拷問されたが、死ななかった男。

無実であるというだけでは身を守る盾にならず、おとなしくしていても安全ではないと知っている男。

愛と世界改良の名のもとに行動した老女にはめられたが、その老女が自分を助けようとして死ぬのを見た男。

その老女の愛犬を託された男。

怒りだけを武器に、弾の入った拳銃と剣を持つ男に挑みかかっていった男。

ああ、それと、父親がトラブルメイカーだった男。祖母もそうだった。

満足の笑みが、ゆっくりと顔をよぎっていく。〈狂犬ジョー〉。〈鉄拳ジョー〉。〈暴走ジョー〉。

〈クレイジー・ジョー〉。

いいだろう。また窓ガラスに映った顔を見た。変身はうまくいったが、まだ完璧ではない。新しいジョーはだらけた姿勢の男ではいけない。

息を吸い、胸を突き出し、また窓を見る。これは、やりすぎだ。もう少し控えめがいい。熱く燃えたぎるのではなく、堅実であれ。狂乱ではない、静かな力が必要だ。

背をまっすぐ起こし、両腕を曲げ伸ばしする。力は拳でなく、身体の芯にこもる。はったりや脅しがギャングをつくるのではない。真のギャングは、ただ、ギャングであるのみ。おまえにはそれがよくわかっている。

この街はおれのものだ。世界はおれのものだ。統治はほかの者たちに任せてある。おれにはほかに大事な仕事があるからだ。ギャングはつねに帽子をかぶっている。無帽のときも、かぶっているかのように身を処する。光が顔に落ちた。片目だけが影のなかで強く光った。海賊の目。焚き火の近くにいる狼の目。嵐のなかの海賊の長の目。挑みかかる目。

コートは甲冑みたいなものだ。人間のスケールの大きさを強調できる幅広のでなければならない。そしてコート自体が影となってジョーを包み隠す。両わきに垂らした手には武器が……いや、いまのは取り消しだ。手を垂らすかどうかはともかく、なんらかの形で武器を持っているのだ。たとえば野球のバット？　すこぶるアメリカ的だ。そんなものどこで買うんだ。むしろ鉄パイプ。拳銃。ボートを引き寄せる鉤竿。いいだろう。そしてポケットにはあっと驚くものが入っている。銃ではない。ナイフでもない。もっと危ないものだ。火炎瓶か、手榴弾かもしれない。ロシアン・マフィアは手榴弾を携帯しているとか。過剰殺戮をやるのか。ああ、もちろん、そういうことだろう。過剰殺戮。ナイフファイトを挑まれて大ハンマーを抱えていく。チキンレースに戦車でのぞむ。あの闇のなかの邪悪な蜘蛛、嘘つき、希望の泥棒、エム・シェム・ツィエンは狡猾だ。狡猾とか周到といった生き方ではない。シソン一家を痛めつけジョイスやテスを殺した男は。老女を殺し、犬を哀しませる男は。おれは狡猾でも周到でもない。おれはクレイジー・ジョー。たとえ自分の家をぶっ壊さなければならなくなっても、おれはおまえを倒す。

ああ、倒してやる。

窓ガラスの表面から、これからジョーがならなければならない男が、視線を射こんできた。片目の放浪者、戦場の幽霊が。見知らぬ者が。巨人が。ギャングが。破壊の天使が。勝利をおさめるかもしれない男が。

「逃亡ルートはこうだ」とマーサーは言った。「まずフェリーでアイルランドへ渡り、そこからアイスランドへ飛び、カナダへ飛ぶ。カナダは行方をくらますのにいい場所だ。とても広くて何もない。あと数時間以内に出発すれば、蜜蜂の群れが来る前にこの国を出られる。蜜蜂を避けることに意味があるかどうか知らないが、やってみる値打ちはあるだろう」

ジョーは聴いていないようだった。マーサーはジョーのまわりを回りながら手をふった。

「聴いてるのか、ジョー」

「〈ステーションY〉」とジョーは言う。マーサーは眉をあげた。ジョーはうなずいた。「わかった。すぐ出発の用意をする。ところで母から箱を預かってないか」

マーサーは眉をひそめる。

「あ、預かってる」とポリー。

「くれないか」

ポリーはバッグのなかを探し、とりだした。底に鍵がテープでとめてあった。ギャングより修道女に似つかわしいやり方だ。ジョーは箱を開けた。

ポラロイド写真を含む古い写真――もちろん、郵便局のゴムバンドでとめてある。鍵師たちが笑っている写真。マシュー・スポークの側近グループ、最初の〈古参兵たち〉だ。ベビードールを着た女たちとビロードのスーツを着た男たちがパーティーをしている写真。隠し撮りされたハリエットの写真は急いで裏へ回した。母親は危険な妖しさをむんむんさせていた。

それから、ほかのものとは毛色の違う三枚の写真が、輪ゴムでとめられて一グループをつくっていた。輪ゴムには〝ジョッシュ〟と書いた紙がはさんである。ジョーはそれらの写真を、まるで文字が書かれた絵葉書であるかのように読むことができた。

一枚の写真では、タムおじさんとマシューが、ひどくまじめな顔で、両手を組んでする〈夜の市場〉式の握手をかわし、何かの誓約をしていた。ここに書かれている見えない文字は、〝おじさんが、おまえのためにあるものを持っているぞ〟だ。

二枚目は、ノーブルホワイト家の玄関で養父の腕につかまっているマーサーとポリーの写真だった。〝おまえが信用できるのは、この人たちだ〟。

それからジョー自身の写真だ。羊革のジャケットを着て、父親の膝に乗り、空に向けて拳を突きあげている。父親の顔は珍しく晴れ晴れとして愉しげで、銃を握り慣れた手は、このときはジョーの両肩をつかんでいる。この一枚が伝えるものはあまりにも単純で本源的なものだ。〝おまえを大事に思っているよ（アイ・ラヴ・ユー）〟ですらぴったり言い表わせない。

ジョーは父親の息を髪に感じた。父親はときどきジョーの髪に鼻をあてて息を吸いこんだものだった。単純かつ率直な哺乳類的行動だ。

「さあ、アイルランドへ」とマーサーが促す。

ジョーはマーサーを見た。心底驚いた顔で。「いや、おれは行かない」

「え？　何言ってるんだ」

「行かない」

「ジョー、勝ち目はないぞ。相手がでかすぎる」

「シェム・シェム・ツィエンは世界を殺す気なんだ、マーサー。それにやつはもうおれを殺した。古いジョーはもういない。もうおれは職人仕事をやれそうにないだろう？　銀行は借金の清算に抵当権を実行するだろうけど、かりにしなくてももうビジネスはできそうにない」

「いや、混乱は終息するさ。誰かがシェム・シェム・ツィエンを阻止するはずだ。それを仕事にしている連中がいるんだ」

「ロドニー・ティットホイッスルの〈遺産委員会〉か。ふん。あいつに何ができるんだ」

「いい加減にしろ、ジョー！　きみは機械職人だ。それがきみのやりたい仕事だ。わたしは機械職人のきみを助けてきたんだ！」

「機械職人は心の底からあんたに『ありがとう』と言ってたよ。でも、あいつはもういない。いまいるのはおれだ」ジョーはポリーを見た。

「この男に言ってやれ！」マーサーは命じたが、ポリーはジョーに微笑み、目を輝かせて、ゆっくりと拍手をした。

「ああ、なんなんだ。まさか本気じゃないだろうな！」マーサーは叫んだ。

「いや、本気だ」とジョー。「閉じこめられてるあいだにわかったんだ。いつわかったかははっきりしない。一カ月たったころかな」

マーサーはぐっと詰まった。「ジョー、きみは一カ月もいなかったんだ。一週間もいなかった。長いように感じたかもしれないが、きみは五日後に脱出したんだ」

ジョーは首をふりふり、異様な笑みを浮かべた。

「違うんだ、マーサー」と穏やかに言った。「あんたにはそう思えたかもしれないけど。外にいたから」

ひどく気まずい沈黙が流れた。マーサーは反論しようとしたが、ジョーの言い分は逆転しているけれどもジョーにとっては真実なのだと腑に落ちて、へなっと力が抜けてしまった。

「すまなかった、ジョー」とマーサーはつぶやいた。「助けてやれなくてすまなかった。本当に。できるだけのことをしたが……充分じゃなかった」

「あんたはよくやってくれたよ」ジョーは優しく言った。「敵はあんたたちふたりがもう諦めたと、信じこませようとしたけどな」

マーサーとポリーが色をなした。ジョーは微笑んだ。「とにかくいまはこういうことになった。おれは昔からずっと、冷静に、穏やかに、人様に恥ずかしくないように、生きようとしてきた。規則を守って生きてきた。だがいまは違うおれになった。やつらが不正を働いたからだ。やつらがゲームを変えた。おかげでおれは正直一方では勝てなくなった。ただ、じつを言うとおれは正直者でいるのが得意じゃない。正直者でいるために、自分のなかの多くの部分を遠ざけておかなきゃいけなかった。でもいまは悪党で……その技量は持っている。おれはとんでもない悪党になれる。史上最高の悪党に。そうなって、しかも正しいことがやれる。おれはいかれちゃいない。自由なんだ」

ポリーは首をかしげて考えた。

「正しいことって？」

バスチョンが小さく唸った。

ジョーは新聞を手で示した。

「やつらはおれを追っている。そして大勢を殺している。いずれ――」ジョーは視線をあちこちにあて、そのうちにポリーをじっと見ていることに気づくと、目をそらした。「――きみたちのどちらかを殺すだろう。おれはもう逃げないことにした。やつらにたっぷり思い知らせてやる」

ジョーは腕組みをした。

マーサーが何か言おうと口を開いたが、このときバスチョンも口を開いて、飛びまわっている蜜蜂に食いつこうとした。すると当のバスチョンも驚いたようだが、蜜蜂がうまく口に入った。バスチョンはそれをごくりと呑みこんだ。マーサーは、犬がいまにも爆発するのを予想するかのように、小さく身をすくませた。

何も起こらない。

「もう、バスチョンたら、いたずらさんね」ポリーはとりあえず何か言うためにそう言った。

「まったくだ」とマーサーは苦々しげに吐き出す。「この犬は精巧で凶悪な兵器を呑みこんでしまったんだ。おかげでたったひとつの物的証拠がなくなった。これでわれわれは常人には理解できない科学兵器で報復攻撃を受ける運命に定められたのかもしれない。とにかくこの犬を思いきり怒鳴りつけて叱ってやれ。それでみんなの問題が解決する」

沈黙がおりた。ジョーがくっくっと声を漏らし、ポリーがふんと鼻で笑い、それからジョーが声を立てて笑った。含み笑いが大笑いに変わり、ついには歓喜の叫びとなった。ポリーも、ほっとしたのと嬉しくなったのとで、いっしょに笑いだした。マーサーは深い困惑と憤懣のようなものを顔に浮かべていたが、やがて笑いに加わった。

ひとしきり笑ったあとは、喜びに輝く目を見かわした。

「マーサー」とポリーが言う。「さあ、ハグしましょ。グループとして。こういうのはイギリス的じゃないけど、兄さんにはたまにはいいんじゃない。喋っちゃだめよ。みんなの気持ちがひとつになってるときに、しらけさせるようなまねをしちゃ」

三人と一匹は抱擁しあった。ややぎこちなかったが、感情の高まりはすばらしかった。

「うん、これはなかなか――」とマーサーが言いかける。

「スコップで頭をぶん殴るわよ」とポリーがつぶやく。

もう一度強く抱きあったあと、一同は身体を離した。

「よし、それじゃ行動開始だ」とジョーは言った。

「こういうことを前にやったことはないんだが」とジョーはピンク色のシャツを着た男に言った。「どうやらおれには天性の才能があるようだ」

男は急いで、しかしごく小さくうなずいた。顎のすぐ下にある肉切り包丁が不安だったからだ。ジョーはこの物騒な刃物を巨大ハッカ飴のキッチンから持ち出してきた。その重みと見た目のすごさに、思わず顔が明るくなったものだ。家の所有者は隠れグルメらしく、短くて刃の太い牡蠣の殻むきナイフもあった。小さいけれども見た目がまがまがしく実利性もありそうなので、ポリーは武器として所持することにした。

ジョーはにっこり笑った。いまの状況に照らすと、完全に異常に見えた。「あんたは新聞を読むか。読まない？　うなずかないでくれ。それはまずい。ネズミみたいにチューと鳴いてくれ……そう、そんな感じ。一回でイエス、二回でノー……よし。あんたはおれが逃亡してきた異常な犯罪者でテロリストだってことはわかってるな」

男はチューと言った。

「よし。これであんたがものすごくやばいことになってるのと、おれがものすごく危ないやつだってことがはっきりしたな。ところで、これはポリーだ。ポリー、この人に挨拶しな。こちらは……ええと、まあ名前は訊かないことにするか。名前を言うのは嫌かもしれないからな。とにかく挨拶して」ポリーはむすっとした顔になる。

「さて、どこまで話したかな。ああ、そうだ。この車だ。これはすごくいい車だよな。傷ひとつけないと約束したくなるほどだ。でもいま〝したくなるほどだ〟と言ったのは、おれが運転する車は銃やロケット砲で撃たれる可能性がほんの少しあるからだ。まあ無視できるほどのリスクだから、おれは気にしてないんだが、あんたは心配かもしれないよな。とにかくこれはいい車だから、おれもベストをつくすよ。それじゃ不満か？」

力強く、チューチューと返事があった。翻訳すれば、どうぞどうぞ。

「ありがとう。ところで教えてくれ。いま入ってるガソリンでポーツマスまで行けると思うか。だめ？　まあ途中で自動車修理工場でも襲えばいいか。さてと警察に通報するまで一時間置いてもらえるだろうな。嫌ならいっしょに連れていくしかない。トランクはどんな具合だ。居心地いいか。あれ、おれたちと別れたい？　そうだな、それがいいだろう……」

ジョーはドアを開けた。男は立ち去った。ジョーはポリーのほうを向いて、もちろんポーツマスなんか行かないよ、と言おうとしたとき、目のすぐ下の頬に牡蠣の殻むきナイフがあてられているのに気づいた。

「この際はっきりさせといて」とポリーは小さく言う。「わたしはあなたのおっぱいの大きい助手でもボンドガールでもない。わたしもひとりの独立したスーパー悪党だということ。いい？」

ジョーはごくりと唾を呑んだ。「ああ、わかった」と慎重に答える。

「だったらもう『ポリー、挨拶しな』なんて台詞はなしね」

「そういうのはなしだ」

牡蠣の殻むきナイフはすぐに消えた。ポリーの顔がすっと近づいてきて、ジョーの唇にキスをした。肉厚の舌が入ってくる。ポリーはジョーの手をとって自分のお尻にしっかりあてた。

「エンジンをかけて。車泥棒ってセクシーね」

「正確にはカージャックだけどね」

「お利口さんのご褒美に特別の加点が欲しい？」

「ああ、お願いする」

「悪党は〝お願いする〟なんて言わないのよ」

ふたりはセント・オールバンズから北に向かった。

ガソリンスタンドの公衆電話でセシリー・フォウルベリーとごく短い時間話した。おかげでテッド・ショルトが最後に言い残した〈ステーションY〉というのが〈ブレッチリー・パーク〉のことだとわかった。セシリーはあきれた口調で説明した。「こんなのは一般常識だよ、ジョー。あんたを博物館へ連れていってやったこともあるしね。あそこにあった政府暗号学校はドイツのエニグマ暗号を解読して戦争勝利に貢献したんだ。コンピューターの父、アラン・チューリングが活躍したんだよ。どう、覚えてない？」

そう、〈ブレッチリー・パーク〉のことはたしかに覚えていた。謎めいた感じのかまぼこ形プレハブ建築物がいくつもあり、それぞれ異なる程度に老朽化していた。周囲をいわくありげな小さな丘に囲まれていたが、実際、それらの小丘にはいわくがあるのだった。赤煉瓦の広壮な邸宅は、戦時のイギリスに集められるかぎりの優秀な数学者たちが研究所にしていた。ジョーは邸宅の一部を占めていた鉄道模型クラブにも目をみはった。そこの収益は博物館の地代支払いにあてられているのだ。芝生を張った庭には世界初の垂直離着陸機ハリアーの機体も保存されていた。もう秘密がなくなって朽ちかけている古い政府の施設。たいていのものはここに隠せるだろう。こんなところへ誰が探しにくるものか。

ジョーは車のナンバープレートをほかの車の同じようなプレートと取り替え、ポリーはGPS追跡装置を見つけてスイッチを切った。これで盗難車は、エンジンブロックの識別番号を見られないかぎり、事実上消えたも同然だ。がらんとあいた道路の上で、幻想にすぎないとはいえ、自由の感覚が味わえた。

「〈ブレッチリー・パーク〉に何があるの」とポリーが訊く。車はバッキンガムシャー州ミルトン・キーンズに近づいていた。

ジョーはポリーににやりと笑いかけて、「列車だ」と答え、ポリーが笑い返してくるのを見た。

高速道路をおりると、〈ブレッチリー・パーク〉への道は平坦で退屈なものになった。フェンスで仕切られた畑地に、箱型をした現代の住宅。ミルトン・キーンズの郊外は開発プランナーの設計がきちんと実現された野性味に乏しい空間で、やや人間味が足りない感じがあった。〈ブレッチリー・パーク〉はこの郊外にある。本道をはずれて枝道をたどっていくと、かつて機関銃陣地があったと推測される開けた場所に出た。ジョーは車を駐車スペースのひとつにきちんと駐めた。無断駐車だが、誰も何も言いにくる気配がない。イギリスの博物館職員は業務に支障のないかぎりその種のことを無視する人が多いのだ。

夜が明けはじめていた。明るくなるとリスクは高まる。こんな時刻に何かしていると警備員か早起きをする健康志向の職員に見とがめられるだろう。だがジョーは、自分はもうそんなことを気にしないのだということを思い出した。チケット販売所の上にのぼって、薄明かりのなか、まわりを見渡した。

テッド・ジョルトの指示は明確なものではなかった。ジョーはその曖昧な指示を、鉛筆でスケッチするように風景の上で確認した。そしてそこへ自分自身の知恵の層を重ねた。何かを隠したり人を騙したりするときの、〈夜の市場〉流の直感を働かせるのだ。無許可のボクシング試合場を隠すならどこへ隠すか……。あった。長く伸びている低い土地の隆起が。自然の地形にしてはまっすぐすぎるし、盛りあがりが唐突だ。だがあれだけ大きいと、人工物だとはただちにはわからない。そのわきにカーブを描いて走っている小さな谷も怪しい。丈高い草が生えているその底には鉄道の古いレールが残っているはずだ。ジョーはそこを指さした。ポリーはうなずいたが、ジョーがそちらへ歩きだそうとすると、首をふった。

「こっち」とささやいて、ポリーが引っぱっていったのは、何かの小屋の残骸だった。表示板には〝上級将校専用洗面所〟とある。なかに入ると、ポリーはバッグ――ジョーがちょっと驚いたことに、イーディー・バニスターの犬が入っている――から懐中電灯をとりだした。それで床を照らすと、地下道への入り口があった。ほくそ笑むポリーに、ジョーはうなずきかけながら、得点を認めた。

ふたりはハッチを持ちあげ、はしごをつたって、地中におりていった。

地下道は湿ってかび臭いコンクリートの臭いがした。行き止まりにドアがあった。堅固でいかめしいドアだ。怪奇神秘風だなとジョーは思った。爆破することは可能だ。しかるべき道具があれば。しかしそれをどこで手に入れる？　ギャング稼業に必要な道具を迅速に手に入れるにはどうする？

だがこのドアは爆破する必要がなかった。向こうに何があるかわからないのだから、吹き飛ばさないに越したことはない。組み合わせ錠は古いがかなり美しい。高純度の真鍮でできたダイヤルにはローマ数字が刻まれている。手作りだなとジョーは思う。テッドは、ドアはリジーの誕生日で開けろと言った。そうだ。ⅩⅩⅥ-Ⅳ-ⅩⅪ、で開く。女王陛下エリザベス二世がこの世にお生まれになった日だ。

ドアを開くと、地下道の空気が向こうへ流れこんだ。なかにもうひとつドアがあり、埃よけになっている。壁には手回し充電ランタンが横一列にかけてあった。ジョーはひとつ手にとり、ハンドルを回した。それから内側のドアを開けてなかに入った。

部屋はわりと狭かった。部屋というよりトンネル。しかもかなり長いトンネルだ。それはゆるやかに傾いて下降している。いちばん手前が地上の高さだ。トンネルの奥に向かって、目当てのものが軽くうねりながら長く伸びていた。ボイラーはジョーの背丈より高く、バスほどの長さがあった。そのうしろの車両はぼんやりかすんで見えにくいが——十両あるか、十二両あるか。どの車両もよく似ているが、それぞれ微妙に違う。列車の名前は機関車前部にとりつけられた黒い鉄の排障器(カウキャッチャー)に掲げられている。〝ラヴレイス号〟と。

外側は金属製だろうが、ほかのもの——樹脂かセラミック——のようにも見える。ジョーは手でなでてみた。表面がひんやりして少し湿っているのは、保護オイルのせいかもしれない。石炭の匂いと、革や木の品物が置かれている倉庫のような心地よい匂いがする。ランタンの光をいろいろに動かしてみると、全体の形と大きさが感覚的につかめた。旅客列車というのはありふれたものだ。都会を駆けたりあちこちの田舎を走ったりしている。窓のなかには旅行者や通勤者が見える。貨物列車は、最近珍しくなった。ローカル線や側線へ見にいくか、ポリーのベッドで体感するかだ。ジョーはポリーを見た。ポリーはうしろから黙ってついてきながら、人さし指をラヴレイス号の表面に滑らせている。指が通ったあとには砂埃がこすりとられた跡が残っていく。ポリーはジョーからダイヤモンドをもらったかのような微笑みを見せた。

つぎの車両にはアヒルの足を図案化した紋章がついていた。バッグのなかのバスチョンがふいに吠え、あくびをした。ポリーは肩をすくめた。

「この車両かな」とポリー。

ふたりは扉を開けて乗りこんだ。扉が開くと小さな音がして換気装置が作動した。換気装置ならいいが、たとえば毒ガス攻撃だと嫌だなとジョーは思った。空気の匂いを嗅いでみて、馬鹿か、無臭の毒ガスもあるだろうと自嘲する。しかしともかく倒れて死なないようだから大丈夫だろうと、前に進んだ。

ランタンの光がふたつの作業台を照らし出した。ひとつには物がごたごたのっていて、そのなかにはいまでは見覚えのある筆跡で数式が書かれた紙が何枚もあり、金属片やその他よく正体のわからないものが置かれていた。それに対してもうひとつの作業台はすまし顔と言いたいほど完璧に整頓されている。万力が一台と、工具一式……祖父ダニエルだ。

そうだ、ぼうず。これはわしの作業台だよ。わしらは背中合わせで仕事をしたんだ。わしはフランキーの苛ついた声や大喜びしたときの声を聞いた。家に帰ってほしいとは言わなかったよ。もうあれの心のなかにわしの居場所はないのがわかったからな。マシューのための場所も。おまえのための場所もだ。ただひたすら物事を正したかったんだ。

ジョーは手を伸ばして作業台に触れた。それは仲間意識に裏打ちされた愛撫だった。

そのとき声がして、ふり返ると、光でできた女がいた。

「こんにちは」と女は言って、前に歩み出てきた。身体は白い塊で細かいところはわからない。写真の陰画（ネガ）に写っている影のようだった。周囲を見まわすと、百ほどある小さなレンズから投じられる明るい光で構成された像であるのがわかった。光は空中の蒸気の柱に映っていた。顔立ちは不明瞭だ。片側を向いたときの横顔と、喋るときの口の形だけはわりとはっきりわかる。声は録音されたものだが、祖父のレコードで聞いたものよりも音質がいい。そしてその声から、ジョーには女の名前がわかった。フランキー・フォソワイユール。

顔をよく見た。目鼻立ちを見分けようとした。像が動くとき、ああ、あの人だと認知できる気がしたが、それが幼いころに見た祖母の古い記憶なのか、父親や祖父から聞いた話からつくりあげた像なのかはわからなかった。

幽霊のような像はしかし……超自然的なものには見えなかった。たんに巧みにつくられた映像というだけだ。三次元の幻燈。レーザーなしのホログラム。蜜蜂の巣箱をかたどった真実装置（トゥルース・マシン）をつくれる天才にふさわしい。

フランキーは頭を片側へ傾けた。「あなたが誰だかはわからない。イーディーがどこかにいてくれればいいんだけど。それともダニエルが。それか、ふたりとも。あなたたちは愛しあってるのかもしれないわね。もしそうならちょうどいいけど……でもないか（メ・ノン）。わたしは残酷ね。ごめんなさい、ふたりとも。

ほんとにごめんなさい……」フランキーは手をふって、いまの言葉を全部払いのけた。

「わかってると思うけど、これは記録映像よ。できのいいものだけど、そちらの時代ではもうあたりまえの技術でしょうね。わたしのがものすごく古臭く見えなければいいけど……まあいいわ（ビアン）。いま話してることなんか全部意味がなくなって、何もかもうまくいっているかもしれないわね。でもそうじゃない場合にそなえて、ここに来ているあなたに、わたしのかわりに世界を救ってとお願いするわ。大変なことをお願いしてしまっているかもしれないけど」フランキーは笑い、ついで咳きこんだ。よくなりそうにない、たちの悪い咳だった。

「あくそ(ハン・ドゥ・シアン)……」

幽霊はカメラの視野の外にある何かのほうへ身体を傾けて、ため息をついた。見えなくなった顔は、まっすぐジョーたちのほうを向かず、少しわきを向いているようだった。映像が現実世界と同期する構図が崩れた。ジョーは自分の背後にいる誰かをフランキーが見ているような奇妙な感覚にとらわれた。「さあ、いまのわたしのお願いに、あなたが『わかった』という場面よ。それを言ってくれたら、あなたが必要としていることを教えるから」

ジョーはポリーを見る。ポリーはジョーの手を握ってうなずいた。

「わかった」とふたりは声をそろえた。どこかでかちりと小さな音がした。B面に移ったのだろう。

幽霊が——三十年以上前のフランキーが——首を傾けた。「いいわ(ビアン)。話さなければならないことはふたつある。いま何が起きているかはわたしにはわからないから。事前策と事後策よ。ダニエルなら、機械の本質は希望にあると言うでしょうね。でも実際にはいろんな面を持っていて、そのなかには希望の反対のものもあるわけ。

事前策はとても単純よ。まだ始動していないなら、始動させなければいけない。機械のスイッチを入れるの。すると蜜蜂が飛んでいく。蜜蜂は嘘をとりのけて真実をあつめるって、わたしが子供のころは言われていたものよ。嘘は衰えて、いずれ人類の状態は九パーセント改善される。イーディーはこの始動のやり方を知っているわね。

わかってほしいのは、苦痛がまったくないわけではないこと。世界は真実を捨てるに違いない。いままでもそうしてきたし、これからもするはず。そして暴力がはびこるでしょうね。でも最終的に、わたしたちは暴力では滅びない。賢い人たちが充分な数だけいて、愚かな者たちや邪悪な者たちに引きずられることはない。世界はいまよりよくなるはずよ。

事後策のほうはもっと深刻。ものすごく深刻なの。ちょうど核物質の扱いと似ている。臨界未満のウラニウムふたつを高速度でぶつけるな、みたいなことと。ただしもっとずっと重大なんだけど！

人間の魂という波は脆弱なものなの。それがどれだけ脆弱か、わたしはウィスティシールで見た。しかもあれはほんの序の口にすぎなかった。わかる？〈理解機関〉は、正しく較正されないと人間の意識をあまりにも多量の知識にさらしてしまう。そしてその意識が今度は世界を決定してしまうのよ。宇宙の基調を完全に知覚すると、不確定なものがなくなり、選択の余地がなくなる。選択の余地がなければ、意識というものはなくなる。不確実でない未来は未来ではない。ある点を超えると、このプロセスが自分で自分を永続化することも起こりうる。可能なことは存在しなくなり……不変の歴史が後釜にすわる。水が消えて氷ばかりになる。こうしてニュートン的世界が完成するのよ。時計じかけの世界が。

シェム・シェム・ツィエンがわたしに求めたのはそれだったの。〈理解機関〉に求めたものは。あの男はおぞましくも偉大なる決定を欲しがった。あの男は宇宙の死滅を見届けることになる。神との合一が完成するためには、神が始めたものを終わらせなければならない。あの男が最も望んだのはこの破局だったの。あの男は、阻止されないかぎり、すべてを破壊してしまうわ。いまこのときだけでなく、永遠に。そうなるとわたしたちの宇宙は空無のなかを漂うことになる。堅固な、変化のない塊として。

いかなる場合であれ、あの男は信用できない。信用するなんて誰にも不可能よ。あの男が〈理解機関〉を持っているなら、その意図はおぞましいものよ。あの男は阻止しなくてはいけない。絶対に」

記録はそこで停止した。フランキーの幽霊は、ジョーたちの目の前で宙に浮き、わきのほうを指さしていた。ジョーは片側へ身を傾け、反対側へ傾けして、その角度を見積もる。うつぶせに横になり、羽目板の壁や床を見、それから立ちあがって磨きこまれた天井を手で軽く叩いた。ジョーはふと、これはいままで見た動く工芸品のなかでいちばん大きくていちばん美しい作品だなと思った。シェム・シェム・ツィエンに牛耳られる前に、ラスキン主義者たちがつくったものだ。〈ラスキン主義者連盟〉の性質を変えてしまったことだけでも、ジョーにとってシェム・シェム・ツィエンは憎むべき男だった。憎むべき点がごまんとある男ではあるが。

あった。壁の羽目板にあるかすかな線を、指先がとらえた。それを上下になぞる。秘密の扉。隠し金庫のような空間があるはずだ。でも開け方は？　ダニエルがつくったのなら優雅なものだろう。フランキーが設計したなら、数学的か……いや。違う。祖母はこれを開ける人間として、普通の頭を持った人を想定したはずだ。普通の頭の、しかしフランキーを熟知している人を。となると、どういう……ああ。もちろん、あれだ。ジョーはポケットから車の鍵を出し、羽目板の表面のすぐ近くで動かした。ほら——鍵がひくひく羽目板のほうに動く。強い風に吹かれているように。内側に磁石がしこんであるのだ。だから磁性体ならなんでも鍵になる。だが羽目板には鍵の動かし方などは書かれていない。どうすればそれがわかるのか。間違った動かし方は、たんなる時間のむだ以上の結果を生むかもしれない。このころのフランキーは物事を慎重にやることを覚えているはずだ。何十年も前の仕掛け罠はいまでも作動するだろうか。早く罠を解除しないと、ただここにいるだけで爆破されてしまうのではないか。時間はどれくらいあるだろう。フランキーはいつ、いま隠し扉の前にいるのが自分の後継者でなく敵だと判断するだろう。

意識を手もとの作業に引き戻す。

羽目板に模様などは描かれていない。最初に見つけた縦の線がそうだろうか。数字の1のようになぞるとか。いや。それは無意味だ。隠し扉の輪郭の四角形か。だがそれでは……簡単すぎるようだし、これまた意味がない。確かな手がかりはないようだ。フランキーは確実性の鬼みたいな人だった。良きにつけ悪しきにつけ。知の鬼だった。だが、なんの模様も描かれていないのだ。空白なのだ。模様があるべきところに模様がない。

ジョーはうしろにさがり、いろいろな文脈で難問にアプローチした。

隠し扉は何を隠しているのだろう。

何もわからない。何か思い浮かぶはずなのに、何も出てこない。二進法なら……1ではなく0。

あ、それが答えか。

そうだ。ゼロだ。どっち回りで描けばいい？　フランスの両手利きの超天才なら、ゼロをどう書く？

好きに書くだろう。

「どっち回りだ？」とジョーはつぶやく。

ポリーが横でひざまずき、額にキスをしてきた。祝福するように。ポリーは指で宙に輪を描いた。同じことを、同じときに思いついたのだ。ジョーはほっとした。有力な裏書が得られた。ポリーがいてくれるのが本当にありがたかった。彼女の優秀な頭脳がありがたかった。ポリーの頭のなかにすばらしい機械じかけの天使がいる、と想像してみた。

「時計回りよ。当然」とポリーが言った。

時計回り。祖母が祖父に宛てた最後のメッセージ。

これをやっておいて。そうすればすべてうまくいくから。なんらかの形で。

おお、フランキー。

鍵で円を描く。十二時の位置から右回りに。ほどなく羽目板が横に滑って開いた。なかをのぞくと、爆薬の小さな塊があった。鍵を間違ったやり方で動かしていたら……。まあ、間違えないでよかった。手を入れて、なかに入っている数枚の紙をとりだす。何やら手書きの文字が書いてある。ぱっぱっと見て、ポケットにしまった。

「なんなの」とポリーが訊く。

「オフのスイッチ」と答えると、ポリーが厳しい目つきを向けてきたので、言い直した。「いや。スイッチじゃない。世界を終わらせないために正しい順に切るべきもののリストだ。妨害行為（サボタージュ）リスト」

ポリーのバッグで、バスチョンが小さな鼻をくんくんさせ、唸った。

わしは準備ができておるぞ、時計職人。さっさと行こう。

ジョーは犬を見た。

「簡単に言ってくれるねえ」

室内のものを全部もとに戻し、客車を出て、扉を閉めた。駅に着くとジョーはべつの車を盗んだ。

「つぎはどこ」とポリー。

ジョーはポケットから写真を一枚出して渡した。マシューとタムおじさんが写っている。

「紳士服屋の家だ」

タムおじさんの家まで行くのに予想以上に時間がかかったのは、ロンドンからの大量脱出が始まっていたからだ。ラジオでは大惨事の到来を信じる人と冷笑的な現実主義者がかしましく討論していた。専門家たちも逃げはじめていた。カタストロフィー理論研究者や法律家やコメディアンもそのなかにいた。パニックではない。まだそうは呼べなかった。そわそわ病とでも言おうか。嵐が来ると聞いて浮き足立っていた。

　家は狭い道のはずれにあった。

　ノック、ノック。

「誰だ」

「おれだよ、タムおじさん」

　盗んだばかりのメルセデスに乗り、存在自体がある種の犯罪のように見えるガールフレンドを連れている男。

　タムおじさんはドアごしに怒鳴り返してきた。「ええい、うるさい、うるさい。誰だか知らんがこう言えってんだ。『えっ、まだ朝の五時？　すんません、アタマどうかしてました』って！」

「ろくでもないことが起きた。ジョー・スポークだ」

　タムおじさんがぱっとドアを開けて——前より痩せ、白髪が多くなっていたが、間違いなく本人だ——ジョーを見た。いかつい顔にミーアキャットを思わせる目が光っている。

「くそ。名前を言いやがった……。前におれが教えなかったか、ロキンヴァー（ウォルター・スコットの物語詩『マーミオン』で他人の花嫁を略奪する騎士）——この逃亡中の疫病神みたいな野郎——〈市場〉の人間は名前を持たないんだって。あえて名乗るときでも、『何々だ』じゃなくて『何々と呼ばれてる』と言うんだとな。そうする理由は、真夏の夜（ミッドサマー・ナイト）（六月二十三日の夜。魔法使いが跳梁する時とされた）に口を開けて寝てると妖精に歯を抜かれるから、じゃなくて、お巡りにしらを切れるからだ。そしたらこのタム爺（じじい）は、『へえ、わしは老いぼれでなあ、お巡りさん、お尋ね者を見てもそうとはわからんのですわ』とか情けない口実を使わなくてもすむんだ。やあ」とポリーを見てだしぬけに挨拶する。「よし、いいだろう。気が変わった。なかへ入っていいぞ。わしの名前はなんだ」とポリーに訊く。

「聞いたことないけど」とポリーはすっと答える。

「偉い。おまえさんは偉い」とタムおじさんは目を細める。「ロキンヴァーとは大違いだ。こいつは昔からできが悪くて」

「わたしたち、盗んだ車でここまで来たんだけど、帰りはもっと元気のいい車に替えてもらって、Ａ３０３をぶっ飛ばすつもり」ポリーは陽気な声で予定を話した。

タムおじさんはポリーをさっと見て、うめいた。「やれやれ。わしはもう年だ」ドアを開けたままにして、意気阻喪して沈みこむように家のなかへ戻った。

ジョーとポリーはあとに続いた。家は平屋建てだった。タムおじさんは足を引いていた。昔は高い階から建物に忍びこむ泥棒の達人だったのに、とジョーはちょっと寂しくなった。

家は狭苦しく、あまり暖かくなかった。味わい深く古びていてもよさそうなものだが、たんに侘しいだけだった。壁ぎわの本棚に本が並べてあった。古いＳＦ小説の本と、ヨーロッパの鉄道時刻表、それに捨てずにとってある雑多な雑誌だった。ひとつの棚は古い海運会社の帳簿が占領していた。

「おれはお尋ね者なんだ、タムおじさん。連れもお尋ね者になってるはずだ」

タムおじさんは返事をせず、ジョーをまっすぐ見た。それからポリーに目をやった。

「まったく面倒を持ちこみやがって」タムおじさんはそうつぶやいて、ジョーに目を戻す。「ほらさっさと説明しなきゃわけわからんじゃないか。わからなきゃ警察呼ぶしかないだろ。おまえは堅気の職人のくせに、親父の仲間にいいカッコしたくてあんな馬鹿くせえ騒ぎを起こしたんだろう。このお調子者の大馬鹿野郎め。いったいなんの用で来たんだ、ロキンヴァー。おまえとおきゃんな女の子は」

「欲しいものがあるんだ。そんなに大層なものじゃない」

タムおじさんはジョーを睨む。「親父と同じだ。おまえの親父も、欲しいものがあるんだと言って、こう続けたもんだ。『なあタム、コリーウォブル伯爵夫人はダイヤモンドをうんと持っておれたちはあんまり持ってない。さあアイゼンを出してくれ、コリーウォブル屋敷山の北壁をのぼるからな！』気がついたらおれは判事の前に立って、どうか寛大なお裁きを、情状酌量を、と馬鹿みたいに頼みこんでたよ。で、何が欲しいんだ」

「親父が預けていったものだ」

タムおじさんは眉根を寄せた。「そんなんでいいのか。時代は変わったな。マシューみたいな生き方はもうむりか」

「それでいいんだ」

タムおじさんはジョーの顔をしげしげ見て、うなずいた。「一応訊いてみたんだ。たしかにマシューはあるものを預けていったよ。息子にこれが必要になることはないだろうけど、一応渡しとくと言ってな。前もってそなえておくってことも、ときにはできる男だった」紙にさらさらと何かを書いた。数字が三つ、アルファベットがひとつ、さらに数字が三つだ。

「このすぐ近くの、〈マクマッデン貸倉庫〉にある。外見はモダンになったが、中身は昔とあんまり変わらん。最初の数字はドアの番号、アルファベットは階、最後の数字はコンテナの番号。もちろん鍵がかかってる」

「鍵はどこにあるの」とポリー。

タムおじさんはにやりと笑った。「うん、それはな……」

ジョーがにやりと笑い返した。羊のコスチュームの下から狼の長い舌がべろりと出たような笑いだった。「鍵が要る人間には、中身を手に入れる資格はないんだ」

ポリーはジョーに、車でフェンスを突き破るのをやめさせた。最初は興奮した頭でそうするつもりだったのだが。かわりに監視カメラの真下でワイヤーを切った。ポリーは警報器が鳴りだすのを待ったが、何も起こらない。

「貸倉庫は警報器のないところが多いんだ」とジョーは小声で言った。「ついてるところも、どうせ財産犯で、人が危害を加えられるわけじゃないから、警察は朝になってから見にくる。

かりに監視カメラが作動してても、警備員はできるだけ様子を見にくるのを避けようとするしな。このカメラはたぶん動いてないよ。コードが出てないから。世間のほとんどはそんな具合だ。臆病な連中にはわからんがね」

「これ、ワイヤレス式だと思う」とポリーが慎重な口調で言う。「カタログでそういうの見た」

「あ、そう？」ジョーは小さなレンズを見た。レンズが注意深く凝視しているような気が急にしてきた。「じゃ、急ごうか」とひるむでもなく微笑むので、ポリーは思わず笑った。

まもなく波形鉄板の壁沿いの暗がりで、ジョーはさっきと同じボルトカッターで、〝３３４〟のドアの南京錠を切った。なかに入り、ドアを閉め、明かりをつける。

「ほう」とジョーは言った。

ここはイギリスでいちばんオレンジ色をしている場所に違いなかった。もしかしたら世界一かもしれない。番号をふられたオレンジ色のコンテナが何列も並び、その向こうには、オレンジ色の壁にオレンジ色のドアがついていた。夕焼けのやわらかなオレンジ色でも、画家がパレットでつくるオレンジ色でもない。プラスチックでできた果物ののっぺりしたオレンジ色。猛吹雪やなだれのあとでコンテナを捜しやすい色だった。

ジョーは〝Ｃ１９３〟のコンテナの鍵も切るだろう、とポリーは思っていたが、違った。ジョーはドアをぽこんと簡単にはずした。南京錠は蝶番のかわりになった。

なかに、男がひとりいた。

革張りの大型肘掛け椅子に、向こう向きに坐っていた。帽子をかぶり、手袋をはめている。左手のそばにはカーペット地のバッグ、右手のそばにはトロンボーンのケースが置かれている。男は動かない。

ジョーはゆっくりと前に進み、ほうっと息を吐いた。縫製用マネキンだ。はは、と腹のなかで笑った。父さんらしいや。ちょっとしたサスペンスを与えて度胸を試そうとしたのだ。あるいはたんに面白がってやったか。当の父親ならすぐ銃で撃って、上等の帽子を台無しにしただろう。それはまさに何時間か前にジョーが考えていたような帽子だった。ダンスホールで女をうっとりさせる帽子。密造酒業者の顔に影を落とす帽子。ジョーはさらに近づいた。

バッグのファスナーは錆びておらず、ちゃんと機能しそうだ。引き手をつまんで、前後に動かしてみる。動く。バッグは開いた。

シャツ。札束。十ポンド紙幣で千ポンドほどあるが、どれも使えない旧札だ。小さなポーチの中身はダイヤモンドにしか見えない。現在の堅気の世界では時価二十万ポンドくらいか。持ち歩くお小遣いにしては結構な額だ。歯ブラシ。父親はいつも歯ブラシを携帯していた。果物の缶詰が二個。スコッチウィスキーがひと瓶。煙草がひと箱。それから……ふうむ。またしても数枚のポラロイド写真だが、今度のはかなりきわどい。マシューが開いたパーティで、ひとりの血色のいい男が女たちに取り巻かれてソファーに坐っている。男も女たちもあまりたくさんの衣類は身につけておらず、そこで進行していることに関しては、破廉恥と書く新聞もあるだろう。最初の写真の裏には〝お愉しみ中のオン・ドン、6の1〟とマシューの筆跡で書かれていた。ふむふむ、明らかに脅迫のネタだ。この前電話したとき、〝高潔ならざる（ディスオノラブル）ドナルド〟はジョーにこれを持ち出されると予想していたようだ。あたりに目を走らせると、欲しいものはトロンボーンのケースにセロハンテープで軽くとめてあった。一九七五年ごろにブライトンから送られた汚れた絵葉書で、ワンピースの肩紐が片方ずりさがった姿でディスコで踊る生意気そうな若い女の写真があしらわれていた。ジョーは文面を見た。長文だったり難読文だったりしないことを願った。あるいは謝罪や非難であったりしないこと、五つの州に妹がひとりずつとスコットランドに弟がひとりいるという告白でないことも祈った。あるいは工房のある倉庫の下にたくさん死体が埋まっているという告知でないことを。

大きな読みやすい字でこうあった。**ジョー、スライドにオイルを差せ。安全装置ははずれやすいから注意しろ。父より。**

コンテナのなかに、マシュー・スポークの一人息子に対する気遣いがこもっていた。愛情と、赦しを求める気持ちが。ここに残されているのはたんなる形見の品ではない。ギャング用のパラシュートだった。堅気の生活が頓挫したときのための。

ジョーはすぐにマネキンの服を脱がせて着替えた。上着は肩が少し大きすぎるが、それ以外は身に合っていた。父親と仕立て屋が、ジョーの完全に大人になったときの体格を推測したのだ。ジョーが帽子をかぶるのを、ポリーは黙って見つめた。

つぎはトロンボーンのケースだった。

もちろん中身はトロンボーンではないはずだ。トロンボーンにちょっと似てはいるが——アーサー・サリヴァンの例はあるにしても（ギルバート＆サリヴァンの喜歌劇『ミカド』で逃亡中の皇太子が宮廷楽団の第二トロンボーン奏者になりすますことを指すか）——ジョーの立場にある者は誰もトロンボーンが問題を解決してくれるとは思わないだろう。大変な思い違いをしているのでなければ、中身はもっと大きくて音楽的でない音を出すものだ。それはまたきわめて非合法のものだが、ジョーはもうそんなことを気にする心境にはない。さてケースを開けた。非＝トロンボーンはいくつかのパーツに分かれて黒いビロードを張った仕切りのなかにおさめられていた。いくつかの道具や消耗品も入っているので、非＝トロンボーンの手入れもできる。それで音楽を奏でる方法を記した楽譜もついている。そこには消耗品を自作するときに必要な素材も書いてある。蓋の内側には製造会社の名前が表示されている。ニューヨークの〈オート・オードナンス〉社だ。

それは父親愛用のトンプソン・サブマシンガンだった。

ふいにジョーは、自分が長らくこの瞬間を待っていたことに気づいた。

微笑みながら、慎重に組み立てる。それから薄暗がりのなかで立ちあがった。トミー・ガンを胸の高さに持ちあげ、少年の笑みを顔いっぱいにひろげた。

「やっとこの手が完璧なものになったぜ」とクレイジー・ジョー・スポークは言った。

XVI

〈パブラム・クラブ〉で飲む、ヨルゲとアーヴィンと〈編み物をする女たち〉、下手にいじると危ない

〈パブラム・クラブ〉は、紳士クラブの多いロンドン中心部のセント・ジェイムズ地区ではないが、その近くにある。ドアマンの眼鏡は古いが、建物はそれほど時代がついていない。ここは下腹にまだ火を残している紳士たちが、オックスフォード大学やケンブリッジ大学関係の化石じみた会員がつどう学問・芸術の香り高いクラブを逃れて集まる場所だ。革張りの椅子や高級ブランデーといった道具立てはほかのクラブと同じだが、会員が語りあうのは加齢にともなう身体の不調ではなく、もっぱら愛人たちのことだった。ここで話題にされることに関しては事の性質を問わず秘密厳守の鉄則が適用される。違反への罰は会員資格の剝奪だ。各界で重要な役割を果たしてきた男たちへのご褒美である特別な砦こそ、〈パブラム・クラブ〉の本質だった。

オン・ドンはこのクラブの有力会員なので、ジョーもそれなりに大きく構えて、とびきり

古く高価なモルトウィスキーを所望し、ポリーにはパトロン・テキーラのゴールド（本当に金箔が入っている）を注文した。ジョーはツートンカラーの革靴をはいた足を両方ともマホガニーのコーヒーテーブルにのせ、王座のような椅子の背にもたれた。しばらくすると執事がやってきて、足をあげるのはご遠慮願えますかと申し入れ、ポリーにはレディー専用バーでお飲み物を召しあがりますかと訊いた。ポリーはにっこり笑っていいえここで結構と答える。執事はまあそうおっしゃらずと押し、ポリーがごく丁寧にいいえ本当にここで結構なのと応じる。執事はジョーに裁可をあおいだが、ジョーはいますぐオン・ドンを呼んできてくれと要求して、銃を見せた。

執事は部屋を飛び出したが――下腹に火を持つ紳士たちはこの種の来訪を受けがちなので――警察への通報はしなかった。ポリーはバスチョンをバッグから出した。バスチョンはダマスク織の布を張ったソファーを選び、ちびのくせに一匹で一脚を占領した。ジョーは悪党っぽい笑みを浮かべながら待った。

ためらうのは古いジョーのやることだと思いつつも、いきなりここへ来たのは早計だったかもしれないという気も強くした。きちんとプランを立て、準備万端整えるべきだ。もっと賢くやるべきだ。そう思う一方で、内なるギャングはケッと吐き捨てる。世界がレモン（〝嫌なもの〟の意味がある）をよこしたら、レモネードをつくる。政財界に広範な人脈を持つ裕福な銀行家一族の御曹司のまずい写真をよこしたら、陽の明るいうちに脅迫する。

「オン・ドンに会わなくちゃいけない」〈ブレッチリー・パーク〉からロンドンへ戻る途中、

ジョーはポリーにそう言ったのだった。「〈夜の市場〉の協力も必要だ。何をするにせよだ。直感でわかる」ポリーは約束どおり、高速道路の第15ジャンクションと第7ジャンクションのあいだで、車を運転しているジョーとセックスをした。ジョーは〈パブラム・クラブ〉の椅子で目を閉じ、そのときのことをうっとりと思い出した。

伝統的価値観に凝り固まった司教が、ダマスク織張りのソファーに坐ろうとして、バスチョンの一本だけ残った歯に臀部を攻撃され、飛びあがった。そしてバスチョンのピンク色のビー玉の目と悪臭をはなつ冷笑を見て、恐怖のあまり絶命しそうになった。

まもなくオン・ドンが飲み物を持ってやってきた。

「よう、オン・ドン！」とジョーは言った。

「やあ、親愛なる友へスス」とオン・ドンは大声で言い、震えている司教に会釈をした。「猊下(げいか)はヘススにお会いになったことがございますか。こういう名前（ヘススは〝イエス〟にあたるスペイン語の名前）ですから、あなたに縁が深いですね。もっとも、彼の出身地であるスペインではごく普通の名前ですがね」そう言いながら、ジョーとポリーに調子を合わせろよという警告のまなざしを向けてくる。「そう、ヘススはサンタ・ミラベーリャから来た伯爵でしてね。で、あなたは伯爵夫人だと思いますが、まだお会いしたことはなかったですよね。いやじつに魅力的なかただ」そこでオン・ドンは飲み物をテーブルに置き、抱擁するためにジョーに近づいて、小声で毒づいた。「いったい何しにきやがった、このくそ野郎！」

ジョーは喜びにあふれる微笑みを浮かべ、ポラロイド写真をカラーコピーしたものの束をとりだした。「あなたにいいものを持ってきたんですよ。わたしは全人類に喜びをもたらす男なのです。わが一族の屋敷は廃墟と化しましたが、わたしは父からの遺産を保有しています。受け継いだものは全部無傷だとお知らせすれば、あなたもほっとされるでしょうね。父があなたに差しあげたいと昔から申していたものがあるのですが、残念ながら父は亡くなってしまった」――ジョーは司教に微笑みかけた。隅に置かれた、犬のいない、坐り心地の悪そうなリクライニングチェアに陣どった司教が手をふってきた。――「まあ、わたしは慈悲深き主が父を天国へ迎えてくださったと思っていますが。どうもこんにちは、猊下。お目にかかれて大変光栄です。わたしはヘスス・デ・ラ・カスティーリャ・デ・マンチェゴ・デ・リオーハ・デ・サンタ・ミラベーリャと申します。これは妻のポリーアモーラです。スペインの最も威厳ある宮廷からご挨拶申しあげますよ！　そう、猊下と猊下のご家族に！　ご一族が天の祝福のもとにたくさんのお子さまに恵まれますように！」だがオン・ドンに向き直って小声で話しかけはじめたときは、〈ハッピー・エイカーズ〉の白い部屋で夜も昼も暮らした日々を思わせる、限りなく冷たい表情に顔を凍らせていた。「そんなわけで、老いぼれ山羊、おまえにはおれの言うとおりにしてもらうぜ。さもないとおまえの人生は最後の最後までみじめなものになる。わかるか？　おまえが最初に直面する問題は、〈ピンクの鸚鵡〉でふたりのコーラスガールと何をしてたか世間に説明しなきゃならなくなることだが、そんなことはつぎの問題に比べたら屁でもない。おまえはマシュー・スポークの居間で開かれたパーティーに出ていたことと、そういう秘密をこのおれに――イギリスの最重要指名手配犯であるおれに――暴かれたことを世間に知られることになる。おまえは警察に私生活のありとあらゆる局面を調べられて、おれと同じように破滅することになる。おれに関係することは何も出てこないだろうが（それでよけい怪しまれることになる）、それとはべつに知られたくないことをいくつも知られるだろうな。そのあとで、もしまだおれが死んでいなければ、おれは地獄の浄化（きよめ）の炎のようになっておまえの家へ行き、こんなの生まれて初めてですというくらい徹底的にぶちのめしてやる。さあ神を讃えて歌うがいい！」

ジョーは両手を高くはねあげて、司教に微笑みを向けた。司教は愛想よくうなずき返し、《フィナンシャル・タイムズ》の陰に隠れた。オン・ドンが睨みつけてくる。

「何が欲しいんだ」

「住所だ、ドナルド。いくつかの名前と住所。あの太った男と痩せた男、われらが輝かしい行政機構の影の部分で働くふたりの公務員について、ありとあらゆる情報が欲しい。それからおまえの所有する人目に触れない建物――もっと言えば、なかの音がまったく外に漏れない建物――を貸してもらいたい。ハムステッドヒース（ロンドン北西部にある公園）のそばという理想的な場所に二軒ばかりそういうのを持ってるはずだ。もっと内密に話せる場所で細かいことは詰めるとして、基本的なことはわかったな？」

「ああ」オン・ドンは歯を食いしばったままつぶやいた。「わかった」

十五分後、ジョーは新聞紙の海に両手両膝をついて、隠れたメッセージのありそうな個人たい。〝妄想にとりつかれた男〟の挿絵といった姿だった。ハサミの切り心地はいい。刺繍セットのハサミで、先端がまるっこい。床には何色かの鉛筆が置いてある。ここは〈パブラム・クラブ〉内のオン・ドンの個室だが、オン・ドンはほかの場所にいた。おそらくエロチックなダンサーをふたりほど侍らせて、かっかする頭を冷やしているのだろう。ポリーはローレン・バコール風にホームバーに寄りかかって、ジョーのつぶやきを聴いていた。

「いや、そうか、これは《アドヴァタイザー》か。よし。〝フレッド、帰ってこい。すべて赦す〟か。これは《クローリー・センティネル》。その下が……は！　そうか。それから……《ヤクスリー・タイムズ》。よしと。〝うんと言ってくれ、言ってくれ、アビゲイル！〟と。こりゃ必死のお願いだな……ええっ、こりゃマジかよ……」こうして呪文を唱えながら、広告を切り抜き、わきへ置く。しばらくしてジョーはにっと笑った。「クイーン、見ーっけ！」

ポリーが振り向く。「なに？」

「なんでもない！　終わったよ。でもちょっと手伝ってほしい。こういうの得意じゃないんだ。クロスワードパズルみたいで……。まずこれ。〝売りたし。揃いのマウンテンバイク三台。離婚のため強行〟。これは日付を表わしている。〝三月の三日〟。〝フォースト・マーチ軍で資金調達中〟。〝みんなで『サウンド・オブ・ミュージック』を歌う会。ドーヴァー通り、〈トクスリー・アームズ〉で。前売り券のみ〟。ということで、場所はドーヴァー通り。でもどこのドーヴァー通りだ？　いくつかある。それに何番地なのか……やれやれ」ジョーは失望の色を浮かべた。三枚目の切り抜きに答えはないようだった。ポリーがのぞきこむ。

「鍵は〈トクスリー〉のほうじゃない？」

ジョーは二枚目の切り抜きをじっと見る。

〈トクスリー・アームズ〉と。パブだろうな。それはどこに……」また三枚目を見て、そこにある地名を口にする。「ベルファスト？　まさかね」

「それ、船の名前かも」

「ああ！　テムズ川の。あのベルファスト号にいちばん近いパブか。あのあたりに〈ビート〉へおりる入り口がある。そうだ。それだ」ジョーはまた頬に笑みを刻んだ。「いちばんいいドレスに着替えてくれ、ミス・クレイドル。それとダンスシューズも出すんだ。〈夜の市場〉へ案内するよ」

〈夜の市場〉は前と違っていると同時に同じにも見えた。今回の〈市場〉はヘンリー八世時代の大きな地下貯水槽で開かれていた。貯水槽から水を抜き、木の足場を縦横に組んで、バロック風ランタンや手回し充電ランタンをかけている。悪臭は香炉から流れる新鮮な花の匂いで消されている（ある看板に〝お香はハーチェスターにある芳香剤をつくる化学会社から盗んだもの。注文があれば追加で仕入れも可〟と誇らしげに書かれていた）。〈市場〉のみんなは入ってきた男女を二度見した。ああ、逃亡者か。だが頭の回転が速い年配者は、ジョシュア・ジョゼフ・スポークがギャングの帽子をかぶり性悪そうな女を腕にぶらさげてやってきたと察知し、何か起こりそうだと気づいた。ささやきが、〈市場〉中央の丸い通路に沿って屋台から屋台へ伝わっていった。ありゃマシューのせがれか？　へえ、でかくなったなあ！　警察と事を構えてるそうだが、ニュースで言ってるのとは違うはずだよ、それだけはわかる……。

アキームという男が、ジョーとポリーそれぞれにグラス一杯のワインを渡して乾杯した。急いで目をそらす者もいる——現在進行中の警察の捜査に関係ありそうなことは何も知りたくないのだ。ほかの場所でなら、ジョーは密告を心配するところだが、〈市場〉は聖域だ。秘密を守るかぎりにおいて存続しうる場所だから、裏切りへの罰は苛烈をきわめる。昔以上に苛烈だろう。いまはマシューにかわってヨルゲが指導している。いや、ジョーにかわってというべきだが——そのことはヨルゲが真っ先に認めるだろう。

貯水槽を見おろす位置にあるその部屋は施設の管理室に違いない。水があふれないようポンプを調節する場所だ。ヨルゲはそこをオフィスにして仕事をしていた。ジョーとポリーがやってくる前にささやきが耳に入っていたに違いないが、ふたりを見たときは大げさに反応した。

「おお、なんとジョー・スポークじゃないか！　なんとまあ！　おまえとんでもないお尋ね者になっちまってるなあ。おまえとひとつ部屋にいるだけで賞金がもらえるってもんだぜ。

はあ! ヴァディム、このこと喋ったらすぐ喉切られると思えよ、いいな? こいつはここへ来なかった、そういうことだ」

ヨルゲは、苗字もミドルネームも父称もない。ただのヨルゲだ。腕の太い、気前のいい、むさくるしい男。いつも人ごみのうしろでちょこちょこ動いている。マシュー王亡きあとは〈市場〉の存続に貢献している者たちの筆頭者だ。ヨルゲはマシューを崇拝し、子犬のようにあとについてまわったものだった。マシューのもとには自然と子分や崇拝者が集まってきた。ヨルゲはマシューに対する忠誠心を息子のジョーにまでばかばかしいほど律儀に拡張した。昔も年齢のわりに小柄だったが、いまも小柄だった。しかし小柄というのは垂直方向の話で、水平方向にはそれを補うだけの厚みがあり、食欲はロシア人らしく旺盛だった。四方八方にひろがる息は、塩漬けの魚とウォッカの匂いがした。ヨルゲは先祖から受け継いだものをしっかり生かし、みんなの期待にこたえていると、ジョーは確信した。ロンドンで生まれ育ったのに、クラスノヤルスク生まれの船員のような話し方をする男がほかにいるだろうか。ヨルゲだけだ。

デスクをはさんで向きあうヴァディムは、高価な服に金縁眼鏡という男だった。自尊心の強そうな男で、詩でも考えているか痛みをこらえているかするような顔をしていた。ポリーの谷間をじっと見ていたが、ポリーが大きな挑発するような微笑みを向けると目をそらした。

「なあ、ヴァディム」ヨルゲは短い両腕を宙にはねあげた。「おれはこれからこの人と話さなきゃならない。恩義があるからな。しかしなあ。正直言って、おまえはエロい写真を撮ることにかけちゃ地球上で最悪の男だな。まじめな話、いっそカメラを女に向けないで中庭の写真でも撮るがいいよ。この写真ときたら……」二十センチ×十五センチの写真の束をとりあげ、一枚ずつ見る。「こりゃ身体検査の風景だな。こっちは植物の写真。いや農業のか。なあジョー、これを見なよ。なんに見える」

「うーん……まあ茄子だな」

「おおそのとおりだ、こいつは正真正銘、茄子だよ。ほかに何が写ってる」

「とくに何も写ってないかな」

「しかしだな、これはヴァディムのガールフレンドの、スヴェトラナを撮った写真なんだ。スヴェトラナは――これは大げさに言ってるんじゃないぞ――おれがいちばん裸を見たい女なんだよ、『ジェダイの帰還』のキャリー・フィッシャーに次いでな。この写真でスヴェトラナはすっぽんぽんなんだ。こんなクローズアップでなかったら、見ただけで身体に火がついて爆発しちまうはずだ。引いたショットの写真を見たいか」

「まあ、見たいかな」

「誰だって見たがるぜ。ところがだ、ジョゼフ、残念ながら見られないんだ。この阿呆はロングショットで撮らないんだ。さあもう行けよ、ヴァディム。これからおれは友達の肩を借りて泣くんだ。いいな?」

ジョーはヴァディムが茄子のポルノ写真を手に部屋を出ていくのを見送った。それから顔に新たな鋭い皺をつくった。「ビジネスの話なんだ」

「マジで？　ほんとのビジネスの話かい。スロットマシンで遊びたいとかじゃなくて？」

「ほんとのビジネスの話だ」

「おれを追い出そうってのか。急に〈市場〉を仕切りたくなったのか」ヨルゲはふざけているだけだった。幅広の顔には悪意も警戒心もない。ジョーはどこに銃を持った男たちが控えているのだろうと思った。

「いや、ヨルゲ。〈市場〉はあんたのものだ。おれはたしかにこのゲームに戻ってきたんだが、あんたの椅子が欲しいんじゃない。おれみたいな正直な悪党には大変すぎる役目だからな」

ヨルゲの顔を安堵がよぎった。肩から少し力が抜けたのは、突然の暴力という重荷がとれたからだった。「正直な悪党か！　なるほどな！　いやはや、まったく、この世界には正直な悪党がもっと必要だよ！」

「あんたがそう言うのを聞いて嬉しいよ、ヨルゲ。あんたの手を借りたいからな」

ヨルゲは深刻な面持ちになった。「聞いた話じゃ、クレイドルは行方をくらまして、あんたは逃亡中ってことだ。だとすると金欠でビジネスなんかやれないんじゃないのか。高飛びの手伝いならできるよ。デンマーク大使がちょっとした問題を抱えてる。女房の愛人を芝刈り機で殺しちまったんだ。だけど無料じゃだめだぜ、ジョゼフ。でかいことならな。いくらおまえでもだめだ」

返事として、ジョーはポケットから、マシューのダイヤモンドの大きめの粒をひとつ出してテーブルに置いた。

ヨルゲは顔を輝かせた。「おうし。スポーク氏はビジネスをやると。今日はいい日だ！何が要るのか言ってくれ」

「電話だ。元をたぐられないやつ。デンマーク大使はパスポートを今日用意できるか」

「できるよ。代金はおれが口座に振りこんどく。おまえは石で払う。身内のレートでいいや。おとなしくしてるかぎりちゃんと使えるパスポートだよ。フェラーリを買ってペルメル街で衝突事故でも起こしたら、かなり面倒なことになるけどな」ヨルゲは笑いだしたが、ジョーの顔に本当にまずいことが起きる可能性があるのかどうか推し量る表情が浮かぶのを見て笑いをとめた。「おいおい。親父さんそっくりの目つきだな。やめてくれ、ぞうっとするあ。よしと、ほかにあるかい」

「〈市場〉にひと仕事頼みたい」

「でかい仕事か」

「最高にでかい仕事。冗談抜きで、いままでやったどんな仕事よりもでかいはずだ。おれには〈市場〉の連中が必要だ。〈市場〉の連中もおれが必要だ。〈古参兵たち〉にも助けてもらいたい。全員に」

「連中のほうはおまえを必要としてないと思うぞ。地獄へ堕ちろと思ってるんじゃないか」

「この仕事に関してはべつだ。それができるのはおれだけだから」

「どういう仕事だ」

「警備だ」

「裏をかくのか」

「警備をやるほうだ。殺しを防ぐ」

「誰の殺し」

「宇宙殺し」

ヨルゲはジョーを見た。目をダイヤモンドに落とした。それからポリーを見た。ポリーはうなずく。

「宇宙が殺されかけてるのか」

「たぶん」

「地球だけじゃなくて？　いや地球だけでも大ごとだが」

「まずは地球からだ。その上のすべてといっしょに」

ヨルゲは疲れ果てたというように、頭をのけぞらせて天井をあおいだ。「そりゃ蜜蜂がらみか」

「ものすごくからんでる」

「蜜蜂がらみはいかん。噂によると、あの蜜蜂のことに首を突っこむとテロリスト向けの秘密のくそ溜め刑務所にぶちこまれるそうだ。だいいちおまえは最重要指名手配犯だ。おまえが悪玉かもしれない。もとはいいやつでもいかれちまうことがある。おれはおまえの手助けをしちゃいけないのかもしれないよ。恩義だ名誉だはさておいて。ダイヤモンドのためでさえな」

「〈ラスキン主義者連盟〉って知ってるか」

「サディストのアホバカ修道僧集団の〈ラスキン主義者連盟〉のことか?」

「ああ」

「靴の底からこそげ落としたいよ」

ジョーはにやりとした。「やつらは敵方なんだ。おれを殺したがってる」

ヨルゲはうなずいた。「じゃあ、おまえは完全に悪玉とは言えないかもしれない」首を右へ左へ倒す。パンチをかわす男のように。「悪玉じゃないとしよう。しかしとんでもなくでかいことに関わってるようだ。世界の終わりがからんでなくてもな。えらく危ないことをやってる」

「王や王子はそういうもんだよ、ヨルゲ」ジョーは能うかぎりマシューをまねて、朗々たる声で言った。ヨルゲは思わず頬をゆるめた。

「ああ、王や王子ね。その口癖覚えてるよ。それにしても……まじめな話かね。宇宙がどうとか」

「そうらしい」

ヨルゲはため息をつく。「ああくそ、ジョー。おまえ二十年ぶりに顔出したと思ったら、宇宙を救いたいってか」

「おれはスポーク家の人間だ。小さいことはやらない」

こき鳴らした。「ああくそ、ジョー」とまた言ったが、今回は少し哀愁を帯びていた。それから同意の返答として、「えいくそ」と言った。

地上の世界に戻り、〈パブラム・クラブ〉に出向くと、オン・ドンが一通の封筒を〝伯爵〟宛てに預けていた。オン・ドンは〝伯爵〟をクラブのなかへ入れないようにと厳しく指示していた。その指示をするときには〝伯爵〟への中傷的コメントを添えたらしく、封筒を受付から持ってきたドアマンはそれを渡しながら、険しいような敬意を含んでいるような視線をジョーに向けてきた。封筒にはタイプ打ちした紙が数枚と、ふたつの住所を手書きした紙が一枚、それにある住まいの鍵が入っていた。

こういう作戦には勢いが必要だ、とジョーは思った。つねに動きつづけて弾みをつけなければならない。小さな物体でもそれなりの速度で動けば、かなりの衝撃を与えられるのだ。

ジョーはポリーを見た。「きみはこれをやらなくていいからな」

ポリーはちっと舌打ちした。「それ正反対。あなたこそこれはやらなくていい」

ジョーはポリーの顔をまじまじと見た。ポリーは片眉をあげてあとを続けた。「あなたにはできないとすら言いたいくらいよ。あなたのなかで何が解き放たれてしまうかわからないもの。クレイジーなあなたを見るのは好きだけど、この場合あなただとこわばってしまうから」

「でも――」

「これはわたしがやる。あなたはうしろにさがって見てて。そろそろわたしの働きぶりも見てほしいし」ポリーは眉をひそめた。「もっとも……これに関しては誰かの力を借りたいかな。いや」と、すぐにジョーが口を開いてそれならおれがと言いかけるのをさえぎる。「力といっても腕っぷしじゃなくて、説得力ね」

「説得力？」

「わたしは調査員よ、ジョー・スポーク。説得も必要な技能なの。まあ見てて」

見ていることにした。

ポリーはヨルゲからもらった元をたぐられない携帯電話を武器に情報収集を開始した。ポリーは感じがよくて話がもっともらしくて、ちょっと頼りなげなふうを装う。ジョーは父親が、金持ちの家に白昼堂々はしごをかけて侵入するのは簡単だ、舞踏会用ドレスを着たきれいな女が下ではしごを押さえていればいいと言ったのを覚えている。通りがかりの老婦人は男だねえと褒めてくれ、警察官ははしごを押さえるのを手伝ってくれるだろうと。ポリーは明朗で優しい雰囲気のきれいな女なので、誰でも助けてやりたくなる。役所内や会社内の人間関係をうまく利用し、受付係から巧みに情報を絞りとり、部署と部署のすきまをついて、ありとあらゆる秘密をさぐり出していく。

ランベス宮殿（英国国教会の首席聖職者カンタベリー大主教の公邸）の退屈そうな受付係から、ポリーはソールズベリーに住む老聖職者の連絡先を訊き出した。この聖職者は教会が関係する刑事事件の証人保護を担当している人物だ。この人物は最近、ある初老の女性に隠れ家を手配してやってほしいと頼まれた。その女性はある方面の人たちから睨まれているのだ。ポリーはその件についての情報はいっさい出さなかった。おかげで聖職者からは慎重な人だと一目置かれた。そのあとポリーは聖職者の助手と全然べつの話をしたが、そこからアフガニスタンから帰還したばかりの元軍人の名前を訊き出した。その元軍人は戦争で人殺しをしたことの罪滅ぼしとして、ある初老の女性の身辺警護を引き受けたのだ。大ロンドン市役所の古い友人に電話をかけると、元軍人の自宅の電話番号がわかった。そこへかけて、妻に勲章授与の話があるのだがと切り出すと、妻はすぐ知らせたいけれどいま夫はロイストンである仕事をしていて連絡がつきにくいのだと言った。

そこからポリーは〈クロス・キーズ〉という兵士がよく行くパブ兼ホテルがあることを探り出した。パブの向かいの建物には教会がハリエット・スポークのために借りている隠れ家があることもわかった。警護を担当しているのは修道会の手伝いをしている元SASの退役軍人、ボイル軍曹とジョーンズ伍長だった。ふたりはハリエットの警護員であって見張りではないし、ポリーはどんなにやり手でも見た目はボイル軍曹のウェイトトレーニング教室で筋肉を鍛えている女性などとはまるで違っているので、ハリエットの部屋に入らせてもらうのは簡単なことだった。

「ミセス・ハリエット・スポーク」とポリーは言った。

「ミセスじゃなくてシスターだけど」とハリエットはやんわり訂正した。

「わたしはメアリー・アンジェリカ・クレイドルです。昔いっしょにビスケットを焼きましたよね。スマーティーズ（マーブルチョコ）を使ったビスケットを」

「ああ。そう。そうだったわね」

「いますっかり告白しちゃいますけど、わたし、つくりながら三分の二ほどスマーティーズをつまみ食いしたんです」

「ええ」ハリエットは小さく微笑んだ。「たしかわたし、気づいてたわ」

「それとわたし、あなたのすばらしい息子さんと感情的にも性的にも非常に満足できる関係を築いています。この関係はキリスト教の儀式という表面的な手続きは踏んでいませんが、結婚と出産という段階へ進むための前段階として現代社会で暗黙のうちに是認されている真剣な関係なんです」

そばで聴いているジョーは舌を呑みこまないようこらえた。警護員のひとりがジョーの背中をぽんと叩く。「あんたえらいことになってるなあ」

ハリエットはうなずいた。「なるほど」

「これを話したのは、あなたの息子さんの命を救い、息子さんやほかの人たちにひどい苦痛を与えた者たちに正義の裁きをくだすために最近わたしが考えた、きわめて非合法なプランに、あなたにも参加していただきたいと誘うためなんです。わたしは、このプランは、怖ろしいばかりでなくおそらくは神への冒瀆でもある結末から人類を救済するプロセスに貢献するだろうと、あるいは、少なくともある非常に邪悪な男が社会に負わせるリスクを減らすことができるだろうとも信じています」

「まあ、そうなの」とハリエット。

「参加してくださるなら、いますぐわたしといっしょに来て、わたしの言うとおりにしてください。いくらかリスクがあることは隠しません。さあ息子さんに声をかけてあげてください」

「こんにちは、ジョシュア」

「こんにちは、母さん」

「じゃ上着を着るから」とハリエットは言った。

「ええ」とポリー。「これで、ひとり」

アビー・ワトソンは、ストーカー通りに面したセント・ピーター・アンド・セント・ジョージ病院の外にある坐り心地の悪いベンチに腰かけていた。〝テロリストとつきあっている〟アナーキストの妻は弱々しく寂しげに見えた。誰かが隣に坐っても目をあげなかった。

「ミセス・ワトソン」とその女は言った。

「あっちへ行って」

「もうすぐ行きます。時間があまりありません。これからあなたのご主人が大怪我をしたことに最終的な責任のある男たちのひとりを拉致して尋問します。その尋問でわかったことをわたしの恋人のジョー・スポークに教えます。ジョーはその情報を使って、ある人物の陰謀を阻止します。その過程でこの人物はおそらく死ぬでしょう。かりに死ななくても永久に刑務所で過ごすことになるはずです。それからこの人物の行動を是認しさらには支援した政府内の人物たちにも責任をとらせるつもりです」

アビー・ワトソンは顔をあげた。隣に坐った女は小柄で美しかったが、アビーがめったに出会うことのない鋼鉄の芯を持った女だった。その背後には、ひとりの痩せ衰えて見える修道女が、少しきまり悪そうな様子で立っていた。その修道女、ハリエット・スポークがぎこちなく微笑んだ。

「もうひとつ話しておきたいのは」と女は言った。「あなたが反対しないかぎり、グリフは今日、スイスの偉いお医者さんに診てもらうことができます。フォン・ベルゲン博士にチームを連れてチューリッヒから飛行機で来てもらうんです。グリフは神経幹細胞を使ってポリマーマトリックスに皮膚や内臓の細胞を植えつけて培養するという実験的な治療を受けられます。いまでは培養される組織はみるみる成長するそうです。フォン・ベルゲン博士は、時間をかけて充分に養生すればグリフはまた元気になるとおっしゃっています。もちろん時間をかけた充分な看護を受けられることになっています。治療にリスクはほとんどありません。これに代わる治療法はあまりないようです。それはそれとして、わたしがこれからやることにいっさい関わりたくないというのなら、そのお気持ちはよく理解できますよ」

アビー・ワトソンは顔をしかめた。「やるわ」

ポリーはうなずいた。「これで、ふたり」

「あんたたちはここへは来られないんだと思ってたよ！」セシリーはポリーが口を開く前に言った。「それから、来られないんじゃなくて、わたしは年寄りすぎて会ってもしかたないと思ってるだろうとね！　さあその男はどこにいるんだい。ああ、お黙りよボブ、わたしは行くよ。行くっきゃないよ。あら、ハリエット、こんちは。ありがたいわ。これで孫たちに囲まれたお祖母ちゃんみたいな気分にならずにすむからね。ところで、ジョーはどこだい。いや、まあそれはいい。悪をこらしめる話をしてちょうだい。わたしはいちばん危ない入れ歯を持っていくから！」

そして実際セシリーは、岩を噛んで味で鉱石を見つけたい探鉱者が一九一九年につくらせた鉄の入れ歯を出してきた。

「これで、三人」ポリーはそう言って、これからすることを説明した。ジョーは、ポリーの指示で盗んだミニバスの後方で話を聴きながら、ずいぶんかしましいものだと思っていた。

高性能カーナビゲーション（女性の声が案内）にしたがって、オン・ドンから入手したふたつの住所のひとつへ行き、エレベーターでしかるべき階にあがった。ジョーは廊下のはずれで待ち、ハリエット、アビー、セシリーを背後にしたがえて、ポリーがチャイムを鳴らした。

パディントンにあるフラットのチャイムが鳴ったとき、アーヴィン・カマーバンドはシャワールームにいた。モダンなフラットで、壁はオフホワイト、家具は先鋭的なデザインのものをそろえている。広いオープンスペースの一隅にガラス製のダイニングテーブルがあり、べつの隅にはクリーム色の革を張った高価なソファーが置かれている。カマーバンドはこのソファーがずいぶん気に入っている。レールの巧妙な配置で背もたれをいろいろに動かせて便利なのだ。その機能を活用したことはないが、このソファーがあるだけで豊かな生活を送っている気分になる。

シャワールームのなかで、カマーバンドは自分のことを考え、まるで雨に濡れて光るアステカ帝国のピラミッドのようだと思った。ピンク色の身体には脂肪の階段がついているからだ。贅沢に石鹼をたっぷりつける。ヘチマの繊維でピラミッドを磨きたてる。指を贅肉のひだのなかに滑りこませて、ぐるりと身体を一周させ、その上の段に移る。そのプロセスをくり返す。鏡であらためたその身体は、シャワールームのやわらかな照明のなかで濡れ濡れと光っていた。力強い腿と頑丈な膝頭が大きな体軀を難なく支えている。カマーバンドは、自分は巨体のわりに身軽だと思っている。だが、あと二十年もすればこの堂々たる恰幅をいくらか放棄しなければならないだろう。さもないと心臓と関節が文句を言いだすに決まっている。痩せれば皮膚がたるんで、このエロチックなむちむち感はなくなるだろう。

カマーバンドは今朝、ティットホイッスルからある話を聞いた。朝の情報交換をしながらのトリビアねたのむだ話だ。それによると、スモウ・レスラーは稽古のあと風呂に入るとき、お互いの身体を洗いあうという。とくに年下やランクが下のレスラーは先輩の入浴を手伝わなければならないそうだ。カマーバンドは身体を洗うのを手伝ってもらうことなどまったく望まない。この毎日の儀式は自分自身の美しい姿をじっくり愛でるためのものなのだ。ひとつかみの贅肉は贅沢なたっぷりの食事の記憶だ。体重の一キロ一キロが喜びとともに獲得されたものであり、ぎらぎらする肉体的欲望を表わしている。カマーバンドはすばらしい肉体とともにそうした美食の物語を愛しているのだ。自分はデブだの肥満だのといったことは超越している。それらは物事を否定的にしか見ない連中の言葉だ。それは貧相なピューリタニズムと、肥満の怖さを言いたてることで儲けようという下心、そしておそらくは羨望から生まれたものだ。おれは巨大なのだとカマーバンドは考える。コンクリートの床に四方を鏡で囲った特製のシャワールームに立ち、湯のジェット噴射で身体から老廃物を落としながら、おれはポセイドンにそっくりだと思う。そして三叉の矛と魚っぽい衣装を手に入れようと心に銘記する。威風堂々たる海神、カマーバンド。

ああ、しかし至福の時間も永遠には続かない。シャワールームを出てローションを身体に塗る。カマーバンドにとって外出するための準備は、下手をすると一日がかりの仕事だが、努力にみあった報いがある。女たちだ。ありとあらゆる形とサイズと年齢と社会的地位の女たちが、世界中にいる。こんなデブに抱かれるのはかっこ悪いという最初の嫌悪感をひとたび克服すれば、むしろカマーバンドの身体に強烈な魅力を覚え、身を投げ出して、その肉の海に溺れるのだ。目下のガールフレンドのヘレナ（誰が見ても美人のヘレナはアルゼンチン生まれで怪物的に裕福だ）は電子メールで、あたしが指ですくったキャビアを食べさせてあげる、そのあとあたしはあなたをポロの馬みたいに乗りまわすわよと通知してきている。なんともぞくぞくする約束ではないか。

するとチャイムが鳴った。早い到着だが、ヘレナはそれだけやる気満々なのだろう。嬉しいことだ。だがヘレナには忍耐も学んでもらわなければならない。カマーバンドが一戦交えるための準備作業は長時間を要する一大事業なのだ。ヘレナにに手伝わせるのも一興だろう。たぶん長いイブニングガウンを着ているはずのヘレナがカマーバンド山のまわりを敏捷に動きながら、心をこめてせっせとローションをすりこんでいくの図はそれなりに甘美だ。

カマーバンドはオーダーメイドのバスタオルを腰に巻き、足どり軽く玄関に向かった。大きく息を吸いこんで体軀を最大限にふくらませると、ぱっとドアを開けた。

「おれのセックスアピールの前にはすべての女がひれ伏すぜ！」カマーバンドは歌いあげるように言うと雄々しいポーズを決めた。

だが玄関口に現われた女たちのどれもヘレナではなく、そのうちひとりは鉄の歯を見せて微笑いながらこちらを見ていた。女は四人いた。というか、三人組をひとりが率いていた。少し離れて立つ狩猟の女神のようなリーダーは、不幸にも、監視要員が撮影した写真から、メアリー・アンジェリカ・〝ポリー〟・クレイドルだとわかった。

「それは……もし本当なら、ひどく衝撃的な事実ね」とポリーが言った。

カマーバンドはバスタオルがきちんと巻かれていることを確かめた。ある器官が萎縮するのを感じとったからだ。一流大学の卒業生で教養のあるカマーバンドは、三人の女を見て、どこかで見たことがあると思った。ギリシャ神話で妖怪ゴルゴンを守る三姉妹グライアイだ。あるいは運命の三女神モイライだ。いちばん若いのは（うっ、やばい！）、アビー・ワトソンだ。手に持っているのは亭主のボートを引き寄せる鉤竿だろう。二番目はハリエット・スポーク、ギャングの女房で、いまは我と我が身を鞭打って快感を覚える尼さんだが、また昔のやくざな女に戻ったらしい。そしていちばん年をくった婆は――あわわ、あの歯が怖い！――〈ハーティクル〉のセシリー・フォウルベリーに違いない。カマーバンドはポリーに希望の目を向けた。だがこちらは小柄だが、意志が強そうで……決然たる態度を示している。こんなものべつに大したものじゃない、とでも言いたげにさりげなく、大型の拳銃を握っているのだ。古いタイプの拳銃だがよく手入れされており、ごく最近使った様子もある。カマーバンドはイーディー・バニスターのフラットで死んだふたりの男のことと、ティットホイッスルから聞いたイーディーの死のことを思い出した。

こいつらはグライアイじゃない。もっと悪い。〈編み物をする女たち〉（フランス革命時にギロチン処刑を見物し処刑の合間に編み物をしていた女たち）だ！　と頭のどこかで声があがる。ギロチン好きの魔女どもだ！　死体の髪の毛で編み物をするんだ！　逃げろ、アーヴィン！　逃げろ！

だがカマーバンドは逃げずに踏みとどまった。自分の家から逃げることはない。それともうひとつ理由をつけ加えるなら、ウェブリーMkⅥリボルバーで腹を狙われている。巨大な腹は少しくらい離れていても絶対にはずすことのない的だが、いまの場合、銃口を押しつけられているから、はずすのがほとんど文字どおり不可能なのだ。

どうにも困ったことになってしまった。決意を固めた三人の女たちと、自信に満ち満ちた狩猟の女神を見ていると、カマーバンドはひどく寒くなり、自分をひどく小さく感じた。目を落としてタオルを見る。

「うう」カマーバンドは湿った声でうめいた。

「ミスター・カマーバンド」ポリーは小声で言った。「いっしょに来てくれる？」

住居のどこかに衛星中継式の緊急通報器が置いてある。いつもポケットに入れているのだ。ストラップ付きなので、シャワーを浴びるときも首にかけておけるが、身体に石鹸をつけるときに邪魔だし、アップルやソニーでなく国防省がデザインしたものなので――ひどく醜悪だということもある。ということで、いまは手の届かないところにあるし、届いても最近電池を換えているかどうかわからない。カマーバンドは鈎竿を見た。柄には〝ワトソン〟と大きく書いてある。その名前が送ってくるメッセージのことを思うと、いちだんと冷え冷えした寒気が背筋を走った。アビー・ワトソンがぎらぎら睨みつけてくる。

カマーバンドはため息をつき、言われたとおり女たちのあとについていった。

「あなたがたが犯した間違いは」と、ポリーはハムステッドヒースの近くにある家でカマーバンドに言った。「言わせてもらうなら、敵と自分たちとの力関係を見誤ったことよ。敵といえば、あなたがたがジョー・スポークを攻撃したことでわたしもあなたがたの敵のひとりになったわけだけどね。世の中と自分の利益のために偉大かつ強大なる陰謀家に奉仕する者として適切なことだから、あなたはこう信じている。自分とあの魅力的なミスター・ティットホイッスルは、わたしが言うところの〝モラルの低地〟にわざと立っているのだと」

マーサーは部屋の反対側の端に置いたインゲン豆形のデスクについて、妹が分厚いファイルを見ながら尋問するのを見ていた。〈編み物をする女たち〉はポリーの近くで小さな半円形をなすよう置かれた椅子に坐って、やはり事の進行を見守っている。セシリーが陣取っているのはいちばん大きな椅子だ。木のロッキングチェアはこの場にはまるで似つかわしくないが、セシリーは尋問を愉しんでいるようだ。鉄の入れ歯をはめた口でぴちゃぴちゃ紅茶を飲む。部屋の反対側の壁の本棚にもたれて立っているのは、長いコートを着た大柄な男だ。男は影のなかにいるが、その顎の線でイギリスの最重要指名手配犯であることがカマーバンドにはわかった。それにしても男にはどこか……泰然としたところがある。その後大人になったといった感じだ。

カマーバンドがあてがわれているのはインド更紗の布を張った椅子で、図書室から持ってきたものだ。とても坐り心地がいい。バスタオルは腰に巻いておくことが許されていて、寒かろうと毛布まで与えられた。その毛布のまとい具合をしきりに直す。

ポリーは被尋問者が完全に注意を向けてくるまで待ち、あとを続けた。「あなたがたはどんな下劣なことでもやれるつもりでいる。そこから自分たちは無敵なんだと考えている。自分たちを――ずばり言えば――悪党だと思っているわけね。そして自分たちは偉大なる必要悪に奉仕していると考えて悦に入っている。そうやって身の毛のよだつ悪行を正当化しているわけ。残念ながら必要だったという面はあるにせよ、それは間違いなく邪悪な行為であって、あなたがたもそれなりに邪悪だということになるのよ。あなたがたは世界を救うという高度な目的のために自分たちの高潔さを犠牲にし、それを行なった。とっても感動的ね。

この建物にいるわたしたちは善玉よ」とポリーは室内を手で示した。「誤った方向へ進むこともあるけど、倫理的にはクリーンなの。わたしたちが善玉である結果として、あなたはこのとても静かな、全然人目につかない部屋に安心して滞在できるのよ」

ポリーは微笑んだが、すぐに舌打ちした。カマーバンドがずっと気になっている犬がテーブルの下に置かれたカーペット地のバッグから何かをくわえ出そうとしているのだ。その何かはゴムでできていた。ハリエットがバッグを床から持ちあげ、無造作に中身を出しはじめる。ゴム製エプロンと、外科手術に使うゴムホースだ。カマーバンドは胃がきゅうっと差しこんだ。ポリーはうなずいてハリエットに感謝の意を表わし、説明を続けた。

「ひとつ言っておきたいのは、アーヴィン――アーヴィンと呼んでもいいわよね？――言っておきたいのは、あなたとロドニー・ティットホイッスルはほんとにいい人たちってことよ。やむをえないとき以外は法を破らないし、職権を濫用しない。人に恨みを抱かない。あなたはわたしに、わたしも恨みを持ってないと言ってもらいたいんでしょうね。善良な人は人を恨まないから。だけど、じつを言うとわたしはかなり恨んでいるの。あなたがたはわたしの恋人を拷問させた。わたしはそれを個人的に恨んでいるのよ、アーヴィン。とくに言いたいのは、拷問を誰かに任せるのは自分でやるより卑劣だってこと」

ほかにバッグからとりだしたもの。箱（を半分満たしている）外科手術用手袋。ガーゼ。リント布。テープ。蒸留水。アルコール。葡萄収穫用のものに似ているが医療用の道具である、奇妙に曲がったハサミ。セシリー・フォウルベリーは背をかがめ、合成樹脂製のチューブを一本とりあげた。自分の腕を定規がわりに長さをはかり、少し端を嚙み切って、また長さをはかった。前よりいい長さになっていた。

ハリエットはため息をついた。何か足りない。なんだろう。犬がどこかへ持っていったのか。あってあたりまえの、ごく普通の、ちょっとしたもの。まともな頭の持ち主なら忘れるはずのない……それはどこに？　答えを見つけてくれたのはアビーだった。

「バスチョン！　だめよそれ！」

ああ、犬がくわえていたのだ。止血帯。アビーがそれをテーブルに置いた。そしてカマーバンドを同情のない目で見た。

「わたしの夫はそろそろ手術を受けるころなの」

その言葉とともに、カマーバンドが久しぶりに経験する完全な沈黙がおりた。セシリーさえ紅茶をすするのをやめていた。

「とはいえ」とポリーはしばらくしてから小声で言った。「残念ながらわたしは、あなたとロドニーは悪い人間ではないと言わざるをえないのよね。あなたがたは必要悪という考えにかられて行動した。あなたがたは善良な人間だ。そこから導かれるのは、わたしたちのほうが善良でない側にいるということね。あなたは悪人たちの手に落ちたのよ。それが何を意味するのか、ちょっと考えてみてね」ポリーはテーブルの上のものを指し示しはしなかったが、それでもカマーバンドは見た。ポリーは穏やかな調子で続けた。「ミスター・カマーバンド、あなたはわたしたちも良識を持っているだろうから自分の身に危険が及ぶことはないという幻想を抱いているかもしれない。でもそれは違うの。わたしたちは邪悪で、怒っている。この部屋に良識なんてない。あなたがたはイーディー・バニスターの殺害を黙認した。あなたがたはハリエットの息子を拉致して拷問させた。あなたがたはこのアビーの夫に危害を加えた。あなたがたはわたしから恋人を奪った。

ジョシュア・ジョゼフ・スポークがわたしにとっての唯一無二の男かどうかは、いまの時点ではわからない。でもそうであるかもしれないのよ。わたしはそれについてずいぶん考えてきた。陪審員はまだ協議中よ。あなたとわたしのあいだにある問題というのは、あなたはわたしからその答えを見つける機会を奪いかけたということなの。わたしはあなたからジョー・スポークを奪われることも、あなたから与えられることも望まない。彼はわたしのものなの。わたし自身がそうじゃないと判断しないかぎり。あなたは彼を苦しめた。彼の名前に泥を塗った。彼を傷つけた。彼を泣かせたり、彼のことで嘘をついたり、彼に悪いことをしたりできる人間は、わたしだけなの。

わたしたちは、あなたが想像できないほど怒っている。そしてあなたはいま、わたしたちといっしょにここにいる。〝なんでも好きにするがいい〟の国に。まるで〝不思議の国〟みたいなものよ、ミスター・カマーバンド。それよりずっと善くないものだけど」

ポリーはきっとした笑みを頬に刻んだ。

「わたしの友達に言わせれば、わたしたちは〝アグレーカ・ウィフ〟ということになるでしょうね。怖ろしい鬼婆。あるいは〈女傑〉。この部屋であなたの身に起こることは、あなたが望むと望まぬとにかかわらず、そのことを反映することになるのよ」

そのあと一同は黙りこみ、外の人と車の通行や木々を吹き抜ける風のくぐもった音を聞いていた。セシリーは骨董価値のある入れ歯からバーボン・ビスケットのかけらをせせり出している。犬のバスチョンがとことこ歩いてジョーの足もとへ行き、哀しげにつぶやいたので、ジョーは抱きあげた。

アビーはどれから始めようかと迷うようにテーブルの上の不吉な道具をあらためた。カマーバンドはアビーが看護師の資格を持っていることを思い出した。子供たちは誰が面倒を見ているのだろう。本当は子供たちも連れてきたかったのだろうか。マーサー・クレイドルすら、これから起きることに少し怯えているように見える。これはじつに不安なことだ。なぜならカマーバンドの知るかぎり、マーサーは、身内の幸福を脅かす者にはいかなる同情もしない男だからだ。

影がカマーバンドの身体の上に落ちた。その影はいくらかの罪悪感をカマーバンドに与えた。小さく息を吸うと、犬のくさい息が鼻をついた。ジョーに抱かれたバスチョンは好奇心にかられてカマーバンドの匂いを嗅ぐ。それからあくびをして、歯が一本しかないぬるぬるの口を公開した。

「マーサー、あれを」とポリーが言った。

マーサーは立ちあがって部屋を出ると、細首の重そうな大瓶をひとつ持って戻ってきた。なかには赤みがかったドロドロのものが入っている。

ポリーが言った。「よしと。こうしてミスター・ティットホイッスルが来てくれたことだし、あなたは同僚のいないところで話すのは嫌だなんてことは考えずにすむわね」ドロドロを指さす。「彼がいまどっちを向いてるのかよくわからないけれど」

カマーバンドは大瓶を見つめた。まさかこれがティットホイッスルであるはずがない。ここにいる連中はそこまでえぐいことはしないはずだ。それには確信があると言ってもいい。だがポリーの話し方には説得力があった。テーブルの上の道具にも。

重苦しい沈黙のなか、必死で考えた。

「だめだ」とジョーが言った。「こういうのはおれの流儀じゃない。おれたちの流儀じゃない」

ポリーがジョーを見る。

「こういうのは」ジョーは部屋全体を手で示した。「やつらの流儀だ。おれたちのじゃない」

ポリーはうなずいた。「わかった」

ジョーはバスチョンを置いて、カマーバンドの目を見た。

「アーヴィン。その瓶のなかのぐちゃぐちゃしたものは、葡萄だと思う。おれたちはおまえを出血多量で死なせたり、木材粉砕機にかけたりはしない」

「あたしもあんたを食べたりしないよ」セシリーが割りこんだが、あまり安心できるような言い方ではなかった。

「そう」とジョーは続ける。「もっともアビーは、グリフの身に起きたことへの報復として、塩のついた木の板でおまえをぶっ叩いてやれと言ったけどな」

「わたしはその板を買いとってあげると言ったわ」とハリエットがすまして言う。

「だがアーヴィン、いいか、まじめな話だ。いま世界で起きていることは大災害だ。とんでもない悪夢だ。考えてみろ。ラスキン主義者どもはみな怪物だ。プロの悪党どもすらビビっている。ちょっと聞くと痛快だが、本来おまえたちが天使の側に立っているはずであることを考えたら愕然とするはずだ。おまえたちは拷問キャンプを運営している。裁判抜きで人を刑務所にぶちこむ。ヴォーン・パリーを手先に使っている！　目的は手段を正当化するなんて言い訳はよせ。正当化しないから。目的にたどり着けないから。結局〝手段〟だけが幅をきかせることになるんだ。それが現状だ。

もっともイーディー・バニスターの言ったとおり、シェム・シェム・ツィエンが世界を終わらせたがっているのなら、目的が達成されつつあるわけだがな」

カマーバンドは息を深く吸っては吐き、吸っては吐きして、おのが魂を見つめた。ふと思い浮かんだのは、ティットホイッスルが真実を探求することに熱心な男だということだ。そんな性癖は、誰かが何かを言ったら疑いの余地なく真実か嘘かがはっきりわかる世界では浮いてしまうだろう。

「そのお茶を少しもらっていいか」とカマーバンドは訊いた。

「新しく淹れてあげるから、話を始めなさい」とハリエットが答えた。

まあ、このさい、あまり重要でない情報を出して釈放されるというのも不適切とは言えないだろう、とカマーバンドは考えた。だがそれより気になるのは、この人たちはいま世界で起きていることについて自分以上のことを知っているのではないかという疑いが消せないことだ。〈エンジェルメイカー〉事案に関しては、ティットホイッスルのほうがリード役を務めてきた。ティットホイッスルはやり手で、情け容赦がない。しかし欠点をあげるなら、やり手で情け容赦がなさすぎるあまり、人情の機微をとらえ損ねてしまうことだ。ということでカマーバンドは言った。

「何が知りたいんだ」

「ビリー・フレンドを殺したのは誰なの」とポリーが訊く。

カマーバンドは、あのがちゃがちゃうるさい男ビリーのことを忘れていた。世界におけるイギリスの優越的地位を取り戻そうとすることと、いかれたカルト教祖に協力することで忙しかったせいだ。しかし考えてみると、ジョー・スポークとビリー・フレンドが親しかったというのは妙なことだ。

「それはシェイマスだ。あるいはその部下の……自動人形かもしれないが」カマーバンドはため息をついた。「シェイマスをフレンドのところへ行かせたのは馬鹿なことだった。ちゃんと頭が働いてなかったんだな。もっと慎重にやると思ってたんだが。フレンドの件はやつにとって大事なことだったから。だがおれたちの予想は裏目に出た。シェイマスは真実だの神だのにマジにとりつかれてたわけだ。もう少し寛大な言い方をすれば、〝信じていた〟ということかな。やつはつい熱くなっちまったんだろう。あんたの友達は……粉砕された」カマーバンドはその知らせを聞いたときのパニックを思い出したが、ティットホイッスルはわりと冷静に受けとめていた。われらがシェイマスが人を殺した。よくないことだが、われわれは国を守ろうとしているんだ。その種のことは正しい文脈のなかで見なきゃいかんよ。

ジョーはカマーバンドを見ながら不審に思った。この男は〝シェイマス〟とばかり言って、〝シェム・シェム・ツィエン〟とは言わない。「〈較正器〉を手に入れたシェイマスが〈理解機関〉で何をしようとしているか、おまえは知ってるのか」とジョーは訊いてみた。

カマーバンドはかぶりをふった。「やつは〈較正器〉を持ってない。そのことでえらく腹を立ててる。〈較正器〉がないと装置のスイッチが切れないとね」

ジョーはポリーを見た。ポリーが目を合わせてきた。いいよ、ジョー。そのまま続けて。

ジョーは教えておくぞというように人さし指を立てた。「やつは持っている。いっしょに脱走するという芝居で騙されて、おれが喋ってしまった。どこにあるかずばり教えてしまったんだ」カマーバンドの大きな顔の表情を読もうとする。「でもおまえにはその情報を伝えなかったみたいだな」

「ああ」

「その理由はわかる気がする。おまえはやつが誰か——何者か——知ってるのか」

「修道僧だ。明らかじゃないか。宗教者だ」

「違う。というか、正確には違う」ジョーはしだいに不安な顔になるカマーバンドに、シェイマスとシェム・シェム・ツィエンとヴォーン・パリーについて、自分の知るかぎりのことを話した。イーディーの昔の冒険から、〈ハッピー・エイカーズ〉からの偽の脱走まで。話が進むほどに、カマーバンドは顔が青ざめ、気分が悪くなるようだった。

「おれはパリーに話した。でもそのときわかったんだ。最後になって。秘密を明かしたあとで気づいたんだ……この男は味方じゃないと。おれはしばらくのあいだ、イギリス一のお尋ね者を自分の味方だと考えていたんだ。あるいは考えたかったというか。孤独だったから」

カマーバンドは笑った。

カマーバンド家の人間はほろりとしたりしないのだ。女々しいところはまったくない。感情をあらわにしたりはしない。自分が人類破滅の陰謀に利用されているのではないかと不安がることなどない。敵方に寝返ったり逃亡したりはしない。だがときには、現在の戦いに対する自分の位置づけを考え直してみたほうがいいかもしれない。

ジョーは手のひらを上にして両手をひろげた。大きな手だ。ならず者の手と言ってもいいかもしれない。職人の手であることは確かだ。しかし嘘つきの手ではない。「さあ、これで全部話したぞ」

カマーバンドは唾を呑みこんだ。「それは……理想的な展開じゃないな」

「ああ」

「いや、おれが言いたいのは、えらく悪い展開だということだ。ラスキン主義者どもは……〈シャロー・ハウス〉に例の装置を持っている。おれたちは必要な材料や何かを調達してやった。その装置は蜜蜂をコントロールすることになっている。巣箱に戻すんだ」

「魔人をランプに戻すと」

「そういうことだ。それによって力の源泉にアクセスして、おそらく今回の事件の……〝真実〟の側面を……コントロールできるだろう。もちろん、全世界規模で起きたかなり緊迫した出来事を、われわれが引き起こしたことについては蓋をする。まあソ連崩壊以後、ロシアが核物質をうまくコントロールしきれるかという問題と似て……わかるだろう。やってみるしかない」

「ああ」

「もっとも」とカマーバンドは言う。「ひょっとしたらそれが問題なのじゃないかもしれない。もしシェイマスがヴォーン・パリーやシェム・シェム・ツィエンでもあって、〈較正器〉を持っていて、ほかのプランを考えているのなら……そういう……ほかのプランはよろしくないと言わざるをえないな」

まもなくカマーバンドはジョーたちの側に寝返った。シェム・シェム・ツィエンが〈理解機関〉を自由に操作するという事態はあまりにもおぞましいため、良心が任務の縛りから解放されたのだ。たぶんイーディー・バニスターも何カ月か前に同じような変化を遂げたのだろう。カマーバンドは〈遺産委員会〉のさまざまな犯罪的行為を暴露しはじめた。そしてこのジョー・スポーク一党が近い将来それについて訴訟を起こすことを考えていないと知って少しがっかりした。カマーバンドは、電話一本で〈シャロー・ハウス〉の建築図面を〈パブラム・クラブ〉へ届けさせることができるし、そのほか必要なものはなんでも取り寄せてやると言った。カマーバンド家の人間は、一度こうと決めたら徹底的にやるのだと。

カマーバンドは誠意を示すため、驚いたことに、アビーの前にひざまずき、ご主人の皮膚移植のために自分の皮膚を使ってほしいと申し出た。そしてポリーがすばやく阻止したからよかったが、もう少しでカマーバンドは自分の腹のいちばんしっとりやわらかな部分の皮膚をアビーに披露するところだった。アビーは目をまんまるにして驚き、そんな気持ち悪い懺悔はしなくていい、フォン・ベルゲン博士がちゃんと治してあげると言ってくれているから皮膚移植など無用だと答えた。

〈シャロー・ハウス〉という名前と、ロンドン南西部の富裕地区の住所から、〈ラスキン主義者連盟〉の本部は明るい灰色の石でできた新古典主義のお洒落な外観とディケンズの小説に出てくる法律事務所のような雰囲気を持ち、真鍮の表示板を掲げているだろうと予想された。ジョーは頭のなかで、相当数の警備の警察官と、強化ガラスの窓と、敵対国に置かれている大使館が内部にそなえているようなあらゆる種類の警戒措置を思い描いていた。言いかえれば、もとは住居として建てられていても、事実上、要塞か秘密基地のようなものに改築されているはずだった。キーワードは、〝改築〟だ。つくりかえるときに弱点が生じるはずなのだ。古い土台と新しい追加部分の継ぎ目に。カマーバンドが取り寄せた建築図面を見たときにも、これはだいぶ予想とは違うようだと感づきながらも、敵の警戒措置に穴があるはずだと夢想していた。屋根裏部屋なら警戒がゆるいはずだとか、不満を持っている警察官を買収するとか、職員を脅迫するとか。いっそ過激にやるなら、爆薬でドアを吹き飛ばすのもいい。こそ泥から金塊強奪までの、犯罪のあらゆる段階のどこかに、シェム・シェム・ツィエン一派に防ぎきれない侵入方法があるに違いない。そう思っていたのだが、相手はそんなやわな建物ではなかった。

〈シャロー・ハウス〉は――昔からずっと――城塞だった。

ジョーはロンドンの大公園めぐりをする観光バスの屋根のオープンデッキに坐っていた。ゴアテックスのジャケットの上から雨合羽を着こみ、デンマーク国旗をあしらったリュックサックを背負っている。やたら人懐こいオランダ人夫婦がそばにいて、ヒマワリの種や松の実を勧めてきたり（夫のほうが「わたしの金玉（ナッツ）を食べないかね」と言ってくる）、ポリーのほうへかがみこんできて、エドワード八世とシンプソン夫人の〝王冠をかけた恋〟のことをレクチャーしたりと、うるさくてかなわない。一同はすでにハンプトン・コート宮殿とキュー国立植物園を見物した。バスはいま、灰色の雨とオレンジ色と紫色の夕闇のなか、ゆっくりと〈シャロー・ハウス〉の前へ差しかかった。

「左手に見えますのが〈シャロー・ハウス〉でございます」と黄色い傘をさした女性ガイドが言った。「なかに入って、アヒルに餌をあげたり、さまざまな建築様式のすばらしい組み合わせを鑑賞したりしたいところではありますが、それはできないことになっております」――と、ここで死の宣告をするように声を落とす――「さまざまな様式が組みあわさっているのは、何世紀ものあいだに所有者がつぎつぎと代わったせいなのです。ご存じのように、〈シャロー・ハウス〉はもともとヘンリー八世時代につくられたロンドンの砦のひとつでございます。クロムウェルの時代に二度攻められましたが、陥落しませんでした」すごいなあ、すごいね、のつぶやきが起こる。城を見物する人はたいてい難攻不落ぶりを賞賛するが、侵入をもくろむ者にはもちろん違う感想があるのだった。

ジョーが双眼鏡で観察した〈シャロー・ハウス〉は、棟の高い風変わりな建物で、中央にひとつだけとびきり高い円塔が立っていた。新古典主義の建物から唐突にロマン主義的要素がにょっきり突き出ている恰好だ。平面図で見ると、ここを狙ってこいという標的に見える。実物を見ると、近づくと危ないぞと警告する槍のように見えた。

メインの建物の周囲にはいくつもの建て増し部分が張り出していた。ほとんどがヴィクトリア朝風の赤煉瓦と白い漆喰の建物だ。屋根の片側にはフランク・ロイド・ライト風の木とガラスでできた空中展望台のようなものもあるが、完全に密封された堅固なつくりだ。そういうところには本来の〈ラスキン主義者連盟〉が持っていた職人気質が感じとれた。〈シャロー・ハウス〉は、つい最近見たラヴレイス号と同じ高潔さと完全性を持っているとジョーは思った。固い守りが何重にもなっている――周囲を囲む塀、その外に何ヵ所もの警備員詰め所、その周囲には濠まである。緑がかった水をたたえた濠は幅が五、六十メートルあり、その水上を通路が一本だけ正門まで通じている。遠くに古い掩体が見える。第二次世界大戦時のロンドン大空襲にそなえた高射砲の陣地だった施設だ。それから短い鉄道線路も、なんの飾り気もない塀のきわまで敷かれている。そこはかつて城の弾薬集積所だった場所だ。ガイドの説明が続く。「〈ハウス〉は現在ある修道会の本部として使われています。その修道会は教会建築の研究のほか、孤児や精神病者のお世話もしています。もっともその福祉事業のほうはほかの場所にある専用の施設で行なわれていますけど」

ジョーは用心深く無表情を保ちながら、白い部屋を思い出した。「そう。あれは専用の施設だった。芝生の上を黒い衣を着た人がふたり歩いていた。ゆっくりした足どりはどこか奇妙だ。ポリーが肩をぎゅっとつかんできた。ジョーは自分がしーっという音を立てているのに気づいた。静かに、と注意するときの音ではなく、食いしばった歯のあいだから鋭く息を絞り出している。みんながこちらを見ていた。

「すみません」ジョーはデンマーク訛りの英語はこうだろうと思う発音で謝った。「ちょっと、おなら、出そうなもんで」

ガイドはおざなりに小さく微笑んで、説明に戻った。「ヘンリー八世のほかの建物と違って、いろいろ悶着の起きた妻たちや愛人たちを住まわせたということはなく、ロンドンの建築物のなかではあまり有名ではありませんが、大変興味深いものです。また公開されましたら、ぜひ見学されることをお勧めします」

「いまはなんで見学できないんですか」と前から二番目の列の、どこか手術着のようなビニール雨合羽を着たお洒落な小男が訊いた。

「清掃中なんです」と雨傘のガイドは答えた。

「清掃中？」

「ええ。それでもべつに見学はできるだろうとお思いになるでしょうけど、どうやら……衛生のためらしいですね」イギリス人が病的な潔癖症であることは日本人観光客の一行も知っているらしく、彼らも含めてみんなが笑った。

〈シャロー・ハウス〉の窓から、メイドとおぼしき女が身を乗り出し、濠に屑肉のように見えるものをぶちまけた。水面に脂っぽい波が立ったと思うと、そのあたりの水が沸騰したようにぱちゃぱちゃはねた。

ジョーは双眼鏡を目から離して、ポリーを見た。

「うん。見た」とポリー。

「ピラニア？　ロンドンに？」

「そうみたいね」

「まったく冗談きついぜ」とジョー。

ポリーは携帯電話をかけた。「もしもし、こちらリンダ。いま〈シャロー・ハウス〉のそば。ええ、用意はいい——ありがとう」

しばらくしてタクシーが一台、門のほうに向かって走りだした。ジョーは軽い罪悪感に眉をひそめてそれを見守った。タクシーは水上通路に乗らないうちに黒衣の修道僧や兵士たちに取り囲まれた。運転手がおろされ、砂利の上に伏せさせられた。

「あらら」とガイドは言って、急いで続けた。「みなさんあれは、警備のイギリス軍兵士が訓練をしているんです。どうかみなさん拍手を」

みんなは手を叩いた。タクシー運転手は砂利の上に寝たままだ。

ジョーはうっと小さく身をすくめた。「あのやり方では入れないな」

カマーバンドと話しても、いい材料は得られなかった。カマーバンドは償いの意志を痛いほど持っているが、〈シャロー・ハウス〉に入ったことはない。〈遺産委員会〉は〈ラスキン主義者連盟〉に事業を白紙委任する自由放任主義（レッセフェール）の方針をとっているのだ。カマーバンドによれば、いまではティットホイッスルも彼の上司たちも、〈ラスキン主義者連盟〉がしていることを知りたがっていないという。〈シャロー・ハウス〉はイギリス政府の視野に存在する大きな生理的暗点なのだ。〈遺産委員会〉は〈ラスキン主義者連盟〉が目立たないようにすることを任務としている。あるいは、もしその犯罪的活動が明らかになってしまったときは、政府が全然関知していないと言える状態をつくっておくことを。遺憾ながら犯罪的活動を見過ごしてしまったが、共犯では断じてないと政府は言い張りたいのだ。もちろん、いまに教訓を噛みしめるときが来るだろうが。

テムズ川沿いのとある古いビール醸造所の地下室は、一九七五年にマシューの息がかかった役所の監督官によって危険区域に指定され、以後は使われない状態が続いていた。その地下室で、ジョーは三本脚のスツールに坐り、建築図面を見ていた。穴のあくほど見つめれば、そこに突破口が開けるとでもいうように。ジョーは複写紙の現像液の臭いに顔をしかめ、脚を組み直した。

足もとにはトミー・ガンをおさめたトロンボーンのケースが横たえてある。それを見なくても、ずっしり重い金属の存在感がとりついてきた。打楽器を連打するように機関銃を撃つ自分は目に浮かぶが、それがなんの役に立つのかはまるでイメージできない。この機関銃では、〈シャロー・ハウス〉の正門を吹き飛ばせない。〈理解機関〉と〈較正器〉も、五キロ離れたところからだとやはり機関銃で破壊できない。それをするには、〈シャロー・ハウス〉に入る必要がある。

ジョーは椅子から腰をあげ、薄闇のなかで身体をほぐそうとする運動選手のように両腕をぐるぐる回した。あちこち視線を投げると、図面が入っていたプラスチックの筒が目にとまった。図面を巻いてそれにおさめ、紐を持って肩にかけた。吊りさがっているランプが温かい光の輪をテーブルに落としている。名残惜しいがその光に背を向け、〈トーシャーズ・ビート〉の闇のなかへ入っていった。

ジョーは〈トーシャーズ・ビート〉が好きだった。トーシャーたちのことも好きだった。潜水服を着ているせいで月面を歩く宇宙飛行士のように見えるあの奇妙な人たちが。〈トーシャーズ・ビート〉はその親密に閉じた感じや静けさが好きだし、貯水槽や丸天井のある水路の広さも好きだった。もっともたいていの場合、そこがなんであるかを考えたりはしない。そこは広大な地下下水管網で、ほとんどが地下水面より低いところにあり、冬と春には天井まで水が満ちる場所がたくさんある。トーシャーたちの潜水服には理由があるのだ。

乾いた土管のなかを腹ばいになって進む。頭の二十センチほど上にそこまで水が来た跡があるのは無視した。まわりじゅうに水の匂いがあった。以前この下水管にあっていまは引いている水。隣接する下水管を流れている水。床からわき出している水。あとでまた同じ道を引き返してこなければならないことも考えまいとした。五分前に身体がひっかかって抜けなくなりそうだった狭い曲がり目のことも含めて。〈シャロー・ハウス〉のほうへぐんぐん進んでいった。ときどきズボンのポケットから方位磁石を出して見た。父親のギャング道具のひとつだ。

これが最後にようやく思いついた〈シャロー・ハウス〉への侵入法だった。ロンドンの地下下水管網を通って入りこみ、入浴中のシェム・シェム・ツィエンを襲い、誰にも気づかれないうちに〈理解機関〉を破壊する。そしてお茶の時間に間に合うよう家に帰り、イギリスと犯罪人引き渡し条約を結んでいない風光明媚な国へとっとと逃げ出す。

ジョーはあてずっぽうに下水管を選んでいるわけではなかった。トーシャーたちが以前から印をつけているのだ。いま通っている下水管は、入り口のところに黄色いエナメル塗料で長い線が数本引かれていた。これは通り抜け可能だがあまり快適ではないことを示している。緑の塗料のほうがまして、青だともっといい。赤は入るなという警告だ。

下水管がつきて、低い天井の下に水が浅く溜まっている場所に出た。まるでサンドイッチのなかにいるようだ。壁の内側には大きな管小さな管といくつもの具が重なりあっている。そのうちいくつかの管がいまいる狭い空間に通じているのだ。ジョーがつぎの下水管に入ろうとしたとき、叫び声が聞こえた。ふり返ると、三人のトーシャーが手をふっている。ジョーも手をふり返した。〈夜の市場〉の流儀で。

「そこはだめだ」やってきた男たちのうち、いちばん近くにいる者が言った。「いまから表示を変える」

「どうしたんだ」とジョー。

その男は顔をしかめた。大柄で白髪頭でいかつい顔。鼻をくしゃっとやるとブルドッグのようだった。「どこかの役人が電気柵をとりつけさせた。赤外線監視カメラやなんかもな。おれのダチがビリビリ心臓をやられて入院してるよ。ええ電流が流れて、生きてるのはラッキーだとさ。たぶんどっかの大使館かなんかのしわざだろうよ。やつらはほんと厄介なんだ」

ジョーはうなずいた。「ほかに通れる道はあるかな」

男は顔をじろじろ見てきた。「おめえ、知ってるぜ」

「まさか。おれは――」

「おめえ、スポークだろ。クレイジー・ジョーだろ」首をひねって仲間たちに呼びかけた。

「おい、クレイジー・ジョーだぜ！」顔を戻して、「なあ、教えてくれよ。おめえほんとは何やったんだ。女王のパンツを盗んだのか。イングランド銀行を強盗いたのか」

「いや、そんなんじゃ――」

「そうだと思ったけどな。親父さんのこと知ってたからな。おめえはまともなやつだよ。見りゃわかる。誰でもわかる。おめえが人殺しだって？ タマキンが笑うぜ。なあ、おれは銀行から金の延べ棒を盗んだんだと思うんだ」とうしろにいる男に言う。

その男がうなずいた。「かもな」

「で、〈シャロー・ハウス〉に入りたいって？」最初の男がだいたいの方向を手で示す。

「ああ、どうしても」

「そりゃ、こっからじゃむりだ。この辺はどっから行こうと同じだよ。たぶん〈女王〉が怒り狂ってるだろうな」

ジョーはちょっと考えたあと、自分たちがなかに立っている下水管を見まわした。

「ときに」とジョーは慎重に言った。「〈シャロー・ハウス〉には濠があるんだが」

「濠？」

「いや、ほんとに」

「そいつはまた」

「それで、ちょっと思ったんだが、〈トーシャーズ〉の人たちはその濠をなんとかしたいんじゃないのかな。〝〈ビート〉をブロックする者は〈ビート〉にブロックされる〟って、そんなこと言わないっけ」

「言うよ」

「かりに壕の下の下水管が破裂したとか、そういう不具合が起きたり……メインの高圧の排水管があるタイミングで水を流す方向を変えたりしたら……」

「はあ、なるほど。そうだな。それでお偉いさんたちはあわてると思うかい」

「思うね」

「濠ひとつ分の水となると大変だ。下手にいじると危ないぜ。あたり一帯にわーっと流れ出すとかね」

男たちはにやにやしていた。

「そういうのは目くらましになるよなあ」とひとりがなんの感情もこめずに言った。「誰かがそこで泥棒でもやろうとしてる場合」

「そのとおりだ」と最初の男が言った。「あんたの犯罪者の頭で考えて、ミスター・スポーク、そういう悪いことが起きたらちょうどいいなあってタイミングはあるのかい」

「当て推量はしたくないが、だいたい明後日の、夜中の二時ごろかなあ。そのあとは、すたこら逃げなきゃいけないな」

XVII

もとの線路に戻る、〈古参兵たち〉、お尋ね者の頼みを断わる会長

醸造所の地下室に戻ったジョーは、長く幅の広いステージのような場所に一列に並べたマネキンを見た。マネキンは軍放出品の服や古着屋で買った服を着せられて、いろいろなファイティングポーズをとっている。頭の禿げた、目の見えない敵部隊だ。その背後や両側には煉瓦壁を保護するために箱や木の板や樽が置かれている。マシューは自分のものにしたこの地下室を訓練場に使っていた。強奪事件を実行する前に部隊の練度をここで高めたのだ。盗電でともす黄色い薄暗い電球の列もまだ天井からぶらさがっている。

正直言って、このころになればもう計画ができているはずだと思っていた。大胆かつ過激な計画、抜け目なくしかも爆発的な作戦が。知恵と火力でシェム・シェム・ツィエンの軍団を圧倒し、〈シャロー・ハウス〉に入る。この白昼夢のなかでは、一部隊とともに下水路をくぐり抜けたジョーは、まず高い塔にあがり、そこから建物のなかにおりる。そしてカーテンの陰から出て、あらかじめ買収してある執事と話す。

だが現実にはなんの計画もない。あるのは敵の守りの固さを示す建築図面。それと機関銃一挺、情婦、弁護士。あとのほうはもちろんありがたいが、ものすごい戦力というわけではない。

薄闇のなかで、ジョーはにんまり笑った。しかしその三つの組み合わせは正真正銘のギャング調だなと。

トロンボーンのケースを開けて、トミー・ガンを見た。オイルを塗った金属がぎらりと見あげてきた。何か啓示はないかと待ったが、その気配は感じられなかった。銃はしょせん銃にすぎない。それも禁酒法時代のアメリカで密造酒業者に愛用された時代遅れの不正確な戦闘用の銃だ。実際のところは武器というより芝居の小道具みたいなものだろう。マシューの時代にすら、もっと性能のいい銃はあった。もっと軽くて、速射ができて、威力も大きい銃が。

ケースからとりだし、手が覚えているままに組み立てる。かちっ、きゅっ、かしゃん。初歩的な操作。誰にでもできる。原始的というのではないが、シンプルなのだ。それなりに優雅ですらある。パントマイムよろしく構えてみる。生け捕りはむりだぜ、お巡りども！

あんまり愉しくない。

今度はもっと慎重に、銃を肩づけした。単射モードにして、マネキン軍団を狙う。息を吐き、身体の力を抜いて、反動にそなえる。両目を開けて、銃身を視線でたどる。マネキンの一体を、リアサイトのV字形のなかにとらえる。自分は射撃の名手だなどと自惚れてはいないが、感覚の導きを大事にする。子供のころのジョーはこの銃を撃ちたくてたまらなかったが、なぜか一度も許されたことはなかった。

引き金を引いた。

音はすさまじかった。銃口から炎が噴き出し、床尾が身体を打った。銃弾はびゅんと闇に消えた。奥歯をぐっと噛んで、さらに五発撃った。射撃競技は六発がひと区切りと聞いたことがある。それから成果を見にいった。

一発も命中していなかった。マネキンはみな無傷だった。銃弾は背後の木の板や煉瓦壁を傷つけていた。

抱えた機関銃を見て、泣いてやろうかと思った。が、そうはせず、スツールに戻って腰をおろし、無益な硝煙の臭いを嗅いでいた。

どうしていいかわからない。この銃を撃てば高揚するはずだったのに。高揚どころか、へこんでしまった。世界の運命が風前の灯となっている、この待ったなしのときに。

ジョーはじっと坐って、宙を見つめていた。

「何か手伝う?」とポリーが訊く。

いつのまにか、ごく静かに入ってきていた。肩にそっと手を触れてきた。指でジョーの顔を自分のほうへ向かせ、唇に軽いキスをした。ジョーの腹のなかには怒れる熊がいた。おれはこの女を守る。彼女に悪さをするやつは誰でも噛みついてやる。

熊は少なくとも疑いを持っていなかった。

ポリーがにっこり笑った。まるで熊の唸りが聞こえたかのように。それから膝に乗ってきた。

「ね。何してるの」

「父さんを探してる」

ポリーはうなずいた。「でもここにはいない？」

「いない」

「なぜお父さん？」

「その種のことが問題だから」

ポリーはジョーをじっと見つめたあと、顔に真正面から向かって、舌を出してぶーとおならの音を出し、「くっだらない！」と斬り捨てた。

「えっ？」

「くっだらないよ。アンポコポンタンだよ。なんで……がーっ！」腹立ちは言葉にならないらしかった。「ジョー、お父さんなんて探す必要ないの。あなたはあなたよ。たしかにマシューの息子という部分はあるけど、大半はあなたよ。そうしてあなたはこの種のことが得意なの！　ここ何週間かを思い出して、それでも違うと言うなら言ってごらん」

ジョーはそう言おうとしたが、ポリーが目に人さし指を突きつけてきた。わたしもひとりの独立したスーパー悪党よ。そうだ。それなら対等の仲間の判断を尊重しなければならない。

「よし。じゃ射撃を見せて」とポリー。

ジョーが構えてみせると、ポリーは笑いだした。

「自分の撃ちたいように撃つのよ、ジョー」ようやく話せるようになると、ポリーは言った。「こう撃つべきだとか考えないで。〝べき〟なんてキンタマのつっぱりにもならない。さあいっしょに言って」

「〝べき〟なんてキンタマのつっぱりにもならない」ジョーは従順に唱えるうちに、またアウトロー気分に高揚した。この新たな怖れを知らない気分はすばらしかったが、それは滑りやすい丸太のようでもあった。勢いが大事だ。しばらくはその上をすいすい歩けるが、とまったときに足を滑らせて落ちてしまう。それと練習が。それから対立関係があるのもいい。自分がやったことで喜ぶ人たちと愕然とする人たちがいるのは張り合いがある。ジョーは観客から力をもらっている自分を自覚した。

ポリーがわきの暗がりから凶暴な笑みを向けてきた。撃って、と銃を手で示す。

ジョーは両足を広く開いて立ち、機関銃をフルオート射撃モードに切り替えた。肩にはおったコートの着心地と、子供のように興奮している自分を感じとった。これが例の銃だ。あの銃だ。父さんの銃だ！　玩具じゃないぞと、触るのを禁じられていたギャングの商売道具だ。

狂気じみた笑みが口もとに押し寄せてきた。甘いノスタルジアではない、常軌を逸した歓喜がわいてきた。にっと歯を見せ、客船を進水させるように悠然と引き金を引いた。

機関銃が吠え、暴れた。腕と胸に衝撃の波が伝わってきた。ジョーは機関銃と格闘し、抑えこもうとした。指をしっかり引き金に押しつけつづけた。ちびちびと吝嗇に銃を撃つギャングなどいない。いるものか。熱い鉛玉を雨あられと浴びせ、財産的被害を盛大に与えて思い知らせるのだ。ギャングは狙撃手ではない。思慮分別のない人間だ。派手に濫費する、ご意見無用の、めったくたなやからだ。毛を剃られた猫のようにいかれているのだ。

機関銃は箱から出ようとしている小さな鉄の悪魔のようであり、ジョーはほとんどそれに寄りかかるように前かがみになって射撃を続けた。ドラム弾倉の銃弾をばりばり撃ちながら、ジョーは自分が大笑いしているのに気づいた。怖れているような、あるいは怖ろしいような、錯乱した笑いだった。やがて咆哮がやみ、野獣は動きをとめた。戦果は赫々たるものだった。

煙と埃を透かして、ステージを見た。

マネキン部隊は粉々になっていた。破片が散乱し、背後の壁にもぶちあたって床に落ちていた。壁それ自体も損傷を受け、跳弾を防ぐための木の板や樽は薪になっていた。あちこちに焦げた穴が残り、小さな火が燃えていた。足の踏み場を探しながら残骸だらけのステージを歩いた。あらためて、ジョーは理解した。

「わお」ポリーは小声で驚嘆した。

ジョーはポリーの両肩をつかみ、勝ち誇るように、音高くキスをした。「きみは天才だ」

「そう?」

「ああ。天才だ。おかげでわかったから。いまやっとわかったから。こういうことなんだ。この銃の本質はこれなんだ」

ポリーは微笑んだ。「説明して」

ジョーはにやりと笑った。「想像してみてくれ。きみがほかの銃を持っていて、おれがあの銃を持っている。いいかい？　三つ数えて、両方が撃ちあう。まあ、きみの勝ちだろう。きみのほうが撃つのが速くて正確で、すばやく動いて弾をよけることもできる。きみはおれを蜂の巣にできるはずだ。そうだろ？　さあ、きみはその勝負をやるかい？」

「あんまりやりたくないかな」

「そうだろう。なぜならトミー・ガンを持つ人間が両足を踏んばって、ばりばりぶっ放すと、誰にも――文字どおり誰にも――つぎに何が起こるかわからないからだ。これはギャンブラーの武器だ。ギャングの銃だ。銃の性能とか射撃の技能とか生き延びる能力とかは関係ない。関係あるのは度胸と向こう意気なんだ。このでかくて騒々しくて馬鹿げた機関銃はこう怒鳴る。さあベストをつくしてかかってこい！　どちらかが倒れるからだ。それがどっちか、おれは知らないし、どっちでもかまわない！」またにやりと笑った。

「これでもとの路線（トラック）に戻るのね」ポリーは嬉しそうにつぶやき、ジョーがうなずくのを見た。ジョーはさらにもう一度ゆっくりうなずき、目を大きく見開いた。犯罪者であることの意味を、直感的に把握した瞬間だった。

「そう」と熱く言った。「そのとおりだ。もとの線路（トラック）に戻るんだ」

「マーサー！」ジョーは階段の上に向かって叫んだ。「あんたの妹は天才だ！」

「え？」マーサーがジョーを見て、軽く顔を青ざめさせた。「いや、天才なんかじゃない。きみの思い違いだ」その言葉が活気づいているジョーになんの影響も与えないのを見ると言った。「ええい、くそ。ジョナおじさんがいつかこんなことが起きると言ってたよ。わたしはいつかきみのうしろについて走るようになる。マルクス兄弟の末の弟が、落っこちそうになる花瓶を受けとめようとしながら、あとについて走りまわるようにとね。わたしは言ったんだ。ジョーは分別のあるやつだよと」

「おれには分別があった。その結果こんなことになった。だからもうおれは分別を捨てた」

「ジョー、いったい――」

「話してる時間はない。準備をしないと。あんたもだよ。ヨルゲに、今夜みんなの力を借りたいと言ってくれ」

「どう力を借りるんだ」

「そう言えばヨルゲにはわかる」

「わたしにはわからないぞ！」

「計画がある」

「どんな計画だ」

「あんたは気に入らないだろうな」

「まったく」

「まずは軍団の召集をしよう」

「軍団？　なんの軍団だ」

　ジョーはにやりと笑い、急いで出ていこうとする。

「なんの軍団だ。軍団なんてないだろう！　しいて言えば」――マーサーは腸にガスを溜めてソファーで寝そべっている犬を手で示した――「ここにいる世界最小の大気汚染源くらいだ！　ジョー？　ジョー！」

　ポリーが〈シャロー・ハウス〉の図面を見ながら〈トーシャーズ・ビート〉から出てきた。しばらくして言った。「あ。ああ！　そっかー」長い爪を光沢のある複写紙の上で滑らせた。爪は〈シャロー・ハウス〉の塀に向かって走っている古い鉄道線路の跡をなぞる。「なーるほど……」うっと胸が詰まったようになった。

「なんだい」とマーサー。

「あの人、もとの線路（トラック）に戻るのよ」

　ヨルゲのメッセージは、ひとりひとりに順々に伝わった。〈夜の市場〉はウェブサイトもネット掲示板も持たない。だがひとりの泥棒や故買屋や詐欺師に伝わると、そこから五人、十人に伝わる。大物には参加の呼びかけ、小物には噂が行く。噂といっても〈市場〉では金箔押しの文字で書かれた手紙のようなものだ。こうしたひそひそ話はどうしても警察の耳に入るが、ヨルゲは情報漏洩に慣れているので、密告屋に嘘や作り話を流させる。こうして警察の特捜班がマンチェスターへ、アイルランドのブレイへと、雲をつかむような情報を追って出動する。情報分析班はランチタイムにクレイジー・ジョーの目撃情報の洪水を浴び、ティータイムには畜生と毒づく。その一方で、メッセージの正当な受け手たちのあいだには、はっきりと、ジョー・スポークが何か大きな仕事（ヤマ）を踏もうとしていることがひろまっていった。

ビッグ・ダギー、元ボクサーのドーナツ屋。一九七五年の郵便局襲撃事件で刑務所に入り、出所してほどなくマシューの死と世界の変化を経験した。電話がかかったときにはタオルを洗濯していた。タオルから一日置いた生魚のような臭いがとれればいいがと願いながら。

ジョー・スポークが仕事（ヤマ）を踏もうとしてるぞ。

なに、機械職人のジョーが？

そうなんだが、もう機械職人じゃねえ。とんでもなくでかい仕事（ヤマ）だそうだ。マシューが死ぬ前に計画してたんだとか。

もちろん、ビッグ・ダギーは参加を承知した。

ディジー・スペンサーは〈カーナビー・ロイス自動車運転学校〉の経営者で、渋滞税をとられるロンドン都心部で車を運転したことのない中高年の女性が生徒だが、ロンドンにやってきたばかりのサウジアラビアの王族のおかげで大儲けしている。マシューが生きていたころ――それはよくソファーの下でオン・ドンと何やかやしていたころでもあるが――ディジーはロンドンで最高の逃走ドライバーだった。いまでは退屈しきっていて、いつでも弾ける用意がある。

ジョー・スポークが仕事（ヤマ）を踏もうとしてるぞ。

ディジーは一秒もためらわなかった。

キャロライン・ケイブル――キャロおばさん――は、誰も聞いたことのない錠前製造会社の錠前設計士だ。会社はテンションや三番ピックなどを使ってピッキングできない錠前をつくっている。最も単純なものがベストなのだという。ベストの錠前は、鍵穴がなく、鍵を入れる小さな引き出しと取っ手からなっている。引き出しに鍵を入れて閉める。鍵が合っていれば、取っ手を回すとドアが開く。合っていなければ開かない。引き出しが閉まっている状態では内部のメカニズムに手出しできない。引き出しが開いているときは、取っ手は回らない。以上、解説でした。

彼女はいわば、密猟者が猟場管理人になったようなものだった。猟場管理人の仕事を死ぬほど嫌っていた。

ジョー・スポークが――。

「やるやる」とキャロおばさんは言った。

ポール・マケインはグランチェスターのマケイン家に属する男で、マシューの全盛期に間に合わなかったことを悔しがっていた。父親はマシューやタム・コピスといったビッグな面々といっしょに仕事をした男だった。自然史博物館から恐竜の骨格を盗んだこともある。依頼人である裕福なインド人は、ゴアの自宅に専用のスペースをつくって待っていた。嘘ではない。恐竜を盗んだのだ。近ごろはそういう犯罪がなくなった。

ポールはイエスと答え、宝くじに当たった気分になった。

ひろまる情報に、ロンドンの犯罪者で感慨を覚えない者はいなかった。いまの生活には愉しさがない。少しだけ犯罪に関係している灰色がかった生活だ。会計士や税理士を雇っている者もいる。警察にはしっかり見張られている。連中の取り調べを受けるのはごめんだ。

しかしだ。ジョー・スポークが仕事（ヤマ）を踏もうとしているというのだ。

派手に花火があがるに違いない。

違う種類の者たちもいた。何かのプロとして成功している連中だ。彼らは予想外の出来事や目立つことを嫌う。デイヴ・トリゲイルは世界規模で金を動かし、ホワイト経済とブラック経済を往復させている。スウェーデン人のラースは、かつてジョーに護身術の基礎を教えたことがある男で、本業は七カ国語に堪能な殺し屋だ。出身国のわからないアリス・レベックは、いまは外国で行方不明になったジャーナリストの救出を仕事にしているが、それとはべつに——噂によれば——好奇心の強すぎる調査員を消す専門家でもあるという。こういう連中があと五、六人いて、その名前が口にされるときは慎重に行なわれる。

そうした者たちも招待を受けた。招待はヨルゲ、タム、〈エーデルワイス・フェルドベット〉（エーデルワイスは英語では前出のとおりノーブルホワイト、フェルドベットはドイツ語で簡易寝台で、クレイドル＝揺りかごに通じる）という新しい法律事務所から来たほか、ある種の徴（しるし）や、部外者にはわからない予兆の形で送られることもあった。

ジョー・スポークが仕事（ヤマ）を踏もうとしてるぞ。

こうした者たちは、もう人から指示を受けることから遠ざかっており、真夜中に呼び出しをかけられるのを好まなかった。花火＝銃撃戦などもってのほかだ。お互いに顔を合わせることも喜ばない。まして場所が——よりにもよって——〈パブラム・クラブ〉の大広間であるときは（誰よりもぶつぶつ文句を小声で言ったのはオン・ドンだが）。だが大物犯罪者が集まる場所として、セント・ジェイムズ地区の近くにあるきわめて閉鎖的な会員制クラブ以外にどこが考えられるだろうか。

集合の時刻になった。一堂に会した元犯罪者の集団はそわそわしはじめた。もちろん古い知り合いと久しぶりの挨拶を交わしたり、ずっと以前に気が合うかもしれないと思った人と初めて口をきいたり、新しく知りあってこの人とはうまが合うかもしれないと思ったりした。慎重にぼかした形であれ、みんながいま何をしているかを知るのは愉しいし、これから何か協力しあえることもあるかもしれない。とはいえ（と、黒いスーツを着てまじめくさった顔をした男たちやピンストライプのスーツや優雅なドレスを着た女たちはささやく）、時は金なり、こんな再会など時間のむだではないのか。会場の薄暗い端に坐っているビッグ・ダギーやキャロおばさんやトニー・ウーは、場違いなところにいる気がして窮屈で、早く出ていきたいと思っていた。

やがて東側のドアからひとりの男が入ってきた。みんなから待たれているとは思っていないかのように静かに入室した。微笑み、握手をし、手をふる。まわりでひそひそ話す声がこの男の存在感を徐々に高めていく。男は大きく腕をひろげて身なりのいい老人を抱擁した。老人は慎重経営を旨とする銀行の頭取だ。

「リーアム！」と男は言う。「やあやあやあ！　リーアム・ドイルじゃないか。もう死んだと思ってた！」

「なーにを」と老人は喜色満面で返す。「わしはまだ死んどらん。くたばってりゃいいと思ったやつらは糞でも食らえだ！　老いぼれてもまだまだいけるぞ！」

「そうだろうな！」と男は応じる。「そりゃそうだろう。いまでも踊れるのかい、リーアム。ずっと前に、キャロおばさんとフォックストロットを踊ったろう。プリムローズ・ヒルのおれの家で」

「そうよ！」とリーアム・ドイル。「踊ったよ！　あのころはなんだって踊ったもんだ！　いやしかしなあ。最後に踊ってから……もうかれこれ……」声はそのまま立ち消えになった。

だが場が湿っぽくなる前に、男が「でもまだまだいけるよ！」と言うと、リーアムはああそうさ、もちろんだ！　まだまだいけると返した。それから男は目先を変える。「やあ、サイモン、すぐわかったよ。この人が奥さんかい。すごいなあ。女王さまみたいだ。われらが女王陛下のことじゃないぞ。妖精国の女王ティタニアのことだ！　いやほんと！　花嫁にキスしていいかい」男は十人並みの器量の優しげな顔に軽くキスをして、まるで何かの賞をもらったかのように微笑んだ。「それからビッグ・ダギー！　そこにいるのはわかってるよ！　ベンチから腰をあげてこっちへ来いよ。ダギーは覚えてるだろう、サイモン？」サイモンは覚えていた。昔、ダギーとは殴り合いをしたことがあるのだ。いやはやダギーの強かったこと、パンチの強烈だったこと。なあダギー、いまでもおまえの拳が飛んでくるのを夢に見るんだぜ！

「いやあ、もうドッキ合いはやんねえよ。若い連中に教えてんだ。たまに実地にやってみせるけど、ま、ご愛嬌ってやつだな。若い連中は手かげんしてくれるよ……」そう言ってすきまの広い歯を見せると、みんなは、若いやつらも生きてリングをおりたきゃ手かげんなんかしないだろうぜと思う。「おまえはどうしてんだ、サイモン」

「うーん、おれはもうちょっとなあ」とサイモンはやや憂いを帯びる。「拳闘はいまでも好きだが……というか前はやってたが……」

またしても哀惜するようなささやき声になる。以前はいろいろなことをやった。さんざん法を破り、官憲を馬鹿にした。いまはおとなしく金儲けをして、それでなんになった？　悪

党でなくなったかわりに。

そりゃ金持ちになって、昔より幸せになったんだよ。

間違いなく、昔より幸せになった。

ジョーはぐるぐる回った。どの顔にも見覚えがあった。ジョーのなかでは火が燃えていた。みんなが忘れていた時代への物狂おしい憧れがあり、腕には未来を信じさせる力がみなぎっていた。背後でみんながささやいた。あれがジョー・スポークだ。これから仕事（ヤマ）を踏むんだ。おれたちに助けを求めようとしてるんだ。

相当の仕事に違いないぜ。

きっと助けを求めるよな。

もちろんだ。

興奮と郷愁がまさに沸騰しようとするそのとき、ジョーはイタリア製高級革張りソファーの背もたれの上に作業用ブーツのままあがって、こう言った。

「みんな、どうして今夜ここに集まってもらったか知りたいだろうな！」

知りたい。もちろん知りたいとも。

「もしかしたらちょっと誤解させたかもしれない。おれはでかい仕事（ヤマ）の計画を立ててるとヨルゲに話したような気がする。でも、それは違うんだ」ジョーはいたずらっ子の笑みを浮かべた。マシューの顔が、からし色のポロシャツと黄褐色の牛革ジャケットの上で、息子の日焼けした岩のような顔と二重写しになった。「おれはでかい仕事をひとつ計画してるんじゃない。十のでかい仕事、いや百のでかい仕事を計画してる。とにかくこいつはすごいと思えるだけの数をこなす。おれがしてるのは大儲けの話だ。ロンドン中の銀行と、ハットン・ガーデン（ロンドンの宝石店街）の宝石店の半分を襲う話だ。金や宝石をごっそりいただくんだ。いや、わかってる。さっきみんなとちょっと話して、もうその手のことはやらないことがわかった。少なくともそれがみんなの考えだってことが。でも、これもみんなとちょっと話してわかったんだが、ボンド通りで若いやつらが十万ポンドほど盗んで、一週間後にはもう捕まってた事件とか、ヒースローでのダイヤモンド強奪事件とか、ミレニアム・ドームでの事件とか、そういう情けない仕事を見て、みんなはこう思ったようだ。自分なら二倍すばやく、二倍の金やダイヤを盗って、そのあとは〈デュークの酒場〉でのんびり坐って、警察に訊かれてもずっとここにいたと言ったのにな。たしかにでかい仕事だが出口の確保が甘いし、やたら派手なだけで品がない。自分たちには品があったよなあ、と」

〈古参兵たち〉は互いににやりと笑いあった。そのとおり、自分たちには品があった。いまの連中は度胸が大事だというのはわかっているが、知恵とタイミング、それに何よりうまく逃げる算段も必要なのだ。盗むのは簡単だが、きれいに盗むのは難しい。そこがおれたちといまの若い者の違うところだな。

「おれは覚えてる。宝石店の〈ボールドブルック〉が正体不明の犯人ないし犯人グループにやられたときのことを覚えてる。事件の少し前に警察は〈クレスピンド・クラブ〉を手入れした。売春をやってると通報があったからだ。そして実際やっていた。だがクラブにはパンツを脱いだ政財界の偉いさんたちが大勢いたから警察の大失態になった。その通報をした男が、今度は〈ボールドブルック〉に強盗が入ったと通報した。実際に強盗が入る十分前のことだ。警察はいいかげんにしろ馬鹿と怒鳴りつけて通報を無視した。そのあとで〈ボールドブルック〉が通報してきたときも同じ対応をした。こういうからくりを、その後誰も喋ってない。強盗の実行部隊も、見張りも、誰も。なぜなら彼らは――彼女らは――その世界のプロだからだ(名前は知ってるけど言わない。ここにいるみんなが知ってるが、誰も喋ったことがない。そうだよな?)。

おれはいまあんたがたを見ている。するともうひとつわかることがある。才能がむだになってるってことだ。後にも先にも類のない才能が。仕込みの長い詐欺、短い詐欺。計画立案者、偽造者、スリ、密輸人、高い壁のぼり、暴力要員、銃の名手、猛速の逃走ドライバー。あんたたちは最近何をやった? あんたたちは犯罪を退屈なホワイトカラー犯罪にした。金のある立派な市民になった。なあ、ボーイ・レナルズ、あんたいま腕を吊ってるだろう! メルセデスを時速百八十キロで飛ばして、砂丘に突っこんで車をぶっつぶしたからだ。ダカール・ラリーで。

そんなことをしたのは退屈だったからだ。退屈で死にそうだったからだ。

あんたたちはいま立派な市民で安全に暮らしている。でも誰も愉しんでない。

おれはいま、ものすごく困ってる。触っちゃいけないものに触ってしまったんだ。知っちゃいけないことを知ってしまったんだ。おれは〈ラスキン主義者連盟〉のブラザー・シェイマスや〈遺産委員会〉のロドニー・ティットホイッスルと戦争状態にある。やつらに捕まったら何をされるかは考えるまでもない。おれは警察から逃げている。このごろじゃ、こういうのは短距離走だ。一度、捕まった。二度と捕まるもんか。白い部屋での拷問はもうお断わりだ。二度と捕まらないぞ。

でも警察特殊部隊〈ＣＯ19〉（二〇一二年に〈ＳＣＯ19〉と改称されたが、物語は二〇〇八年の出来事）が出動している。だからどうなるかわからない。今月、中折れ帽（ギャングの帽子というイメージ）をかぶって外で逮捕されるやつは気の毒だ！」ジョーはまたにやりと笑った。今回のは狼の笑み、戦時の笑み、イギリス人の誰もが暗黒の日々にそなえて保存している内なる野蛮人の笑みだった。

ジョーが足を踏みかえて両腕をひろげたとき、アーガイル柄の靴下がちらりと見えた。

「でもみんなにはっきり言おう。おれはいま税金をきちんと払う無難な生活では味わえなかったような愉しい思いをしているんだ！

どういうことかって？　よし話そう。世の中には手に入れちゃいけないものを欲しがる邪悪な人間がいる。それを手に入れちゃいけないのは、手に入れると、世界中の人間が死ぬことになるからだ。そいつは異常で悪いやつだ。犯罪者じゃなくて悪魔だ。つまりはそういうことなんだ。おれはそいつの企てを阻止しようと思っている。びしっと阻止するつもりでいる。それができなけりゃ、あんたたちもやられるんだ。その男はイギリス政府に関係する組織を買収して、そこに守られてる。おれがこの仕事をしなきゃ、わが親愛なる犯罪社会の紳士淑女のみなさんも倒れることになるんだ。トラファルガー広場で核実験をしようとしている異常な男がいると考えてみてくれ。おれの言ってる男がやろうとしているのはそれじゃないが、それと同じようなことだ。だけどその男のことはおれに任せてくれ。シェム・シェム・ツィエンはおれが始末する。あんたたちに頼みたいのは……部屋に釘でとめてないものを全部盗み出すことだ。できればそこにあるもののほとんどをな！

おれは大騒動を起こしてやろうと思ってる。〈トーシャーズ・ビート〉がまた犯罪者たちの逃亡する物音でわんわん鳴り響くんだ。おれたちの丸鋸（まるのこ）が建物の屋上を切って、ロンドン中でしまいこまれてる価値あるもの全部を解放する。ロンドンの犯罪者は世界一だってことを知らしめるんだ。

そしてついでに世界を救う。

そう聞いて愉しいと思わないやつは、〝愉しい〟って言葉の意味を忘れてるんだ！　賛同してくれる人は……」両手で熱狂を抑える仕草をする。「賛同してくれる人は拍手喝采でその意思を表わしてくれ。おれの名はジョシュア・ジョゼフ・スポーク。だがクレイジー・ジョーと呼んでくれていい！　さあ意見を聞かせてくれ。もし賛成してくれるなら、おれたちはここを出て、出動するぞ。

さあ、おれの名前はなんだ？」

どよめく笑いと拍手が起きた。何人もがグラスを高くあげた。

うしろのほうから女の声が叫んだ。「クレイジー・ジョー！」ついで奥の隅のほうから男の声が、「クレイジー・ジョー！」それからビッグ・ダギーが唸るように発声し、トニー・

ウー、ディジー・スペンサーが続き、クールでプロフェッショナルな黒スーツの大集団が唱和して、その声の波がジョーの身体にぶちまけられ、ジョーはまばゆく光り輝いたように見えた。ジョーは大きな類人猿のように吠え、そこにいるみんなを一ぺんに抱擁するかと思えた。というより、実際それをやる気になったのか、ジョーは小柄で生意気そうな黒髪の派手なマニキュアを塗った美女を抱きあげて、みんな見てくれとばかり情熱的なキスをした。誰も覚えていないし気にもとめていないが、最初にクレイジー・ジョーの名を叫んだのはこのポリー・クレイドルであり、二番目が兄のマーサーなのだった。

あとで〈パブラム・クラブ〉の大広間からほとんど人がいなくなったとき、黒いスーツの男がひとり、マーサーといっしょに残っていた。マーサーは男を静かな隅にいるジョーのところへ連れていく。男は長身で色が白くひどく謹厳な顔をしていた。ジョーは男と握手した。

「ミスター・スポーク、わたしはサイモン・アレンだ」

「お会いできて光栄です。来てくださってありがとうございます」

〈名誉ある永遠の葬儀業連盟〉の会長はうなずいたが、何も言わなかった。いかにも落ち着いた雰囲気がある。おそらく商売用の演技なのだろう。

「おれはでかい戦いをしてるんです、ミスター・アレン。あなたも加わってくれますか」

「きみの戦いのことは聞いた。われわれの得意分野ではない。うちの会員のビリー・フレンドの得意分野でもなかったようだ」

「ええ」

「われわれは、その種のことは警察に任せることにしているよ」

「でしょうね。でも、とにかく知っておかれたほうがいいことがありますよ」

「話してくれたまえ」

「ビリー・フレンドはヴォーン・パリーに殺されたんです」

サイモン・アレンは瞬きひとつしなかった。顔の筋ひとつ動かさない。だがジョーは完全に釣りこんだ手ごたえを感じた。

「つまり、ミスター・スポーク、ヴォーン・パリーが今度のことになんらかの形で関係しているということかな」

「ある意味、中心にいますね」

「ある意味？」

「彼はもう……以前の彼ではないと言えるでしょう。もっと悪いものになったと」

「もっと悪いもの」

「ずっと悪いものです」

「どこにいるか知っているのかね」

「ええ」

サイモン・アレンはしばらくのあいだ何もない宙を見つめていた。それからうなずいた。

〈葬儀業連盟〉はヴォーン・パリーとある種の関わりを持っている。ヴォーンがいま何者になっているにせよ」

さらにもう少しあとで、がらんと無人になった静かな部屋で。

「もしもし」電話回線の向こうから用心深い声が届いてきた。

「もしもし」とジョーは言った。「おれが誰かわかりますか」

「わたしが思っている男ではありえないな。昔、靴下をたっぷりくれてやった男がいて、その男に声が似ているが——それはありとあらゆる怖ろしいことをしたと非難されている男だった。政府は歩く世界最終戦争（ハルマゲドン）とみなしていたな。政府は人権保護を目的にした法律をあれこれ改正したり、かなり問題のある法律を新しくつくったりした。正直言って、いかがなものかと思ったね。もともとの人権保護法もちゃんと理由があってつくられていたものなんだから。ところで、かなり平凡な感じの刑事があることについて何か知らないかと訊きにきたが、そのことは知っているかね」

「大変申し訳ないと思ってます」

「そうか、やっぱりきみのことだったか。じつにすごいことだね」

「ええまあ。ご迷惑をおかけしたのでなければいいんですが」

「いやいや。ちょっと面白かったよ。刑事には、きみは火を噴き、生肉を食う男だと言ってやったが、それはもう知っているようだった」

「ああ。そうですね」

「それでいったいなぜわたしなどと電話で話しているんだ。いまごろは〈サビニの女たちの掠奪〉（古代ローマの伝説的事件）みたいなことをしているんだと思っていたよ」

「最近ゴルフはどうですか」

「なんという質問だ。わたしがゴルフ嫌いなのを知らないのかね。前から好きじゃないと思っていたが、このごろではゴルフが原因で死ぬんじゃないかと思うくらいだ。メンバーシップのことも面倒だしね。こんなことをきみに話すのは、きみにはほかに心配すべき大きな問題があるだろうと思うからだ。わたしがゴルフをやってるかどうかを調べるなどということよりね。だいいち、きみが何か言っても信じる者はいないと思うが」

「そのとおりです」

「しかしまあ、きみは本当はゴルフのことなど知りたがっていないと思うよ。いまのきみが心配することのようには思えないから」

「ええ。正直に言うと、ちょっとお願いをきいていただけないかと思いまして」

「それはなかなかやりにくいぞ。きみは罪びとだから」

「よくわかります」

「わたしが拒否できない申し出とかいうやつではなかろうね。馬の首をベッドに放りこまれるとか（映画『ゴッドファーザー』でマフィアが馬の首をベッドに入れてあることを強要する場面がある。〝拒否できない申し出〟は同映画で有名になった言葉）」

「昔からあの馬は可哀想だと思ってるんですよね。なんの罪もないんですから」

「ああ。しかしわたしはゴルフ以上に馬が嫌いでね。孫たちがいま馬に夢中になる年頃だが、馬を持つと結婚以上に時間を食われるよ。孫たちのせいで、わたしも気がついたら四頭の馬主になっている。十歳の女の子が自分で馬の世話をするなんてありえないからね」

「なるほど。しかしこれはその種の申し出じゃありません。拒否したければできる申し出です。たぶん拒否されるだろうと予想してるんですが、とにかく訊いてみないとと思いまして」

「どういう頼みごとか聞かせてもらおうかな。中身をよくわかった上で拒否できるように」

「じつは小包をひとつお送りしました」

「ああ、あれはきみからか。嘘と空想のオンパレードだと思ったよ」

「全部本当のことです」

「と、きみは言うわけだが」

「ええ。でもお読みになったんですね。そこが大事な点です」

「うむ。まあ、たしかに蜜蜂のことやら何やらを考えると、政府の発表より空想的だとも言えないね」

「そうです」

「で、わたしに何をしてほしいと」

「飛行機を一機盗みますんで、それを飛ばしていただけないかと」

「絶対にノーだ」

「はい」

「わたしは直接きみに会って断わるつもりだ。どこで会うかね」

「人を迎えにやります」

「会っても返事は絶対ノーだということはわかっているだろうね」

「わかってます」

「拒絶の意思をはっきりさせるために自分の飛行服を持っていくよ」

「はい」

「わたしが飛ばすのを拒否するのはどういう飛行機かね」

「ランカスターにしようと思います」

「いい選択だ。かりにきみの頼みをきくほどわたしがいかれているとしたら、その歴史感覚を評価するだろうな。世界を救うというわけだろう？（ランカスター爆撃機は第二次世界大戦時のイギリス空軍の主力爆撃機で、ナチスから世界を救った）」

「おれはいかれた男なんです。みんなそう言います」

「は。かりにわたしがきみの力になるとしても、そのことには異論を唱えないよ。じゃあ、誰かを駅まで迎えによこしてくれ。わたしはロンドンに出ると必ず迷子になるんだ」

〈パブラム・クラブ〉の屋上で、ジョーはあおむけに寝て、無限の空を眺めていた。自由な精神を持つ犯罪者たちはすでに家に帰り、例の計画が動きだした――ひと口に計画というが、それは千の計画から成っていて、さまざまな犯罪行為が混ざりあい絡みあっている。それを思うとジョーの目には涙がわいた。誰もが少しずつ役目を担っている。ジョー自身もまだこれからやるべきことが残っている。完遂はまだ先だ。時計がチクタク鳴っている。それを頭のなかに聴きながら、フランキーの蜜蜂が小さな羽を震わせながら巣箱に帰っていくところを思い浮かべた。輪が閉じるとき、準備ができるに違いない。あるいは計画の出来がいいかどうかなどどうでもよくなるだろう。計画の出来が悪ければ、行く必要がある場所へはたどり着けない。だが空をずっとずっとずっと見ていると、自分がそんなことを心配していないのがわかった。これからの二十四時間ですること——攻撃、生きるか死ぬかの戦闘——は正しいことだ。自分にできることのなかでベストのものだ。

しばらくすると、アスファルトの上に足音が聞こえた。ポリーの温かい身体が隣に横たわった。もうすぐふたりは起きあがり、移動をして、ギャングの仕事をしなければならない。だが、いまのこの掠めとった時間は、ふたりだけの時間だった。

XVIII

ラヴレイス号、無秩序、最後の対決

十八時間後、丘の地中の洞窟で、ラヴレイス号は不平を漏らすように唸っていた。アーク灯が輝き、影が壁を躍る。ジョーの肩は煤で汚れ、髪はもつれていた。ときどき頭全体を樽に突っこんで水で冷やした。暑すぎる、煙すぎる、息苦しすぎる、金（かな）くさすぎる。

だが、完璧だ。

ラスキン主義者たちが——テッド・ショルトに率いられていたころのラスキン主義者たちが——ラヴレイス号の目覚めさせ方をはっきり指示してくれていた。ジョーは手書きの指示書をべつの樽の蓋の上でひろげ、ひとつずつ手順を踏んだ。駆動部を開き、ギアの掃除をしてオイルを差し、不良品を取り替える。皮膚にグリースの臭いがついた。

ジョーは作業をした。何かを冷やすなど間を置かなければならないとき、坐ってフランキーの書いた指示書の、〈理解機関〉のスイッチの切り方を何度も読んだ。読みながら指を予行演習でひくひく動かした。目を閉じて、〈理解機関〉の全体構造を感覚でつかもうとする。

フランキーが考案した装置の留め金や受け座にいたるまでの秀逸さ、巣箱の外殻から芯までのリード線とコイルの配線の妙を把握する。それを記憶に刻み、ポリーに頼んでテストしてもらう。正しく答えるとキス、間違えるとしかめ面だった。

捨てられていたレールの切れ端の上で、ジョーは焼けて白っぽい赤に輝く鉄の棒を曲げたり叩きのばしたりした。できあがったものは新しい加減弁操作ハンドルにし、機関士室の床にとりつけられた古いものと交換するのだ。今日ばかりは脆弱な部分があってはいけない。ジョーはいま使ったのは〈木目金（もくめがね）〉（異なる金属の層を加熱圧着して木目模様をつくる日本の伝統的技法。ただし装飾が目的で金属の強度が増すのかは疑問）の技術だ。ジョーはふいに大声で笑い、その笑い声が狭いスペースに響きわたった。鉄と金でこの加工をして硝酸に浸ければ、鉄は溶けてしまう。精妙きわまりない技術を持つ天才的技術者は、木の葉のように薄い金属片を注意深く折り紙のように折りながら重ねあわせる。網目状になった金は布のように柔軟性を持ち、まるで織られたように見える。

ジョーは新しい加減弁操作ハンドルを洗い、焼き入れをした。それからマニュアルに従って冷まし、とりつけた。機構にはまりこむとき、チャイムのような高い音が短いあいだ響いた。そこでジョーはためらった。

「試運転だ」

ラヴレイス号がまた低く唸った。重い後続車両とはとりあえず切り離されている機関車は、線路の上で軽く動いた。一昼夜近く、ジョーはそのように作業をしたが、疲れなかった。二十年間の睡眠と自信の蓄積が、大切なこのときに力を貸してくれているかのようだった。ラヴレイス号の準備はできた。

ポリーがジョーの首にかじりつき、機関士室に引っぱりこんだ。その床で、ポリーが攻め役のセックスをした。油汚れがポリーの身体にもすべすべと移った。

「〈女傑〉だな」と、ことが終わったあとでジョーがつぶやいたのは、ポリーのことか列車のことか、ポリーにはよくわからなかった。ふたりはいっしょに待った。無秩序の夜が始まるのを。

警察と犯罪者の双方が知っていることだが、社会の治安維持は構成員の同意があって初めて可能になる。政府が抑圧的すぎたり、飢えた人たちの経済的欲求が平穏な生活を求める気持ちを上まわったりすると、騒乱をおさめるべき警察官の数は必然的に足りなくなる。だからもし、それをやれば半径三十キロ以内の全警察官が即応してきそうな犯罪をやってのけたいのなら、火山の爆発や民衆蜂起が起きて、勤勉なお巡りさんの全員それにかかりきりになるのを待つのがこつだ。

一方、犯罪者たちの結束がとても固ければ、ひと晩に百件、いや千件の重大犯罪を起こして、しかも大半の者が逮捕を免れることもありうるだろう。そんなことが起きているときには、首相官邸や国会議事堂やバッキンガム宮殿のような国家の存立に不可欠なものとまでは考えられていない施設は、必死に助けを求めても、何時間かのあいだ放置されてしまうかもしれない。とくに中央官庁街が被害にあっていて政治家や高官がそれに気をとられているときはそうだ。

もちろん犯罪者というものは概して利己的で、互いをあまり信用しない傾向があるところから、治安当局はそんな共同作戦はまず起こりえないと考えている。


夜はとても静かで寒かった。ロンドン金融街のチャントリー・ロードでは、大英帝国の繁栄を証しだてる高い建物がみな眠っていた。血と芸術と征服の歴史にサイズだけで張りあおうとする現代風の鋼鉄とガラスのビルも閉ざされて冷たくなっていた。もっとも建物の高い階では明かりがともり、トレーダーやアナリストが、どうせ使う暇のないはずのクリスマスのボーナスをさらに増やそうと躍起になっていた。通りでは一匹のキツネがうろついて、中身がいっぱい詰まったゴミ容器をあさっては物哀しく遠吠えをしていた。

午前零時一分、まぶしい光が弾けて昼間かと思うほど明るく周囲のオフィス街を照らし、〈レイヴンズクロフト・セイヴィングズ&コモディティーズ銀行〉の玄関が破壊された。爆発は不必要に大きく、ビルの前面のシャッターがすべて通りの反対側まで飛び、アストン・マーチンのヴィンテージ車が一台壊れた。キツネは近くの彫刻を飾った公園まで吹き飛ばされて文句たらたらだった。警察が現場に急行した。テロ攻撃であれ強盗であれ、こんな大胆不敵な秩序への挑戦は許せない。

だが警察が駆けつけたとき、誰も盗みを働いていなかった。ただ銀行の入り口が開いているだけだった。

そのとき食料品市場のあるリドリー通り、宝石店街ハットン・ガーデン、高級商店街ボンド街、銀器店街シルヴァー・ヴォールツ、繁華なストランド街、トランクルームの多いアクスブリッジ、ベスナル・グリーンの〈クリスティーズ〉の倉庫で、警報器が鳴りだした。

ロンドンは犯罪で沸きたっていた。

キャロおばさんは大英博物館の金庫をこじ開け中。ディジー・スペンサーはロンドン塔の外で、逃走車のアクセルをいつでも踏める状態。ディジーの本領発揮だ。

テムズ支流のダートフォード・クリークから首都を横切ってスティンズ橋まで、首都とその郊外一帯で警報器とクラクションが響きわたり、電子防犯装置の助けて助けてのわめき声が警察のコールセンターにあふれ返る。メインのセンターは対応しきれず、処理の一部をダンディー支局に回す。それがあらかじめ定められた対応だ。ところがその十分後、オックスフォードシャー州で誰かが電話線を切断した。緊急通報システムは衛星通信に切り替えられた。衛星を盗むことは誰にもできない！

だがビッグ・ダギーの娘の男友達の兄がクラッカー——コンピューター・システムに不正に侵入する達人——だった。そのクラッカーが、スウェーデンに住む衛星へのいたずらが得意なクラッカーを知っていた。衛星は膨大な量のオランダ産ポルノ動画を発信しはじめ、中部大西洋上で操業するロシアの漁業工船の船員たちを喜ばせた。

ピムリコーでは、かなり高齢の男が、自分の住むフラットの三階上に住む、ずっと昔は有名なミュージックホールの歌手だった女性の箪笥から下着を盗もうとしているところを見つかった。女性は通報したが、結局告訴はとりやめて、犯人をお茶に招待した。通報で駆けつけた巡査部長は急いで強盗に襲われた近くの〈ロイズ銀行〉へ移動したが、その前に、下着泥棒の被害者の目がきらきら光っていることに気づくだけの時間の余裕はあった。

消防署は警察の応援に回していた通信オペレーターたちを本来の職場に戻した。その十分後、救急車の通信指令室も同じことをした。それにはもっともな理由があった。異常な混沌のなかでも、火事や病気や怪我といった通常の悲劇も起きるのだから、警察に駆り出されて本来の業務をおろそかにするわけにはいかないのだ。

どの犯罪の現場にも、同じ白いカードと、帽子をかぶった男が離れたところに立っていたという目撃証言が残っていた。その男はハンフリー・ボガートの幽霊のようだったとささやかれ、白いカードにはこう書かれていた。

おまえらは

クレイジー・ジョーに

盗(や)られたんだよ

ロンドン中の、割れガラスのなかから、憤激が花咲いた。ひどい！　あの男はひどい！

イギリス人の口やかましい性が噴き出した。あの男は恥を知るがいい！

襲撃された銀行の多くは微妙な書類も保管していた。真っ正直とは言えない取引の関係書類。第三世界の労働者や環境に対する非人道的な扱いや、消費者の安全を犠牲にしたコスト削減の証拠となる文書。それらの文書や書類を盗んだ生意気な泥棒は、不要のものとして捨てたり、脅迫という由緒正しい犯罪のネタに使ったりするかわりに、全国紙の編集部やきわめて不適切なウェブサイトの管理人に送りつけた。送られたほうは当然、本来の持ち主に返す前に中身をしっかり見たから必然的にトラブルが発生する。憤激の声はますます高まった。

言語道断！　これはもう革命騒ぎだ！

クレイジー・ジョーは懲らしめなければならない。よりによって飛来する蜜蜂がイギリス海峡上空で目撃されたいま、こんな混乱を引き起こすとは、無責任にもほどがあるというものだ。人の命が失われるだろう。企業や個人の名誉が毀損されるだろう。

ロンドンは目覚め、おびえ、興奮した。家族はテレビの前に集まり、あるいは無線ＬＡＮが使えるバーの深夜の客たちはニュースを見ながらあれこれ論じあった。長距離トラックやバスやタクシーの運転手は交通渋滞に悩まされ、ラジオで聴取者参加番組を聴きながらぶつぶつ文句を言った。

もういいかげんにしろ！

冗談じゃないぞ。

とはいえ、それは犯罪であって、テロリズムではない。戦争ではない。麻薬関係の暴力的犯罪でも、劇物を浴びせる犯罪でも、名誉殺人でも、有名人を襲う犯罪でも、輪姦でもない。暴動でもない。経済崩壊でもない。空に恐るべき宇宙船が現われたわけでも、世界が終わるわけでもない。懐かしい時代のイギリスの犯罪だ。時価総額五百万ポンドの宝石を盗むとか、てらてら光るスーツを着た成金からピカソのコレクションをいただくといった類のもの。

そういうのは品があるじゃないか。

緑色のタクシー運転手用カフェ(キャブメンズ・シェルター)（もとは辻馬車の御者、現在はタクシー運転手が食事をするための緑色の小屋）で、バス停留所や鉄道の駅で、郵便局で、新聞社の編集室やテレビ局のスタジオで、みんなは、にやにや笑いながらささやきあう。もちろん喜ぶのは不謹慎だ。その手のことを賞賛しちゃいけない。法に反することだから。

とはいうものの。

また昔に戻ったみたいな気がするじゃないか。

鳴り響く電話の音に、ロドニー・ティットホイッスルはオフィスの簡易ベッドから起きあがる。ロンドンが燃えてるぞ、ロドニー。狂気の沙汰だ。これはおまえのしくじりのせいか。そうだという噂があるぞ。まあ、わたしは気にしないがね。判断は保留してやろう。ああ、そうしてやる。おまえはカマーバンドを起こすんだ。もし——そうだな、うん、あの男はわたしの居場所を知っているからな！

カマーバンドが無許可離隊（AWOL）しているいま——たぶんやつは女どもと派手に遊んでいるのだろうが、もちろんそれについては慎重に調査を始めている——この問題は自分で処理しなければならないだろう。

銀行で起きている問題には気がかりな面がある。シェイマスはなんらかの目的で〈較正器〉を欲しがっているわけだが——もしかしてやつは、いちかばちかの賭けをしようとしているのではないか。武装強盗や貸金庫泥棒の宝くじ的アプローチを。あの男は宗教者だ。宗教者というものは自分の目的を絶対視する。どうもよくない。

シェイマスの考えが間違っていたらどうだろう。テッド・ショルトに問題の装置を持つ権利があるとしたら。ううむ。これは深刻かもしれない。ずっと深刻な問題が生じるかもしれない。だが馬鹿げている。ティットホイッスルは、ブラザー・シェイマスが〈理解機関〉を世界を破滅させるために使わないことに関しては自信がある。シェイマスにじかに保証させたから。自分はあの男の目をしっかり見て判断したのだ。

いずれにせよシェイマスは〈較正器〉を持っていない。だから世界を破滅させられない。持っているなら話はべつだ。あるいはいま盗もうとしているなら。しかしその場合でも……本気で世界を破滅させたがるやつなどいるのか？　原爆が日本に落とされてから六十年以上たつ。アメリカとソ連は核兵器という短剣を抜いた状態で睨みあったが、どちらも意図的にはボタンを押さなかった。うっかり押してすぐそれを無効にしたことは二、三回あったかもしれないが、その気になって押したことはないのだ。

もちろん、非＝国家レベルでは勇猛果敢な怖いもの知らずが大勢いる。いかれたやつがやってしまうかもしれない。ジョー・スポークが犯罪者だとは一瞬たりとも思わなかった。あれは人畜無害の青年にすぎない。

窓の外で世界が燃えているなか、ティットホイッスルは机上の赤い電話を見た。この盗聴防止電話で連絡を入れるときだ。首相官邸か、内閣府へ。まずは詳しい情報が必要だが、ぐずぐずしている暇はないから、なんとかするしかない。受話器に手を伸ばす。

そのとき、おそらく世界でいちばん嫌いな声が耳に入ってきた。

「やあ、親愛なるロドニー、どうもどうも！　勝手に入ってきてしまったが、きみは気にしないよな。共通の友達がうんといる間柄だから。きみはわたしを覚えているかもしれない。わたしはきみを訴えようとしたからね。大変不躾なことで申し訳なかった……。わたしの名はマーサー・クレイドル、以前は由緒ある〈ノーブルホワイト・クレイドル法律事務所〉の弁護士だったが、いまはスイスの〈エーデルワイス・フェルドベット〉の所属だ。かなり新しい事務所だが、早い段階で名をあげたいと考えていてね。わが事務所にはそういう進取の気風があって、わたしもいまそういう芸風で攻めているんだ。駄洒落のようで申し訳ないがね。まあそういうことなんだ。しかしロドニー、きみには何ができるんだろうね。おっと、電話には触らないでもらおうか。いま街で活躍している諸君が嫌がるかもしれないよ。彼らは意識の高い市民の草の根組織に属していてね。一種の非公式な警察業務を行なっていると言ってもいいんだ。穏やかでない言い方をすればマフィアみたいなものとも呼べるかもしれないが。さてわたしがここに持っているこの書類は、きみが拷問その他の不都合な事柄に関して共犯関係にあることを告発する法的文書なんだ。だからおとなしくわたしの言うとおりにしてもらいたい。わたしたちはひと晩ここで明かすんだ。ここは暖かいし、シェリー酒もあるしね。そして朝になって、われわれみんながまだ生きていたら、書類仕事にとりかかるとしようじゃないか……」

マーサーは冷酷な口調になってあとを続けた。

「きさまは無知なくせに思いあがった了見からとんでもない事態を引き起こしてわれわれみんなを殺しかけているんだ、この大馬鹿野郎め。だからおとなしくそこに坐って、悪さはほかの者に任せておけ。さもないときさまの金玉を瓶詰めにするからな、ロドニー」

カムデン・タウンのかなり瀟洒(しょうしゃ)な司祭館の三階で、ハリエット・スポークは窓の外に響くサイレンのコーラスに耳を傾け、そこに死んだ夫の声を聴きとっていた。部屋にあるラジオは、謎の黄金の蜜蜂がイギリス海峡上空で目撃されたことを伝えていた。ロンドンまであとせいぜい一時間――でも息子がそこをなんとかするはず。きっとうまくやってくれるだろう。何があっても。きっとうまくやってくれる。

ずいぶん久しぶりに、ハリエットは穏やかに眠った。

カマーバンドはスタンステッド空港がぐんぐん遠ざかっていくのを見ていた。がっちりした肩には美しいヘレナが寄りかかって眠り、カマーバンドと故国アルゼンチンの夢を見ている。眼下にひろがっているロンドンは生まれたときから故郷と呼んできたが、去りがたい気持ちなどまるでない。いまはそこでジョー・スポークがやれることをやっている。

カマーバンドはふっと笑い、息を吸って、吐き、吸って、吐く。まもなくファーストクラスの客室は冬眠するセイウチが何頭もいるかのように――セイウチは冬眠するのかどうか、カマーバンドはしないと断言するが――いびきの音で満たされた。

機長が飛来する蜜蜂を避けるため若干迂回すると緊張ぎみに告げたときも、ほとんど身じろぎもしなかった。

ロンドンが狂騒状態にあるとき、ミルトン・キーンズの郊外では地響きがしはじめた。温かいふとんをかけて眠っている地元住民は寝ぼけた頭で遠い地震だろうかといぶかった。深夜に飲んでいてバーから出てきた何人かの酒飲みは、その震動におやっとその方角を向き、上着をぎゅっと身体に引きつけて――風が冷たくなってきたのだ――家路を急いだ。

〈ブレッチリー・パーク〉では、ネオゴシック様式の胸壁と空っぽの朽ちかけたかまぼこ形プレハブがびりびり震えた。長い土地の隆起の入り口が開いている。枕木がぎしぎし軋みはじめた。

大きな黒いものがごろごろ滑り出てきた。しばらくは鈍重に動いていたが、やがて速度をあげはじめた。ロンドンに向かって長くまっすぐ伸びたそれは巨大な影となった。ありえないほど巨大なそれは猛速度で走り、煙を吐き、轟音を立てた。

それが通ったあとの線路は摩擦できれいに磨かれ、銀色にぎらついた。

巨人が大地を横切っていった。

サラ・ライスは、〈ロンドン&シャイアーズ貨物列車システム〉の運行管理員（深夜勤）だ。彼女は温度調節されたオフィスで勤務していた。通勤には車を使った。鉄道の駅に近いところでは家が買えなかったからだ。じつは車を買う余裕も本当はないのだが。

出勤するとき、サラは車の右前輪タイヤが切り裂かれているのに気づいた。そのとき通りかかってタイヤ交換を手伝ってくれた男はとても礼儀正しく、かなり年配で髪の毛はぼさぼさだが、ちょっとセクシーな年配者だった。その男はとても感じがいいので、自分はタムと言い、じつはイギリスでいちばん誤解されている最重要指名手配犯のために働いていると打ち明けたときも、サラはまったく怖いと思わなかった。男はサラにごく簡単なことを頼みたい、それは世界を救うのに必要なことだが、頼みを聞いてくれたらいままで見たことがないほどの大金を進呈しようと言った。男はタイヤ交換の作業をしながらそう申し出た。おそらく男のその無防備な体勢のせいだろう。サラはこの人が自分に危害を加えるはずはないと判断した。兄のピーターにちょっと似ていたことも理由かもしれない。兄は前の年に癌で亡くなったのだ。あるいはまた、そのときみんなが持っていた感じ、何か本当に重大なことが起きているという感じを、サラも持っていたせいかもしれない。

サラはイエスと返事をしたのだった。そして午前一時、いままで押したことのない順番である組み合わせのボタンを押した。路線表示板の上で、クラパム・ジャンクションを通過するホーヴからカマーザンまでのすべての路線で貨物列車が停止したことを示すライトがともり、ロンドン中心部とその先のリッチモンド・アンド・バーンズまでの線路が完全にあいていることを示す緑の線が黒い地の上で光り輝いた。

まもなくサラの駅を、時速二百五十キロほどで何かが通過していった。古い錆びた線路は抗議の声をあげつつも持ちこたえた。サラは人知れず微笑んだ。自分がしたことは、なんであるにせよ、大きなことなのだ。

牛や羊が群れる緑の野。ときおり無人の教会や廃屋となったパブがある。線路のわきには広い道路が走っている。機関車は熱い金属の臭いと、硫黄混じりの石炭が燃える煙をうしろに引きながら駆け抜けていった。

倉庫や学校や商店やレストランやガソリンスタンドのわきを飛ぶように走り、列車はひたすらロンドンをめざした。家々の煉瓦が震え、食器棚のガラスががたがた鳴った。自動車の警報器がわめき、窓がひび割れた。ポリーの家の地下室の誰も寝ていないベッドが衝撃に負けて床に落ちた。

無秩序の夜の闇のなかで、ラヴレイス号は槍のように〈シャロー・ハウス〉に向かっていった。

巨人が大地を横切っていった。

シェム・シェム・ツィエンが砦とする〈シャロー・ハウス〉をラスキン主義者たちがパトロールしていた。機械なのか人間なのか、どちらとも言いにくい連中だ。みな無表情で、冷たい目をしたシェム・シェム・ツィエンの一部が呼吸をし歩きまわっている。意志の力は鮫なみに強い。ものを食べ、戦い、眠る、それらを延々くり返す。そして奉仕する。この者たちは何かより大きなものの一部だ。

ラスキン主義者たちは何かの音を聞いた。靴底にそれを感じとった。空中に溜まる静電気にも。何か大きなもの――いや、巨大なもの。

ラスキン主義者たちは〈シャロー・ハウス〉の敷地内に結集して待った。彼らは怖れていない。自己の感覚がなく、アイデンティティーは集合的なのだ。それぞれは自分が不完全であり、鋳型でつくられていることをぼんやり意識している。彼らは群れとして動く。さまざまなおぞましい資質の合成物だ。シェム・シェム・ツィエンの、拷問と死と神学と怒りと憎悪に彩られた永遠の生命を少しずつ分かち持っているのだ。

ラスキン主義者たちは動揺を深め、互いのあいだを縫って歩きまわった。音はますます大きく、近くなる。地面がとどろきはじめた。〈シャロー・ハウス〉からさらにラスキン主義者たちが出てきて、暴力を期待しながら、沸きたつ群れに加わる。それぞれはシェム・シェム・ツィエンの心の異なる一部に駆動されているが、ひとつだけ共通しているのは、自分を生んだ者が持つ殺人嗜好だ。

そしてあらかじめ指定された時刻に、〈トーシャーズ・ビート〉は苛立ちを表明した。巨大な飛沫を立てて、城の濠が爆発した。

緑色の水が白くなり、持ちあがった。水は沸きたち、千々の泡と砕けた。それからまた、きのこ雲のように急激に盛りあがり、荷箱の大きさの巨大なしずくの群れとなって散った。

ラスキン主義者たちは身体を損壊され、あるいは死んで、地に伏した。三角形の歯を持つ醜い魚の群れが麻痺し、なかばつぶされて、雨とふりそそいだ。しばらくのあいだ、すべては靄と泡になった。水への圧力がやみ、間欠泉は消え、残った水はごぼごぼ排水孔のなかに流れこんだ。

ラスキン主義者の群れは空になっていく濠を見つめた。予想外のことだった。予想外のことというのは悪いことだ。歓迎されざる事態だ。だができることは何もない。ただ消えていく濠の水を見つめるだけ。そして近づいてくるものを待ち受けるだけだ。

衝突まであと二十秒。加減弁操作ハンドルに手をかけたジョーは、〈シャロー・ハウス〉を取り囲む塀がぐんぐん迫ってくるのを見つめながら、大人になって初めて逃げることなく最後の対決に臨むのだと意識した。もうすぐ、いや、もうすぐの半分の時間で、列車は塀に激突する。かつてのラスキン主義者の技術が——いまの連中ではなくテッド・ショルト時代のラスキン主義者の技術が——この激突を引き起こすのだ。機関車の排障器（カウキャッチャー）は持ちこたえるかどうかわからない。巨大なボイラーが衝突の衝撃に耐えられなければ、途方もない爆発を起こすだろう。だが機関車に乗っている人間にとって爆発の規模は関係ない。どんな爆発でも確実に死ぬからだ。

胸のなかの黄金の大釜で興奮が沸騰した。魂にウィスキーが染みこんだようだった。ジョーはポリーに笑いかけた。ポリーの顔に応答の微笑みと純粋な喜びが浮かんだ。

最高よ。

塀が目の前に巨大に迫った。ぐっと湾曲して、手袋をはめた手のようにラヴレイス号を包みこんでくるように思えた。

衝撃。

轟音でできた沈黙があたりを支配した。

一瞬、すべてが静止した。人間に知覚できる最小限の時間だけ。

ジョーは機関士室のハーネスにぐっと引きとめられた。身体がばらばらになると思った。地面が見え、ついで空が見えた。列車は転覆して爆発すると思われた。生き延びるのは不可能だ。悔いはなかった。あるいは、悔いる暇がなかった。

だがラヴレイス号の設計者はこの列車の使用目的を心得ていた。自分がつくるものは、ただの走る実験室プラス暗号解読室ではない。戦争用の車両だ。戦争が加える破壊的な力に耐えられる必要がある。列車には機関士が不可欠だ。だから機関士は守られなければならない。ラヴレイス号は塀をぶち抜き、コンクリート片と石とモルタルを飛散させた。客車どうしが圧縮され、互いにめりこみあった。全車両の運動エネルギーが列車の背骨をつたって先頭の機関車に集まった。黒い鉄は分厚く堅固で、はね返った衝撃は連動する緩衝装置や支持材で散らされ、熱と耳を聾（ろう）する音となった。リベットがはね飛び、木のパネルがひび割れた。

機関車は絶叫し、蒸気溜めは泣きわめく。

だが、持ちこたえた。

もちろん、持ちこたえた。こういう事態は想定ずみなのだ。

おれと同じように。

ジョーは列車が完全にとまる前から動きはじめていた。機関士室を飛び出して、燃えている芝生の上におりる。この最初の数秒が重要だと、直感が告げていた。最初の戦闘が結果を左右すると。初動でひるめば、それ以後の道は険しく、弾みを失ってしまう。野獣のように唸りながら腰を落とした。人影が、ひょこひょこくねくねしながら、鷺の足どりですばやく近づいてきた。ジョーがふるった鉄パイプが胸にまともにあたり、人影はうしろに飛んだ。

ジョーは憤怒の声をあげた。いまのはイーディーの分だ！　これはテッドの分！　これはビリーとジョイスの分で、これはテスの分だ。まだまだあるぞ。おれの分も。そうだ、おれの分もな！　ジョーは霧のなかを走りながら、歯をむきだし、ラスキン主義者をつぎつぎに殴り倒した。ラスキン主義者たちが自分のまわりに集まりだしたのを感じると、大破した列車のほうへ引き返した。ゴムが燃える悪臭がカーテンをつくっていた。金属の手や剣が背後できらきら光っていた。

ジョーはすでに、大きな足を静かに運んで、その場を去っていた。

ジョーの背後で、ラヴレイス号からクレイジー・ジョーを頭にいただく正義の小軍団がおりてきた。強盗やスリやかっぱらいの一群で、今日一日、はなばなしい英雄的活躍ができることを喜んでいた。引退したボクサーに身元の怪しげなボディーガード、バーの用心棒にしてときどき殺し屋。正々堂々、思いきり戦えるとあって心は高揚している。今日のひと暴れで長年の憂さを晴らすのだ。そのうしろからは高い建物をのぼって侵入する泥棒たちと金庫破り。その背後には〈葬儀業連盟〉の部隊が控えている。十数人のお悔やみ顔の、棺をかつぐことから肩ががっちりしている男たちが助っ人で駆けつけていた。もっともただの戦闘部隊ではなく解体作業隊だが。

機関車が吠え、唸った。その腹のなかで火はまだ燃えつづけ、蒸気が溜まりつづけていた。蒸気はほかに行き場がない。安全バルブはふさがれ、金具が曲がってそれを固定している。自動安全装置がひとつずつ作動するが、有能な者の手によってひとつずつ丁寧に解除される。

霧のなかで、ポリーはジョーが敵をあざわらう声を聞いた。ジョーのコートと帽子が見えた。コートは敵を挑発し誘いこむかのようにはためいていた。ジョーが踊って踏むステップが感じとれた。そのリズムはジョーの上機嫌を表わしていた。

ポリーはジョーが迅速に行動してくれればいいがと願った。あまり愉しみすぎて計画を忘れるのは困る。

ポリーは両手をあげて合図をした。肩にかけたバッグのなかで、バスチョンが鼻息を吹いた。

解体作業隊が戦闘の場からそっと離れた。

ジョーは煙のなかで笑った。昔の悪漢のようにハンカチで鼻と口を覆って笑った。長い金属の槍が突き出されてきた。それをやりすごし、ぐいとつかむ。そしてすばやく後退する。ラスキン主義者たちをうまく引きつけた。彼らはすぐうしろにいる。ジョーは自分がいる位置を確かめた。よし。よし。そうだ。そうだ。そうだ。さくさくと進んでいる。

ジョーは少しずつラスキン主義者たちを唸り声をあげている機関車のほうへ引きつけた。一瞬、これをやり抜くべきかどうか迷う。この連中だって人間だ。本物の人間だ。改造されて狂わされているとはいえ。その人間たちが死ぬのだ。だがジョーはポリーのことを思い出した。マーサーのことも。今夜の作戦が失敗すれば破滅してしまう世界全体のことも思い出した。それから、こいつらはおれを拷問した連中だ、と考えた。

なら、かまうものか。

ジョーはまた笑った。大声で笑った。ラスキン主義者たちが追いかけてくる音を聞いた。

機関車のステップに飛びのり、機関士室を横切って反対側に出て、ポリーたちと合流した。

ジョーは自分の歩数を数えた。一二三四五六……二十……三十……。

金属と金属が打ちあたる音がかんかん聞こえた。人間にして機械のラスキン主義者たち。ジョーを捜しているのだ。ラヴレイス号がまたうめいた。機関車は熱くなりすぎ、蒸気が充満しすぎ、いっぱいいっぱいだ。

ジョーはスライディングしながら身体の向きを変えた。そしてふたつの低い塀のあいだの溝に入り、怒りの蒸気が鬱積している機関車に父親のトミー・ガンを向けて、引き金を引いた。

バンバンバン。もひとつ、バン。

夜が白とオレンジ色に染まり、世界は轟音で満たされた。

ジョーは轟音の意味をこのとき初めて知った。破片がびゅんと音を立てて頭上を飛びすぎた。車輪の断片がひとつ、彫像に刺さる。ジョーはあおむけに寝て笑ったが、自分の声は聞こえなかった。だが、少なくともここにいるラスキン主義者は全滅した。起きあがって、爆発が起きた場所を見た。

ぽっかりあいた黒いクレーターから蒸気と煙が立ちのぼっていた。まわりには人の身体が散らばり、声ひとつ立てなかった。

ジョーは罪悪感を呑みこみ、かわりに誇りが鋭く迸るのを覚えた。戦いの満足が胸のなかでふくらむに任せた。

トミー・ガンを革紐で肩にかけ、仲間たちを集めて指令を出した。解体作業隊が死んだラスキン主義者たちから衣をはぎとる。一同は〈シャロー・ハウス〉に入っていった。

昔々、これはすばらしい邸宅だったに違いない。大理石の床と柱、〈エンパイア・ルーム〉や〈ロード・ビーヴァーブルック・ホテル〉や〈レディー・ハミルトン・アパートメンツ〉にあるような大きな窓。

だがいまはもう違っていた。抜け殻のなかにべつのものが巣食っていた。虫に内側から肉を食われて殻だけになってしまった蟹のようだった。

ガラスのドーム屋根から見おろす〈シャロー・ハウス〉の内部は、壁が全部とり払われて、大聖堂の内部のような広い空間になっていた。ところどころに煉瓦の柱が残ってむきだしの鉄の梁を支え、壁紙がはがれて垂れさがっている。舞踏室の残骸の壁には黒いケーブルが蛇のように這っていた。フレスコ画が描かれた壁はドリルの穴がいくつも開けられ、彫像はどれも砕かれたり切られたりして、ひとつの壁ぎわへ寄せられていた。ジョーの口にはラヴレイス号の煙の臭いが残っているが、それにも負けず、絶縁テープの焼けた臭いが舌の奥にえぐい味となって感じられた。床の中央には深い深い穴があいていた。

もちろんそうだろう。すべてアデー・シッキムの宮殿と同じでなければならないのだ。シェム・シェム・ツィエンは前世紀から戦いを続け、イーディー・バニスターとその恋人のフランキー、エイベル・ジャスミン、テッド・ショルトに勝ったが、そうした敵がみんな死んだことが重要なのではなかった。重要なのは自分が勝つこと、そして自分が勝ちつづけるのを見ることだった。

穴のなかからは呼吸音のようなものが聞こえてきた。それに気づくと同時に、ドーム屋根にいるジョーは、どこか遠くのほうから、十万の羽がはばたく低い奇妙な音が届いてくるのを聞きつけた。

蜜蜂の群れがやってくるのだ。

穴までの通り道にはパイプや電子機器が並んでいた。シェム・シェム・ツィエンの〈理解機関〉の設置のしかたは、フランキーが設置していたときのすっきりした感じと人間味が欠けていた。蜜蜂の巣というメタフォリックな形を持たず、非人間的な産業技術の雰囲気をかもしだしており、敵国を焼き払うことを念頭に置いたミサイルの発射基地を思わせる。それはすべてを何かの手段とみなす、人の心を持たない施設だった。

ジョーたちは〈シャロー・ハウス〉の最も深い内陣へと進んでいった。穴は古い石の床にうがたれていた。食料庫などの地下室は床の直下につくられているが、穴の底はそれよりずっと下で、ドーム屋根の高さに充分匹敵する、めまいを誘う六十メートルの深さがあった。穴へおりるには、ベイリー橋（第二次世界大戦時にヨーロッパで使われた仮設橋）を思わせる、木材を組んでロープで縛った即席の階段をつたっていく。その階段にはケーブルの束が巻きつけられたり垂らされたりして、さながら森の木を窮屈に締めつける蔓草のようだった。

ジョーは穴をのぞきこんだ。ケーブルの蔓草には、かかしが何体もひっかかっている。いや――違う。もちろん、かかしではない。シェム・シェム・ツィエンの城に、ニコニコ顔を描いた蕪の形の顔を持ちパジャマに藁を詰めた人形などあるはずがない。あれは本物の人間だ。保守管理や警備を担当する者たちや実験室のスタッフの死体が、ぼろ人形のように吊されているのだ。死んでからまだ一日たっていない死体だ。シェム・シェム・ツィエンはその死体たちを神へのメッセンジャーにするつもりなのだろう。訪問を予告するカードだ。あるいはあの人たちはシェム・シェム・ツィエンの邪魔になったのかもしれない。あるいは殺されたことに理由はないのかも。イーディーの話では、シェム・シェム・ツィエンは何かをするのに理由を必要としない。なんでもやりたいことをやる。しばしばそれは血まみれの残虐行為だ。

ジョーは怒りで顔がこわばるのを感じた。手で顔の筋肉をほぐした。残虐行為を求める心を分かち持ってもしかたがない。

バスチョンがポリーの抱えたバッグから脱け出して走りだした。見えない目で敵を捜す。暗闇の奥に電気の光が点滅した。深海でひらめく雷のように。

ジョーは機関銃を抱えて闇のなかへおりていった。階段は途中で何度も折り返したが、どの踊り場にも死体があって虫をたからせていた。階段はぐらぐら揺れた。何人もがあとに続いておりてくるせいだ。ジョーは身体を支えようと手すりに手を伸ばす。ポリーがその手をつかんで、ジョーをきっと睨んだ。

「馬鹿！　頭を使いなさい！　よく見るのよ！」

ポリーは手すりを指さした。濡れた感じの表面にきらきら光が散っていた。ジョーはよく見た。ガラスの破片が植えてあり、マジパンのような匂いがする。

「なんの匂いだろう」

「たぶん青酸。その手のものに決まってるじゃない」

味方の腕力要員がひとり、手すりで怪我をした。二番目の踊り場でくずおれ、息を詰まらせた。仲間が助けようとしたとき、踊り場の床がふたつに割れて、ふたりは電流を流したネットの上に落ちた。

ジョーは声を殺して毒づいた。だが「気をつけろ」と指令を飛ばすことはしなかった。みんな馬鹿ではない。怒りに燃えたつわものたちで、馬鹿ではないのだ。

階段をおりきったところには広い部屋があった。〈トーシャーズ・ビート〉の広い地下空間とワインセラーと地下墓地を合わせたような空間だ。セント・ポール大聖堂のドーム屋根の下にいるように、上の階やドーム屋根から来る音が壁に反射して低くささやくような音でこもっている。音はさらに空からもやってきた。近づいてくる蜜蜂の群れが切れ目なく唸りつづけ、何局もの電波が混信するラジオの雑音のように響いていた。

シェム・シェム・ツィエンは機械に囲まれた大きな錬鉄の王座に坐り、ジョーたちが来るのを待ち構えていた。ウィスティシールから運ばれてきた蜜蜂の巣箱がこのスペースの中央に据えられていた。巣箱はふたつに切られ、ケーブルが何本もつながれ、内部の機構に手が加えられていた。黒い電気コードが何本も出て巨大なコンピューターに接続され、そこからコードが出てべつの装置につながれている。どこか見覚えのある装置だ。〈ハッピー・エイカーズ〉の教化室にあったものに似ているが、あれよりもっと大きい。これはたぶん〈記録される男〉の記録保存庫だ。

その周囲にはフランキーの古い風変わりな形の装置が並び、光を点滅させている。また死体がいくつか横たわり、電気ショックで焼かれた名残でしゅうしゅう音を立てていた。

ジョーが階段から床におりると、シェム・シェム・ツィエンはにんまり笑い、右側にあるレバーを押した。周囲の装置がどれも震えながら湯気を噴き出しはじめた。蜜蜂の巣箱はかん高い音を立てた。

「ヴォーン」

「やあ、ミスター・スポーク」とシェム・シェム・ツィエンは言った。

「いやいや、その呼び名は勘弁してくれ……。しかし遅かったじゃないか。もう全部終わったぞ。〈理解機関〉はこれからわたしに真実を示してくれる。わたしは神になるんだ」

「そしてみんな死ぬんだ。おまえも含めて。おまえはひとりの個人であることをやめる。おまえはただの……」ただのコピーになるのだ。無限に反復されるパターンに。

シェム・シェム・ツィエンは両手をひろげた。「わかるか。わたしこそが未来だ。それはおまえには想像もつかないほど真実なんだ。世界が〈理解機関〉によって変化するとき、わたしはおまえたち全員をわたし自身の意識で祝福してやる。〈較正器〉があれば、わたしは〈理解機関〉を伝達機として使うことができる。わたしのラスキン主義者たちと同じように、おまえたちはわたしの意識の隅々まで知ることになるんだ。そしてしだいにおまえたちはわたしになる。わたしはみんなになり、すべてになる、永久に。わたしの知覚が唯一の知覚になる。わたしの意識が、唯一の意識になる。おまえの意識は、ミスター・スポーク、私の一部になるんだ。

わたしは神になる。とめようとしてももう遅い。とっくの昔から遅すぎたんだ」

ジョーは肩をすくめた。「遅すぎるんなら、おれたちはこうして話してなんかいないだろうよ」

ふいに、はっきりと、それが真実だとわかった。そしてそれの意味するところに気づいた。〈理解機関〉が作動しているのだ。フランキーの言う、第一段階だ。彼女が望んだ状態だ。それはまだ安全なのだが、じきに変化するのだ。

意識の隅で、それを確信させる音がこだまのように響いた。

上を見あげると、蜜蜂の群れが滝水のようになだれ落ちてきた。美しい、啞然とさせる眺めだった。そしてすべてが変わった。

シェム・シェム・ツィエンが指令を発すると、闇のなかから男たちが現われた。ひと目で鍛え抜かれた兵士たちだとわかり、チームワークもよかった。麻薬漬け兵士(ドラッグ・ソルジャーズ)かもしれない。あるいは傭兵か。傭兵。ジョーはそう考えた瞬間、それが正しいことを感じとった。

蜜蜂の群れがおりてきて空中を満たした。蜜蜂がロンドン中を覆っていることもジョーは知っている。ふくれあがる恐怖とともに、これから起きることが途方もなく悪いことであるのが理解できた。

シェム・シェム・ツィエンが笑っていた。ジョーは頭のなかでシェム・シェム・ツィエンという名前の輪郭をさぐってみたが、いま可能な理解には限界があるようだった。仇敵シェム・シェム・ツィエンとは本当は何者なのか、と考えても、何もわからなかった。それならこれは間違った問いなのだろう。真か偽かの答えが出るほど正確に立てられてはいないのだ。だがまもなくそんなことは問題でなくなる。問いを構成する言葉の意味が再定義されて、問いがまったく存在しなくなるだろう。

注釈による死が訪れるのだ。

戦闘が始まった。熾烈な戦いだった。優雅な蹴りや巧妙なフェイントなどのないストリートファイトだ。発せられる音と声は陰惨きわまりない。うめき、引き裂く音、叫び、激突音。斬る音、砕く音。〈理解機関〉が間近にあるので、双方とも銃の使用は控えた。手と足と古風な武器で、傭兵が戦いをしかけ、ジョーの側の暴力担当員たちが反撃した。

蜜蜂の群れがおりてきて、ぶんぶん羽音を立てる混沌とした雲となると、ふいにあたりの情景が光沢を帯びた。それぞれの人間の生命、来歴が、くっきりリアルに浮かびあがり、内面から理解された。フランキーはこの瞬間に戦争が永遠に不可能になると考えていたのではないか、とジョーは思った。毒ガス兵器や原爆を机上で考案した科学者も希望を抱いたに違いないのだ。こういう使用できない兵器をつくってしまえば、人類は戦争などまったく無意味だと心底から理解するだろうと。

戦いは続いた。よりいっそう苛烈に。

黄金の蜜蜂が縦横に乱れ飛ぶなか、手を加えられた〈理解機関〉はなおも作動を続け、示す真実はさらに完璧になっていくようだった。もうまもなくすべてが手遅れになるに違いない。ただちにジョーは手遅れになるまでの正確な時間を感じとった。それは分や秒の単位ではなく原子時計の精度でわかった。だが分でいうなら、そう、終わりまで五分もなかった。

ジョーは乱雑に動きまわって戦う敵兵のあいだを突進し、シェム・シェム・ツィエンの姿を求めた。敵兵の顔に拳を叩きこみ、反撃のパンチをかわし、敵兵を倒して踏みつけながら笑った。笑ったのは、自分の勝利が、敵兵たちの動きのなかに事前に見えたからだ。戦い進みながら、自分がどこに向かっているか、どこに向かう必要があるか、正確に把握していた。一瞬、あまりに多くの敵兵に囲まれすぎた。さすがのジョーにもこれは多い。が、そのとき敵兵のひとりがぎゃっと叫び、脚を両手でつかんだ。バスチョンの一本歯にふくらはぎの肉を咬みちぎられたのだ。ジョーはそれによって生まれたすきまをくぐり、ジグザグに進み、戦いながら後退した。バスチョンはさらに敵兵のあいだに突進していく。その進路は悲鳴や罵りの声で知れた。

ジョーは狂気じみた笑いをはなった。両腕をひろげて前に飛び出し、敵兵数人をなぎ倒す。床の上を転がってそのあいだをすり抜け、また立ちあがった。足をつかみにきた手を思いきり踏みつけると、罵りの声とともに手は引っこんだ。ジョーの通る道には乱闘の波が起きたが、足どりは完璧に確かで、両手は力に満ちていた。ジョーは敵の攻撃のパターンを理解し、自分のめざす先を覚知した。それがぐんぐん近づいてくるのが感じとれた。それから、混乱の渦巻きのど真ん中で、ふたりは向きあっていた。

シェム・シェム・ツィエンとジョーは力量のバランスが完璧にとれていた。このふたりが支点だ。ここで起きることがすべてを決定する。

ふたりともそれが真実であることを知っていた。

シェム・シェム・ツィエンは片手をあげて制した。ジョーも同じことをした。

それから一種の静けさが訪れた。負傷した者たちがうめいているにもかかわらず。

部屋の周縁部の暗がりから、ラスキン主義者たちが現われた。衣は破れ、煙を立てている。

シェム・シェム・ツィエンは得意げな笑みを浮かべた。「きみがここへ来てくれたことは本当に嬉しいよ、ジョー・スポーク。わたしは敵が滅ぼされるのを見たあと、神になれるんだ」

ジョーは返事をせず、じっと待った。

ラスキン主義者たちがベールを垂らしたフードを脱いで、顔をあらわにした。サイモン・アレンを始めとする〈葬儀業連盟〉の面々だった。シェム・シェム・ツィエンはめんくらった。が、すぐに大きく笑み崩れた。「おまえは葬儀業者の諸君を見つけたんだな！ そして意表をつくゲストとして登場させたんだな！ おお、ジョー、じつにみごとだ。こんなことをするとヴォーンが甦るかもしれないとは思わなかったのか。おぞましい葬儀屋どもに怖れをなしたわたしのなかから、埋もれていた古い魂が飛び出してくるかもしれないと。わたし自身の頭のなかで主導権争いが起きて、それがすばらしい結果を生むかもしれないと。思ったんだな！　ちょっとわたしにこの甘美な瞬間を味わわせてくれ。じつにすばらしい。それと心配するな、サイモン。すぐにおまえの相手もしてやるからな。

なあミスター・スポーク、わかるかな。わたしは心からそう思うんだが、もし状況が違っていたら、おまえとわたしは——」

ジョーはため息をついた。「よく喋る男だ」首をぐるんと回して帽子を脱いで床に放り、憤怒と憎悪の叫びをほとばしらせて、飛びかかろうと……。

だがもちろん、飛びかかりはしなかった。その動きを始めた瞬間、そのままいけば何が起こるかが誤りなくわかったからだ。ジョーは自分の頭のなかで〈理解機関〉が働いているのを感じとれた。行動とその結果が、あらゆる角度から、内的に、完璧に、覚知できた。

ジョーが飛びかかり、大きな手でつかみかかる。シェム・シェム・ツィエンはジョーを受けとめ、ともに倒れて、ごろごろ転がる。ジョーは敵の耳の一部を噛みちぎる。シェム・シェム・ツィエンはジョーの指を二本折る。ふたりは互いを引き裂きあう。技量も凶暴性も互角。したがって押し引きをくり返す。いつまでも、いつまでも。しまいには突然、何も起こらなくなる。世界が停止する。終了。

ジョーが動きをとめたのを見、ジョーと同じような形で同じ事象の連なりを覚知したシェム・シェム・ツィエンは、笑い声をあげ、前に進み出て、細身の剣をふりかぶり、そこで動きをとめた。

シェム・シェム・ツィエンが剣で突く。ジョーは身をひねってよける。剣が腰に一本の線を引く。ジョーは機関銃を持ちあげて発砲する。弾丸がシェム・シェム・ツィエンの腕に突き刺さる。ふたりは近づく。

「大変気の毒だが、ヴォーン、そろそろ潮時だ」

サイモン・アレンはシェム・シェム・ツィエンとの距離をあっというまに詰めて、まるで飛んだように見えた。ヴォーンの真後ろに立ち、力の強い両腕を前に伸ばす。左腕をヴォーンの喉に巻きつけ、手で反対側の腕の肘をつかむ。レスリングのロックだ。サイモンは右手でヴォーンの頭をゆっくり、ゆっくり、前へ倒していく。やがて首の骨が折れ、脊髄が切れた。

ヴォーン・パリーは死んだ。

シェム・シェム・ツィエンは身をひるがえし、拳銃を抜いて、サイモン・アレンを撃った。アレンは叫び声をあげ、倒れて、わき腹を両手で押さえる。生き延びるかもしれない。死ぬかもしれない。それは決定していない。いまはまだ。

シェム・シェム・ツィエンは拳銃を手に、ジョーへ向き直った。ジョーはトミー・ガンを構えて両足を踏んばった。

「撃てよ。どうなるか見てみようぜ」

シェム・シェム・ツィエンはジョーを見つめる。

さらに見つめる。

シェム・シェム・ツィエンには答えがわからない。

一瞬、美男俳優の顔にパニックがよぎる。すぐに抑えこんだので、見過ごしてもおかしくなかった。見ても、それがなんであるかわからない可能性もあった。ただしそれを予期していた者はべつだが。

「おまえは自分で物事を決定していきたい人間だろう」とジョーは小声で言った。「ギャンブルは好きじゃないだろう。おまえは信仰を持たない。だから神に対して、自分に話しかけてくるよう強制したがる。死をコントロールできないから、人を殺す。自分が死神になれば、死なないかもしれないから。でもひょっとしたら自分も死人になるかもしれない……」ジョーは歯をむきだして狼のように微笑んだ。「さぞかし腹が立つだろうな。おれの機関銃を見て、かりに自分のほうが先に銃を撃っておれを殺しても、おれもこれを撃つのがわかっている。そしてこの機関銃がおまえを殺すかどうかをコントロールするすべはない。おれたちのどちらかが死ぬ。もしかしたら両方かもしれない。それは前もって知ることができないんだ」

シェム・シェム・ツィエンはぶっきらぼうに言った。「べつにかまわない。時間はわたしの味方だ」

ポリーの笑いが歌声のように響いた。怖れのない、澄んだ声だった。「それは全然違う」

ポリーはそう言って、葬儀業者のあいだから前に出ていき、ジョーの肩に手をかけた。「さあ撃つのよ、ジョー。大丈夫。やるべきことをやって」

ジョーは今夜の戦いで、すでに人を殺しているかもしれなかった。ラヴレイス号の爆発で死んだ半分機械のようなラスキン主義者たちも、もとの人間に戻れたかもしれない人たちだった。格闘で怪我を負わせた者たちも、それがもとでもう死んだかもしれない。ジョーは、そもそもの出発点において人殺しではなかった。処刑人でも、暗殺者でもなかった。しかしいまここでひるんだり、ためらったりすれば、世界は終わる。ふたりを分ける隔たりの向こうに立つシェム・シェム・ツィエンを見ると、自分がこれから言うことを、すでにシェム・シェム・ツィエンも知っていることがわかる。それでもジョーは、言った。〈理解機関〉や蜜蜂の群れなど外部のものから来る確信ではなく、自分の内側から高まってくる確信をもって、言った。ポリーがわきにいるいま、そうすることを選ぶのは容易だった。ジョーはシェム・シェム・ツィエンに視線を据えた。

「おまえはおれの家を奪い、おれの友人たちを殺した。おれを二度も拷問して殺しかけた。おれの祖母を苦しめた。

おまえはおれへの恨みからポリーを殺そうとした。

おまえはそうすることが愉しいから、美しいものを壊した」

シェム・シェム・ツィエンは返答するために口を開いた。

トミー・ガンが白い銃火を吐いた。

クレイジー・ジョーは引き金を引きつづけて雷鳴をとどろかせた。肩の力で機関銃のはねあがりを抑え、胸で狙いを標的に据えておく。銃身を左右に小さくふりながら、シェム・シェム・ツィエンが立っているスペースに銃弾を注ぎこむ。頬を何かが刺し、コートを何かが裂くのを感じた。どちらの何かも弾丸だとわかったが、気にしなかった。ギャングの機関銃にやりたい放題やらせて、弾倉が空になるまで撃ち、敵をこの世界から消し去ろうとした。

銃が空撃ちしたとき、ジョーは必要なら銃の床尾で相手を粉砕しようと、硝煙のなかを突き進んだ。シャツが血で染まり、耳たぶが片方ちぎられてひりついていた。何発か銃弾を受けたのだ。顔に鈍い痛みの通り道があり、腕も痛んだ。

撃たれたが、殺されはしなかった。

硝煙ごしに、シェム・シェム・ツィエンの口が侮蔑にゆがんでいるのが見えた――その冷笑は、バスチョンが痛そうに足を引きながら前に出ていき、面と向かって咆哮で応じたときさっと消えた。ジョーにはシェム・シェム・ツィエンの困惑が――自分の内面からの確信をともなって――見え、感じられた。体高二十数センチのパグ犬が、どうして神と、まっすぐ目と目を合わせて対峙できるのか。こんなときに誰かがおかしないたずらをしているのか。

小犬が竹馬で歩かされているとか。ワイヤーロープで吊られているとか。そうではなく、シェム・シェム・ツィエンの頭が、身体の一メートルほど後方に落ちているのだった。トミー・ガンが発射した銃弾が、剣のように首を切断したのだ。

ジョーは理解した。〈理解機関〉のおかげか、かすんでいく目で見てとったか。あるいは肉と骨に食いこんだ小石の感触で感じとったか。シェム・シェム・ツィエンの目は恐怖の色を浮かべて大きく見開かれていた。口が開いた。何か話そうとするように。

だが、それで終わりだった。

ジョーはなお数秒待って、敵が死んだのを確かめた。それからシェム・シェム・ツィエンの首のわきを通って、世界を呑みこもうとしている装置のほうへ足を運んだ。

蜜蜂の巣箱は唸り、黒いケーブルはぶうんと音を立てていた。蜜蜂は空中にいたが、前よりいっそう完璧な螺旋模様を描く網目のようになって飛びまわっていた。だんだん蜜蜂というより、重なりあって回転する歯車の群れのように見えてくる。残り時間はあとどれくらいだろう、とジョーは思う。

もうほとんどないはずだ。二分か。あるいはそれ以下。

ジョーは潮に運ばれるようにして〈理解機関〉のほうへ足を向けた。ぐっと引っぱられ、ぶたれたかと思うと、ふいに嵐の目のなかにいた。安心を与えてくれる確信は消えた。ここまで近づくと、〈理解機関〉の効果はむしろ弱かった。ジョーは自分が失敗したときの未来をちらりと見た。そこでは自分が地球上でただひとつの生命体になっていた。いや、宇宙でただひとつの生命体に。

ジョーはひざまずき、蜜蜂の巣箱を見た。前面のカバーはなくなっていた。覗き窓の形が変わっている。これは前に見たときの外観と同じではない。

何をしていいか、わからなかった。

それから、手が自然と動いた。ジョーのなかの、不安も危険も周囲の破壊的状況も知らない、言葉を使わない部分が、装置の形とやるべき作業を知っていた。シェム・シェム・ツィエンは装置の芸術的要素を台無しにしていた。それは愚劣で醜悪なことだったが、装置の概要は前と同じだった。これを回す。つぎはこれ。それから、すばやく、このふたつのスイッチを入れる。

プレートが一枚はずれ、内部が見えた。

ジョーは首をめぐらして周囲を見た。あたりは恐怖に包まれ、強靭な肉体と精神を持った男女が泣いていた。ポリーを見つけた。ポリーの顔は行動を促していた。あと一分ほどよ。ジョー、早く。まだやることがたくさん残っている。逃げることはできない。

愛してるよ。

お願い、早く。

ジョーはぐいっと顔を戻して装置に向き直った。それは裏切り行為のように感じられた。もし自分が失敗して、自分もポリーも死ぬなら、それが起こるときはポリーを見ているべきなのだ。

だから、ポリーから視線をはずす以上は、失敗はできない。ジョーのなかのギャングが足を踏んばった。ジョーのなかの職人が腕まくりをした。

〈理解機関〉の中心部、装置を作動させるスイッチの周囲に、金庫のダイヤルのようなものがついている。ダイヤルに刻まれているのは数字ではなく、文字だ。

O、P、E、J、A、H、U、S

フランキーの指示書には答えが載っていない。この暗号ダイヤルは最後の瞬間につけ加えられたのだろう。つけ加えたのはもちろんフランキー。こういうのは彼女のスタイルだ……。しかしなぜつけ加えた？　ポイントはなんだ。

これの本質はなんだ。

真実？　この文字で〝真実〟を意味する言葉がつくれるか。ギリシャ語で？　フランス語で？

手を宙にさまよわせ、また引っこめる。違う。

いつ、これをつけ加えたのか。

遅い段階で。とても遅い段階で。しかしテッド・ショルトが〈管理者〉だったころだ。マシューが大人になる前か。イーディーと別れたあとか。あった。〝FF、1974〟（FFはフランキー・フォッワイユール）と金属に刻まれている。それとアヒルの足の紋章が。装置を守るための最後の安全対策。装置をとめないための。スイッチを切ろうとする者に抗って真実を保持するための。

なぜだ。彼女は何を守ろうとしているんだ。自分自身をか。世界をか。

背後では、みんながひざまずいていた。祈っているのではなく、おもに疲労のせいだった。いままでさんざん叫び声をあげてきた彼らだが、いまは待っている。あと何十秒かを。

この装置が〈エンジェルメイカー〉だ。それはなんのためにつくられたのか。結局のところ、フランキーの心のなかには何があったのか。誰がいたのか。

それはわかっている。

イーディーだ。

ダニエルだ。

マシューだ。

そしてマシューの息子だ。一九七四年生まれの。フランキーは病院へ来ただろうか、とジョーは考える。ひとりでやってきて、ガラスごしに孫を見ただろうか。

ジョーはダイヤルを見た。文字のなかには自分の名前（Joshua＝ジョシュア）が含まれていた。ジョーは〈理解機関〉のスイッチを切った。

頭上では、蜜蜂の群れがはげしい渦巻き飛行をとめた。蜜蜂の雲は秩序正しい動きになり、ついで沈静し、やがて床におりて、整然とした列をつくって巣箱に戻りはじめた。そしてもしフランキーの言葉が信用できるなら——ジョーとしては信用するしかないわけだが——世界中で同じことが起きているはずだった。

ジョーは指示書に書かれた手順を最後まで踏んだ。最後の信号が発信され、ほかの巣箱はすべて燃えて蜜蜂は全滅した。残ったのはここにある巣箱だけだった。

電源を切り、〈較正器〉をはずし、〈本〉をとり去った。

ふたつの器具を同時に手にしたのは初めてだった。危険なものであるにしては、ひどく軽く、小さかった。ジョーはそれらをコートのポケットに入れた。

ジョーは床に放り出してあった大ハンマーをとりあげた。何列にも並んだ磁気テープや映画フィルム、書物、レコード、写真の山を眺める。それらはシェム・シェム・ツィエンのおぞましい生涯の記録だ。ふたたび復活する可能性を秘めたこれらの記録は、〈記録される男〉の情報の完全なオリジナル・コピーだ。〈ハッピー・エイカーズ〉で破壊された記録は不完全なものだったに違いない。シェム・シェム・ツィエンは完全な記録を自分の手の届かないところには置かなかったはずだ。第二のシェム・シェム・ツィエンがつくられる惧れがあるから。

そんなことはジョーも是認できない。

大ハンマーをふりかぶり、打ちおろした。あっというまだったとも言えるが。肩が痛み、背中が悲鳴をあげた。記録物を何度も何度も大ハンマーで叩き、両手で引き裂いた。木などの破片で手が傷ついて、血が出た。疲れてくると、死んだ人たちのことや、ポリーが最後の瞬間に恐怖を味わったことを思い出して、馬力をかけた。いろいろな記憶や思いを総動員して作業を続けた。

やがて壊せるだけの大きさのものがなくなった。ジョーは残骸を山に積み、メインの電源ケーブルを突っこんだ。テープはぱちぱち弾け、セルロイドはめらめら燃えた。火の勢いが安定すると、ジョーはシェム・シェム・ツィエンの死体を持ちあげ、炎のなかへ投げこんだ。

XIX

後日

ジョーは世界にふたつとない派手な逮捕のされ方をした。〈シャロー・ハウス〉の前に立ち、警察車両のサーチライトやテレビ取材班のライトで顔を輝かせながら、父親譲りの機関銃を砂利の上に横たえた。機関銃はごく慎重に置いた。警察特殊部隊〈CO19〉、海兵隊、陸軍特殊空挺部隊、さらには小規模な近衛騎兵隊部隊が、いつでも射殺できる構えでジョーを取り囲んでいるからだ。

クレイジー・ジョーの背後には、少人数の正義感に燃える犯罪者集団が、威厳をもって控えていたが、彼らも同じように武器を置いた。周囲の何百挺もの自動小銃は、凶悪なガチョウの大群のように長い首をいっせいに動かしながら、銃口のまん丸な目で犯罪者集団を注視した。

だが優先順位の問題がある。ジョーがあまりにも多くの法を破ったので、ひと悶着起きているのだ。警官隊のなかに、官僚機構に属する男女が交じって、うちが先だ、いやうちがと争っていた。丁寧な口調に毒をしこんで、相手の能力の問題をあげつらいつつ行なわれる争いだった。そのあいだ、ガチョウの首のような銃口はぴくりとも動かず容疑者集団に突きつけられていた。ジョーはそれを理解できる対応だと納得した。

やがて役人たちの縄張り争いの巨大な渦の端のほうから、この場を仕切りにかかる者が登場した。それは深刻な面持ちに憂慮の色を浮かべた厳粛な重々しい雰囲気の男で、墓からの甦りや世界の終わりについて語りだしそうな朗々と響く声を持っていた。

「おはよう、紳士淑女のみなさん、おはよう。ちょっと聞いていただきたい。どうもありがとう。わたしの名は、ロドニー・アーサー・コーネリアス・ティットホイッスル。ロンドンの古い名門であるティットホイッスル家の一員であり、〈遺産委員会〉の委員長だ！　バジル・パッチカインド刑事巡査長、どうもご苦労さま。きみはもうここの仕事を担当しなくてもいいぞ。ミスター・カマーバンド、魅力あふれるバジルに事情を説明してくれるかね。ありがとう」その指示を受けて、サーモンピンクのネクタイを締めた大柄な男が小さな妖精のようなパッチカインドをわきへ連れていった。パッチカインドは不満そうだが、カマーバンドは――かりに本物だとしてだが――体重が大幅に減って腹が引っこみ、そのぶん肩の筋肉が盛りあがっていた。

「さて、どこまで話したかな。ああそうだ。しかしその前にちょっとむだ話をするが、きみの故郷ではみんな体格のいい人に育つようだね。故郷はどこだったかな。シュロップシャーか。そうだろう、そうだろう。A・E・ハウスマンの『シュロップシャーの若者』を思い出すね。いや、むだ話をしてしまったが、まあいいだろう。ジョシュア・ジョゼフ・スポーク、女王陛下の政府から付与された権限により、ここにきみを殺人罪、放火罪、内乱罪、テロ行為罪、略奪罪、山賊行為罪の容疑で逮捕する。わたしは一度でいいから山賊行為罪で誰かを逮捕してみたかったんだよ、ミスター・スポーク、響きがロマンチックだからね。さあ、おとなしく、このまじめな警察官から手錠をかけてもらうんだ……よし、いいぞ。きみは国家という船のマストに吊るされてぶらぶら揺れることになるのだよ。股間の逸物をびろーんと伸ばしてマストにくくりつけられてね。ああ、そうだとも！　どこかの切れ者弁護士がなんとかしてくれるなどとは思わぬがいいぞ、ミスター・スポーク。きみの顧問弁護士はたしかにあらゆる人間のなかでいちばん頭がよくて、まさに弁護士の鑑で、地上に降臨した弁護の神であるとはいえね。あの男をわたしにけしかけてみたまえ、ミスター・スポーク。わが刑事魂の塊であるところの拳で粉砕してやる！　それからお嬢さん」と、この怖ろしく饒舌な男はポリーに言う。「きみも恥を知るがいいよ。女がいるべき場所は家庭だ、娘さん。夫や子供たちの靴下をつくろったり鍋や釜を洗ったりするのが仕事で、外に出て謀略に加担するなんぞとんでもない。なんという恥さらしだ！」

「ねえ、調子に乗らないでよ」とポリーは、手錠をかけたティットホイッスルに言った。警官隊の総指揮者ティットホイッスルはぎょっとしてポリーから上体を遠ざけた。「山猫だ！　魔女だ！　立ち去れ！　待てよ。あのみっともない犬はどこだ。焼け死んだのならいいが！　あ、いや。ちぇっ、そこにいたか。そいつも逮捕だ。残りの悪党どもも陰謀の一味として起訴されると思いたまえ。うまい具合にわたしは護送バスを用意してある。そう、あそこにあるあれだ。みんな足枷をして数珠つなぎに……」

数分後、ジョーとその仲間たちは窓をスモークガラスにした黒い護送バスに乗りこんだ。〈遺産委員会〉の男たちは護送バスを発進させた。

「マーサー」とポリーは言った。護送バスはとある地下駐車場に入り、みんなは急いで車をおりた。ここからべつの手段で家に帰るのだ。「よくまああんな馬鹿げた芝居ができるよね」

マーサーは晴れ晴れと微笑んだ。

翌日、政府の機能が復旧し——大事件の連続でいささかダメージを受けたとはいえ——法と秩序を守る諸機関もふたたび市民には内実が見えにくい通常業務に戻ったとき、古風な飛行服を着た男がランカスター爆撃機の前に立っていた。午前十時過ぎ、近づいてきたエンジン音に、男は首をめぐらした。やってきたのは栗色のロールスロイスだった。最近の銃撃戦や爆発で車体の塗りがいくらかはげている。車は数メートル離れたところで停止し、なかから男と女が出てきた。飛行服の男の丸顔が不安の色を消し、大きく微笑んだ。

「やっと来たか！　忙しかったんだな」と飛行服の男、すなわち〈セント・アンドリューズ百貨店〉の会長が言った。

「うん、まあね」と車からおりたジョー・スポークが答えた。

「替えの靴下を一足持ってきたよ。レディーにも何足か。簞笥に余分なのがあったからね。あれだけの騒動や検挙があったあとだ。履き替えがいるだろう」

カナリア色の、世界一醜悪なアーガイル柄の靴下だった。

「ありがとう。ほんとに……ほんと、ありがたいなあ」

「このお嬢さんはきみのガールフレンドかね」

「愛人よ」とポリーがきっぱり言った。「〝愛〟のところに重点がある。そういうことに決めたの」

「ほう、そうかね」と〈セント・アンドリューズ百貨店〉の会長は言った。「じつにめでたい！　荷物はこれだけかな」

「ええ、それで全部」

「おやおや、パグ犬の剝製なんかがあるようだが」

バスチョンがかっと目を開いて唸った。会長はすばやく後ずさりする。ポリーはにんまりした。「気に入られたみたいね」

「わたしは心配すべきだろうか」

「とてもね」

「それからこれは……例のものの……一部なんだろうね」

「ああ」とジョーが答えた。「あとへ残しておくのは危ない気がするから」

「そうだな。まったくそうだ。政府のなかの愚かなやつらが科学者どもに拡大鏡で調べさせて、復活させようとするかもしれない。今度はもっとうまくやろうと考えてね。馬鹿どもめが。ところでいい飛行機を盗んだじゃないか。よくそんな時間があったね」

「人に頼んだ」

「なるほど。代理人か。すばらしい。ところで、きみはまだお尋ね者であるようだ。その問題はうまく解決すると思っていたが。あの装置の効果で真実が明らかになったはずなのに」

会長は身震いした。

「ああ。でもあの効果が収まると、政府は被害対策（ダメージ・コントロール）をやりはじめた。おれは……便利なスケープゴートなんだ」

「ふむ。ときにきみの小太りの友達が飛行機の登録の世話をしてくれたよ。悪辣な感じの小男だ。べらべらとよく喋る。わたしはけっこう好きだがね」

「わたしの兄（こ）なの」とポリー。

「きみは気の毒な娘だ。でも兄さんを自慢に思っているようだな。彼はいっしょに行かないのかね」

「向こうで落ちあうことになってるんだ」

「なるほど、そうだろうね。さて、どこへ行くんだ」

ジョーは数字をいくつか並べて書いた紙切れを渡した。

会長は眉根を寄せた。ちょっとがっかりした様子だ。「ビーチで休暇を過ごすのかね」

「何人かの友達と落ちあって、そこからまた出発するんだ」

「潜水艦よ」とポリーが言うと、会長は信じられないという顔でジョーを見たが、ジョーが一瞬、野獣のように目を光らせるのを見て、本当だと悟った。

「ほう。すると船でかな」

丸っこい顔にゆっくりと笑みがひろがった。「やっぱりそういうのでないとね」

まもなくランカスター爆撃機は東に向かって飛びたち、見えなくなった。

謝辞

妻のクレアがいなかったら、この本はもっとずっと筋の通らないものになっていたでしょう。クレアの物語を把握する力と、アホな部分を探知する能力は、どんな作家にとっても必要不可欠なものです――が、ぼくは妻を貸し出すつもりはありません。同業者のみなさん、自分でそういう人を見つけてね。

ぼくのエージェントのパトリック・ウォルシュは、個人用の携帯型〝嵐の目〟です。噂によると、暇なときには虎の調教をしていて、念力で鉄を曲げることができるそうな。ぼくは全然驚きません。そんなパトリックとぼくのチームには、どんなことでも可能です。

クノップフ社のエドワード・キャステンマイアーとウィリアム・ハイネマン社のジェイソン・アーサーは、編集者の黒魔術をぼくにかけ、賢者の言葉でぼくを正しい方向に進ませ、ときどきぼくの言っていることを理解するためにロゼッタ・ストーン解読に似た作業をしてくれました。この本は、というか、たぶんこの本の作者は、でしょうが、少しばかり揉んでもらう必要があったわけですが、最終的にできあがったものは、ぼくが語りたかった物語でした。上手な編集を施してもらうこと以上に大きな喜びはありません（というのはまあ、嘘だけど、いくつかの明らかな例外を除けば、それより大きな喜びはないと言っていいです）。ジェイソン・ブーハーのゴージャスなアメリカ版カバー・デザインが、二〇一一年初頭のかなり憂鬱に曇った日に思いがけず届いて、自分が書いた世界がものすごくリアルに思えてきてすばらしい気分になりました。グレン・オニールの輝かしいイギリス版も数ヵ月後に見ることができましたが、正直、甲乙つけがたいものでした。

ワシントン大学のジョン・D・サール先生が、超低温の水と潜水艦に関して大まかなことを教えてくださいました。ぼくは物語を面白くするという大義名分のもとに、現実性をけっこうすぐに無視してしまったのですが、ともかくジョンとその法律顧問であるラブラドル・レトリバーのグレイプに厚くお礼を申しあげます。

〈ジンジャー&ホワイト〉はお茶と坐る場所を提供してくれたお店です。ときに必要なものってそれだけなんですね。

ぼくは物語がたくさんある家に育ちました。犯罪者や犯罪が出てくる物語あり、勇敢な冒険の物語あり。そのすべてが驚異に満ちていました。わが家のテーブルについて、まじめくさった顔の小さな子供（ぼく）のために何かのお話をしてくれた人全員に、ありがとうを言いたいです。

ぼくの娘のクレメンシーは、この本が編集作業に入っているときに生まれました。体重はこの本の原稿の重さとほぼ同じですが、手のかかり方はずっと上でした。クレメンシーの小さな足跡は、ぼくの生活のすべてと、『エンジェルメイカー』のところどころに――九十二ページと三百七ページと五百十三ページ（ページは原書のもの）にはそのものずばりで――ついています。どうもありがとうね、ちっちゃなクマちゃん。

解説

書評家
杉江松恋

全七百ページ超、ハヤカワ・ミステリが現在の装幀になってからは最長の一冊である。いや、であった（この文章はハヤカワ・ミステリ版の解説に若干の加筆をしたものなのである）。二〇一五年六月に本書が刊行された時点では。その後、二〇一八年にこうしてハヤカワ文庫NVに三分冊で収められることになったわけで、現時点でのタイトルホルダーは確認していない。

そうか、よしよし、うむ、とあなたはその厚さに圧倒され、いつか読もうと考えながら書棚に本をしまうかもしれない。だが、ちょっと待って。待ってってば。

今すぐに読まないと絶対にもったいない。またとない読書体験の機会だというのに。だって、ニック・ハーカウェイですよ？　あの『世界が終わってしまったあとの世界で』（ハヤカワ文庫NV）の作者ですよ？

これがおもしろくないわけがないじゃありませんか。よし、紹介だ。

主人公のジョー（ジョシュア・ジョゼフ・スポーク）は、祖父ダニエルから修理の技を受け継いだ時計職人である。彼の父親であるマシューは〈トミー・ガン〉の異名をとったギャングで、二人は対照的な生き方をした。ジョーの中には実直な祖父と冒険者であった父の双方への思いがあるのだ。

『エンジェルメイカー』は〈機関〉についての物語である。実際に一つの〈機関〉についての謎が物語を牽引することになるのだが、小説自体が内燃機関のような構造を持っている。圧縮され、爆発を引き起こすガスに当たるものが何かということは後で述べる。点火装置の役割を果たすのは、複数の小さな出来事だ。その一つを引き起こすのがイーディー・バニスターという高齢の女性で、ジョーが修理の仕事のために彼女の部屋を訪れたことからすべては始まるのである。やがてジョーの元に怪しげな男たちがやって来る。ティットホイッスルとカマーバンドと名乗った二人は、どうやらジョーが祖父の遺品として何かを受け継いだと考えているらしい。

実はジョーは、友人で葬儀屋のウィリアム（ビリー）・フレンドから紹介され、謎めいた依頼を受けていた。いくつかの部品を組み合わせることで完成する装飾本を修理するというもので、その本には作られた時代を考えると信じられないような精密加工の技術が用いられていた。いわば一種のオーパーツである。すっかり本に魅せられてしまったジョーはビリーと共に海辺の町へと依頼人であるテッド・ショルトを訪ね、彼から驚異の世界への入口となる一言を聞くことになる。

ここまでだいたい全体の二十パーセントぐらい。後の展開は知らずに読んだほうが楽しみは倍増する。ただ、あまりに前途が長いので、この先の道案内を簡単にしておきたい。物語は、このエピソードのあたりから複線化している。一方の視点人物はジョー、彼が不可解な出来事に巻き込まれ、首まで深みにはまっていく様子が描かれる。そしてもう一方の主役は先ほど名前が出てきたイーディーである。実は彼女、大英帝国が諜報戦争の花形だったころは凄腕エージェントとして世界を飛び回っていた。ジョーの知らない過去の出来事は彼女を視点人物として語られるのである。

そのパートではまず、イーディーが寄宿制の女学校から拾われて秘密組織に入る場面が描かれる。ここで出てくるのは秘密兵器好きならばたまらない代物、時速百六十キロでかっ飛ばす装甲機関車のエイダ・ラヴレイス号だ。なんと列車そのものが一つの基地になっており、新入りはまずここで特訓を受けるのである。たかが車輌と言うなかれ。道場まで備わった、立派な施設だ。前作でも主人公の〈ぼく〉が〈声なき龍〉という武道を修める過程が描かれた。活劇映画的な展開によって物語を複層化していく技法、作者のお気に入りらしい。やがて一人前となったイーディーは特命を帯びてインドの藩王国アデー・シッキムへと乗り込んでいく。理由あって男物の軍服着用である。おお、男装の麗人。ここでついに本書の敵役であるシェム・シェム・ツィエンが登場する。

ここで既読の方は、前作『世界が終わってしまったあとの世界で』を思い出してもらいたい。これはハーカウェイが二〇〇八年に発表したデビュー作であった。最初の長篇だから、というわけでもなかろうが構成に不思議なところのある作品で、何も予備知識なしに読み始めた人はずいぶん面食らったことと思う。冒頭では映画「マッドマックス」を思わせる文明終焉後の荒廃した近未来が描かれる。そういう小説なのかと思っていると、第二章はいきなり冴えない〈ぼく〉の高校時代を描いた青春小説となり、次いで第三章は「いちご白書」を思わせる大学生の反戦運動のエピソード、そして第四章では新兵の入隊記とどんどん様相が変わっていき、その中途で前述の〈声なき龍〉の修業や兵隊たちの下ネタの話が入るので、B級カンフーや軍隊コメディなどの洗礼を作者が受けているらしいというどうでもいい情報もわかってくる（ハーカウェイは一九七二年生まれだ）。あれあれ、いつ冒頭の話が出てくるのかな、と思っていると不意打ちのように大事件が出来し、物語の後半は前半の混乱が嘘であったかのように『オデュッセイア』ばりの一大悲劇に姿を変えるのである。しかもそれまでの脱線が全部伏線として回収される。物語をしめくくるのは、それまでの関係者が総出演しての激闘だ。この油断ならない構成が『世界が終わってしまったあとの世界で』を第一級のミステリとして成立させているのである。

『エンジェルメイカー』は、その四年後に発表された長篇第二作であり、前作ほどの実験性はない。イーディーのパートこそ複線化はするが、これが実はジョーの半生記を綴るためには必要な補助線であったことが中盤以降でわかってくる。焦点が当てられるのは最初からジョー一人だ。

本書の根底にはピカレスク小説の伝統がある。ピカレスクは十六世紀のスペインが発祥の地で、ディケンズやサッカレイなど、十九世紀英国小説の頂点を極めた作家たちも皆この小説形式を自家薬籠中に取り入れている。一言で表すならば恵まれない出生の者の一代記であり、主人公がさまざまな階層を縦断していくことにより、社会の諸相を諷刺的に描けるという利点がある。〈悪漢小説〉という訳語はやや一面的で、ピカレスクの主人公は基本的に宗教心を堅持した善人である。だからこそ社会の悪になじめずに流転を繰り返すことになるのだ。

善人である祖父と悪人だった父との思いに引き裂かれた主人公、という本書の設定は明らかにピカレスクのそれを意識している。さらにいえばジョーの心には祖父と父だけではなく、その配偶者である祖母と母の面影も拭いがたく刻印されていることがわかってくる。つまりは三代にわたる家族の小説でもあるのだ。物語の中でジョーはしばしば事態にうろたえているとしか思えない行いをする。小説の後半で重要な登場人物としてジョーと行動を共にするポリー曰く、「わたしのルールは洗練されていて実践的だけど、あなたのルールはとても変で混乱している」。これは必ずしも二人の性別だけによるものではなく、ジョーが自分の寄る辺なさを仮面（ペルソナ）で隠している人物だからなのである。そうした混乱を克服して主人公が本来の自分を取り戻していく小説、ということもできるだろう。

このあやふやなジョーのペルソナ、というのがつまり先に書いた内燃機関を動かすためのガスなのだ。この克己と内省という主題は前作から引き継がれたものでもある。『世界が終わってしまったあとの世界で』ではその主題を展開するために曲芸のような手が使われたが、本書ではかなり正統派の冒険小説のプロットが用いられる。何が起きるかって？　もちろん、主人公が世界を救うために悪と闘うのだ。つまり本書にはもう一つの英国小説のお家芸、冒険小説の系譜も流れている。運命のいたずらによってその場に居合わせることになったアマチュアが、戦闘のプロさながらの勇気と胆力を発揮して巨大な敵と闘うぞ。ちゃんと友情とか努力とか恋愛とか、読者の胸を熱くさせる要素もあるぞ。

ずいぶん欲張りな小説なので、作中に登場する要素のすべてをここで紹介することはできない。ピカレスクという話題の続きで言えば、本書は近代人にとっての神とは何かを問う小説と見ることもできる。キリスト教的な絶対者に直結できた幸せな時代から遠く隔たり、近代人は自身の合理精神で生み出したものを自らの神として受け入れるようになった。その新たな魂のあり方が小説の中では問題になっていくのである。また細部の趣向について触れると、本書には明らかにルイス・キャロルの『不思議の国のアリス』『鏡の国のアリス』をなぞった部分があり（前述の二人組はトゥイードルダムとトゥイードルディーを連想させる）、不条理な世界に主人公を投げこむ、という趣向から迷路のような地下世界や施設なども登場する。

小説の中で使われている特殊な概念や固有名詞については、あまりに数が多いのでこれまたすべてに触れるわけにはいかない。感心なことにそのほとんどが序破急の序にあたる部分で、なんらかの形で紹介されている。伏線の埋設とその回収という技術においてニック・ハーカウェイは申し分のない書き手なのである。ミステリ好きは安心して彼に身を委ねてよい。

あとはもう、なんでもあり、というしかない内容である。動物好き？　そしたらふてぶてしくも愛らしいバスチョンというパグ犬と、象軍団という素敵なキャラクターが出てきます。エッチなのが好き？　大丈夫、化学廃棄物セックスというあなたがたぶん生まれて初めて聞くプレイが出てきます。なんでもある、とにかくなんでもあるから。

おっと、編集部に許された文字数をかなり超えてしまった。最後にニック・ハーカウェイについて。ご存じの方も多いと思うが、彼は作家ジョン・ル・カレの子息である。二〇一二年に発表した本書で長篇は二作目（同年にイーディー・バニスターの登場する短篇も発表している）、同じく二〇一二年にノンフィクション *The Blind Giant* を上梓、さらに二〇一四年には第三長篇 *Tigerman* を発表と、順調に作家としての地歩を固めつつある――と書いたのが二〇一五年時点のお話で、その後二〇一七年に長篇第四作の *Gnomon* が刊行された。《ガーディアン》が「二〇一七年度のSF最高傑作」と推奨しているそうで、これも無茶苦茶おもしろそうだ。

未訳作品について少し触れておくと、ノンフィクションの *The Blind Giant* はデジタル化の進行が現代社会の病巣になっているという紋切型の見方に挑戦し、その実状を精査して可能性を考えていく、という内容らしい。『世界が終わってしまったあとの世界で』に通じるものがあり、小説作品のファンとしては気になる一冊だ。

第三長篇の *Tigerman* は中年の軍人がアラビア海にある孤島に赴任することから始まる小説で、スーパーヒーロー譚の変奏版のような内容らしい。《サンデー・タイムズ》に載った書評曰く「既刊二作よりも自由奔放さは抑えめの作品で、グレアム・グリーン風の帝国の終わりの物語と、リー・チャイルド風の勧善懲悪譚という独特で魅力あるコンビネーション」──（あ、本国でも、彼の小説はヘンテコだと思われてたんだ）とのことだが、あらすじ紹介を見る限りではピーター・ディキンスンの異色スリラー『生ける屍』（ちくま文庫）のようでもある。

そして二〇一八年時点での最新作である*Gnomon*は、ハードカバー版で七〇四ページあるから、おそらくはハーカウェイ史上最長で、しかも思索性に富んだ小説だ。この世界では情報の公開度と透明性が極限に達しており、市民個々の内的世界まで必要とあらば覗けるようになっている。物語の始まりは、ダイアナ・ハンターという女性が政府に身柄を拘束されている間に死亡したことで、その真相をミエリッキ・ニースという捜査官が調べるのである。彼女はシステムの信奉者と言っていい人物なのだが、ハンターの内的世界を調べるうちに、確固としていたものが揺らいでいくことになる。ハーカウェイのパノラマ的な物語展開が世界の解読という行為と結びついたとき、そこには驚異の光景が広がることになるだろう。できればこれも日本語で読みたいものなのだが。待ち遠しいぜ、ハーカウェイ。